U0481157

远方的诱惑

遇见最美的风景和自己

金玉献 著

中国广播影视出版社

图书在版编目（CIP）数据

远方的诱惑：遇见最美的风景和自己 / 金玉献著. —北京：中国广播影视出版社，2023.1
　　ISBN 978-7-5043-8917-6

　　Ⅰ.①远… Ⅱ.①金… Ⅲ.①游记—作品集—中国—当代 Ⅳ.①I267.4

　　中国版本图书馆 CIP 数据核字（2022）第 180603 号

远方的诱惑：遇见最美的风景和自己

金玉献　著

责任编辑：	任逸超
封面设计：	马　佳
责任校对：	张　哲

出版发行：	中国广播影视出版社
电　　话：	010-86093580　010-86093583
社　　址：	北京市西城区真武庙二条 9 号
邮政编码：	100045
网　　址：	www.crtp.com.cn
电子信箱：	crtp8@sina.com

经　　销：	全国各地新华书店
印　　刷：	三河市龙大印装有限公司
开　　本：	710 毫米 ×1000 毫米　1/16
字　　数：	359 千字
印　　张：	22.25
印　　次：	2023 年 1 月第 1 版　2023 年 1 月第 1 次印刷
书　　号：	ISBN 978-7-5043-8917-6
定　　价：	88.00 元

（版权所有　翻印必究·印装有误　负责调换）

旅行是一首歌

旅行是一种心情。

旅行是一种瞬间的释放。

旅行是学习和反思的过程。

旅行是一种采集真善美的方式。

旅行是与大自然相融合再造身心。

旅行是永远删除不掉的感受和记忆。

旅行是与古人同醉并与今人相识的机缘。

旅行是一个可以使人脱胎换骨的生命过程。

前　言
PREFACE

2020，庚子年——鼠年。

这一年新冠肺炎疫情在全球各地大暴发，再加上种族冲突，新兴国家和传统强国之间的较量，使整个世界存在诸多变数，人类的生存结构也在发生着天翻地覆的变化。受其影响，世界各国之间的物流、人流、信息流之间的交换和交流均受到严重的冲击。笔者推测，未来数年，国与国之间的人与物的流量或将降到历史的最低点。买张机票，拎包即走，来一次说走就走的旅行或将成为一种奢侈的梦想。

我有幸在这之前就走了许多常人未曾抵达的地方，在人生精力最充沛、最富有激情的时候完成了儿时就有的许多梦想。

人们心目中的旅行多有"玩"的味道，"玩"也多含贬义。而我以为，"玩"（play）不应该被狭义、片面地理解。它折射的是喜爱、激情和创新。英文有句谚语"All work, no play, makes Jack a dull boy"，就是说"只工作，不玩耍，聪明的孩子也变傻"。"玩"与"工作"似乎永远是一对难舍难分的冤家：玩起来就不能工作，而工作了就不能玩。

"工作"（work），即我们常说的"干"，是指人们为了谋生或者为了某种理想而工作。简单地说，人生就是由"玩"和"干"组成的，"干"就是为了生存，而"玩"就是陶冶情操的一种生活态度。"撸起袖子大干一场"也成了激励自己和他人的口号。

人的一生是玩与工作相互作用和转换的过程。如果一个人真正可以创造财富的时间是20岁到80岁，那么我认为人的有效生命可以分以下四个阶段。

第一个阶段应该是"玩着干"阶段，即PLAY+WORK，年龄为20岁至35岁。这个阶段一定要做自己喜欢做的事情，只有喜欢，才会有激情和持之以恒的动力，才会有创新精神。在这个阶段，千万不要怕输，要大胆尝试，抱着"玩"的态度去做。因为年纪轻，跌倒了还能爬起来，积累经验是最重要的。

第二个阶段是"干干"阶段，即WORK+WORK，年龄为35岁至50岁。经过了第一阶段抱着"玩"的心态的创新和尝试，有了不少失败的教训和成功的经验，也明白了"干"的方法和努力的方向。这个时候就应该是甩开膀子大干一场的阶段，所以是"干干"阶段，换言之，就是除了干还是干。

第三个阶段是"干着玩"阶段，即 WORK+PLAY，年龄为 50 岁至 65 岁。这个阶段就要讲究"干"的方式方法了，"干"不完全是为了生存，而是从"干"中找到乐趣，"干"就是为了达到一定高度的"玩"。这个阶段应该以传授为主，把自己的经验传给新手和下一代，在工作安排好之后，可以放松心情，想怎么玩就怎么玩。

第四个阶段是"玩玩"阶段，即 PLAY+PLAY，年龄为 65 岁至 80 岁。65 周岁之后一定要找些事情来做，不必在意挣钱多少，如可以给下一代当个老秘书，工作方式主要以提醒和叮嘱为主。"干"完全就是为了"玩"，为了生活不寂寞。因此，这个阶段就是"玩玩"阶段，做什么都要抱着积极和玩的态度。

近期，联合国世界卫生组织经过对全球人体素质和平均寿命的测定，对年龄划分标准做出了新的规定。

（1）未成年人：0 岁至 17 岁；

（2）青年人：18 岁至 65 岁；

（3）中年人：66 岁至 79 岁；

（4）老年人：80 岁至 99 岁；

（5）长寿老人：100 岁以上。

这种年龄的划分标准在某种意义上与"玩与工作关系"四个阶段的划分几乎不谋而合。随着生活和医疗卫生水平的提高，人在 66 岁之后依然精力充沛，还可以发挥余热，充实自己的生活，为社会和家庭继续作贡献。

世界之大，大到我们一生都无法穷尽；世界之小，小到 24 小时之内即可抵达任一角落。世界是多彩并充满诱惑的，而能够把诱惑变为现实就是我们心中的憧憬。心动则足痒，远方的诱惑又使人心驰神往。旅行是一条路，它是用生命之足走出来的；旅行又是一首歌，它是心对世界的诠释。为了让更多还没有机会走出去的朋友了解世界，我尽量用心从区域经济的专业视角，把世界的真善美做了加工和描述，于是就有了《远方的诱惑——遇见最美的风景和自己》这本书。

《远方的诱惑——遇见最美的风景和自己》包括走进非洲篇、浪漫欧洲篇、亚洲风情篇、妖娆北美篇、最美中国篇五大部分。

如果你还没有机会走出去看看,那么这本书将呈现给你一个五彩缤纷的世界,圆你的梦想;如果你已经走过很多地方,那么这本书将与你一起走进多滋多味的回忆;如果你在不远的将来即将启程,那么这本书将是撬动你足尖的最佳指南。

任何一本书都不可能是一个人的作品,特别是像《远方的诱惑——遇见最美的风景和自己》这种题材的书籍,其面世的背后需要投入大量的人力、物力、时间和精力。我非常感谢这些年在世界各地行走的过程中得到不同朋友的支持和鼓励。我感谢第一次进藏时,冯总给予的精心安排和照顾;我感谢在零下四十摄氏度的加拿大黄刀镇拍摄极光时,顺子哥亲自为我穿上防寒服、戴上护脸罩,还手把手地传授我拍摄极光的技巧;我感谢好朋友李刚知道我抵达葡萄牙便开几个小时的车,把我从机场直接接到大西洋的东岸,带我欣赏巨浪拍打巨石的奇观;我感谢饶老师为我安排了一个非洲兄弟,陪我沿着非洲大裂谷走遍了马赛马拉、安博塞利、纳瓦沙湖、塞伦盖蒂等国家公园,仗义的非洲兄弟为我挡刀的情景至今历历在目;我感谢新疆老兵汪哥在西双版纳的山上行走数小时,最终带着我找到了千年茶树王;我感谢刘新和世辉在疫情最严重的时候不仅接纳了我,还带着我几乎走遍了夏威夷的每个角落;我感谢王乾力带我多次入川,让我了解了一个与众不同的四川;我要感谢中国广播影视出版社的编辑们在本书出版过程中,始终坚持精益求精、一丝不苟的精神,方使这本书得以顺利出版;我要感谢胡延萍女士承担了才奕教育业务的诸多责任和工作,才使得我能轻松到处行走;我还要感谢孙蓓华承担了抚养孩子的主要责任,承受了难以言表的孤独和焦虑。没有以上提及的和很多未提及的朋友的支持与鼓励,本书的出版将永远停留在原点。

《远方的诱惑——遇见最美的风景和自己》也是我为和我两个孩子一样的年青一代而写的。写给他们并不是要求他们按照我们的足迹生活,也不是要求他们和我们有一样的生活方式,而是让他们能更好地了解这个世界,走出一条更精彩的人生之路。

CONTENTS

走进非洲篇

一、肯尼亚 | 一生必去的地方　　002
二、摩洛哥 | 摄影之国　　030

浪漫欧洲篇

一、英国 | 风景依然独好　　050
二、法国 | 最浪漫的还是唇边的红酒　　112
三、永远看不懂的土耳其　　138
四、用耳朵品黑啤酒的爱尔兰人　　147
五、我在葡萄牙有个好朋友，他的名字叫李刚　　159
六、丹麦 | 重新拾回美好的过去　　166
七、拉脱维亚 | 美女再多和你也没有关系　　170
八、乌克兰 | 和你想的不一样　　175
九、西班牙 | 爱吃生肉的圣塞巴斯蒂安　　178

亚洲风情篇

一、泰国 | 芭提雅不是天堂　　184
二、韩国 | 济州岛点个卯　　190
三、越南 | 美女球童的爱与恨　　194
四、老挝 | 幸福的需求很低　　197

五、缅甸 | GDP 和幸福感没有多大关系　　　　　　　　201
六、柬埔寨 | 没去过吴哥窟就等于没去过柬埔寨　　　　203
七、迪拜 | 没钱，寸步难行　　　　　　　　　　　　　206
八、印度尼西亚 | 阿贡火山去哪儿了　　　　　　　　　213

妖娆北美篇

一、加拿大 | 黄刀镇的极光　　　　　　　　　　　　　218
二、美国 | 现实至极的国家　　　　　　　　　　　　　236

最美中国篇

一、跟拍傣族妹妹的婚礼　　　　　　　　　　　　　　244
二、走，跟我去阿尔山　　　　　　　　　　　　　　　261
三、不寻常的鄂豫渝　　　　　　　　　　　　　　　　264
四、江南采风　　　　　　　　　　　　　　　　　　　274
五、云上的日子　　　　　　　　　　　　　　　　　　295
六、寻梦之旅——亚丁稻城旅行日记　　　　　　　　　316
七、圣洁的青藏高原　　　　　　　　　　　　　　　　334

后　记　　　　　　　　　　　　　　　　　　　　　　344

三毛笔下的撒哈拉大沙漠总会让人无故地放纵自己

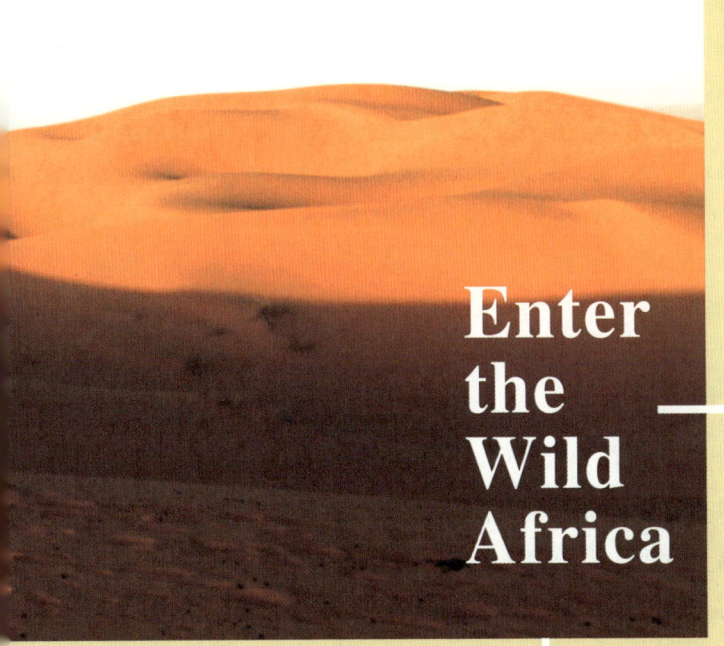

Enter the Wild Africa

走进非洲篇

> 生命的过程，无论是阳春白雪，青菜豆腐，我都得尝尝是什么滋味，才不枉来走这么一遭！
>
> ——三毛

一、肯尼亚 | 一生必去的地方

> 我不希望有一天发现自己是在为了别人活,我愿意承担后果,就算偶尔寂寞甚至孤独而终,我都能接受。
> ——《走出非洲》

（一）踏上非洲热土

对于是否要去非洲,每个人看法不一。有人一直把非洲和贫穷、落后、肮脏连在一起,几辈子不去都不会惦记;也有人觉得非洲是一片神奇的土地,有生之年不来此一游,有些遗憾。对我来讲,去非洲是多年来的一个梦想。早在英国求学的时候,同办公室的一个博士生就来自非洲的埃塞俄比亚,他很热爱他的故土,常常拿出家乡的照片和学友们分享。他勤奋好学,成绩优秀,那个时候我对非洲兄弟就很有好感。

支撑我走入非洲的另一个原因就是,工业化和现代化已使全世界绝大部分地区雷同,发达的公认指标就是高楼大厦,土地被水泥覆盖,到处都是拥堵的汽车,商店里陈设着高档名牌的服装等。如果我们把这些说成工业和经济发展对大自然秩序的颠覆,那么世界留给我们的"净土"真的不多了,而非洲还算是遗留下来的净土之一。其实,非洲也没有逃过这些"厄运",非洲大陆唯一常年积雪且异常美丽的乞力马扎罗山就因受地球温室效应的影响,上面的冰川将在不远的将来彻底消失,这位非洲草原的丽人将不复存在。

岁月这把刀在人们脸上无情地刻出纹路的同时，也悄悄地把时光偷走——不能再等待了，今天一定要出发。一个行动的矮人，其梦想终归是一场梦。然而，现在去非洲多少还是心有余悸的，身心安全是首要考虑，发生在西非的埃博拉正在吞噬着成千上万人的生命。高福博士是中国传染病疾病预防的首席专家，他曾在一次英国学友聚会的时候对我们说："埃博拉传染性很强，一旦被传染上，如果治疗不及时、不得当，生还的概率很小。"不过他又说："埃博拉也是可以预防的。西非人都有贴面和吻面的习惯，而埃博拉主要通过血液、体液等途径传染。埃博拉死者的送别仪式上，他的亲人朋友们都习惯和死者以贴面甚至吻面的方式告别，这可能是西非埃博拉扩散的主要原因之一。只要远离尸体，不要和疫区的非洲人过度亲密，就可以避免。"

除了担心埃博拉传染病，再有就是卫生和饮食问题。据说非洲的自来水是不能直接饮用的，一定要烧开了再喝。如果你是一个比较讲究的人，那么最好在超市买一大桶矿泉水回来用。酒店卫生也是要考虑的，肯尼亚的首都内罗毕是非洲联合国驻地，也是著名的旅游地点，来往这里的人员很杂。高档的酒店卫生有保证，但是价格昂贵，而价格低的酒店卫生又没有保证。不过，一想到非洲几亿人在这里祖祖辈辈都活得挺好的，还有各个国家的人都来此地旅游、工作、经商、休养生息，还有什么好担心的呢？难道你的命就比别人的更值钱吗？

我是借工作之机，在英国出差结束后过来的。这样就比从国内过来节省了很多时间和费用。从英国曼彻斯特机场出发后飞行 4 个小时，就可以抵达土耳其伊斯坦布尔机场，在那里停留 2 个多小时，再飞 6 个小时就可以抵达肯尼亚的首都内罗毕了。我之所以选择从肯尼亚进入非洲，主要是肯尼亚对中国居民实行落地签证的政策，你不用提前办理签证，到达后再办入境手续即可。值得提醒的是，入境肯尼亚还需要一个黄热病接种证明，也就是所谓的"黄皮书"。如果没有，可能会有麻烦，遣返回国的可能性虽然不大，但要是真遇到和你找茬的移民官，狮子大开口，问你要多少钱你就要给多少钱。为此，我在国内处心积虑、费尽周折花了半天时间才拿到了这个黄皮本子。拿到本子其实并不费事，只要在北京国际出入境防疫中心打上一针，花不到 100 元就可以搞定了。而我办理时，正好赶上春节要放假，只有 2 月 14 日左右才有空，而我又急赤白脸地闹着要去，不知道的人还以为我有什么十万火急的事呢！

在飞机经过北非大陆的时候，我特意趴在窗上使劲往外看，飞机下面的大陆真是黑，黑得一点灯光都没有。一个地方的亮度大小是衡量一个地区是否发达的重要指标之一。显然，非洲确实不发达。倒是远方的月亮看得很清楚，连上面的纹路都依稀可见。非洲大陆虽然不发达，但是每晚都会有明月做伴。

肯尼亚应该是非洲除南非外最发达的国家了。飞机停稳后，并没有接上廊桥，而是需要坐摆渡车。经验告诉我，坐摆渡车一般都是航司省钱之举，因为停机位可能会比较贵，却不方便乘客。从英国出发的时候，温度只有五六摄氏度，到土耳其也就10摄氏度左右，而内罗毕的温度足有22摄氏度。我也顾不上脱掉羽绒服，背着包，拖着箱子，出了一身的汗挤上了摆渡车。经过几个有点像国内用铁皮挡着的工地以后，就停在了一个类似大仓库的建筑前面，这应该就是入关大楼了。大仓库的墙外是几幅很有非洲味道的彩绘。走进去十几米就可以看到十几个木制的台子排成一排，那就是办理入境手续的地方了。在"VISA"牌子下面已排起长队，此时已是凌晨4点多钟，看着一张张疲惫的脸，再看看签证官员貌似认真的样子，我不禁想到了出门在外总是受欺负和挨宰的情形。

等排到我的时候，我把护照和事先填好的表格给他，他看了看我，问了几个不痛不痒的问题，就让我按指纹了。我问他办理单次入境和多次价格有什么不同，他说："单次是50美元。两次就是100美元。"我交了单次的钱，按了手印，前后不到5分钟。我问："OK？"他对我笑了笑，突然冒出一句中文："谢谢。"我对肯尼亚的印象一下好了许多，和非洲之间的距离又拉近了。取行李的时候，我才发现那个出国前费了半天劲儿弄到的黄热病小黄皮本他连看都没有看。

（二）英国对肯尼亚的影响

我入住的酒店是当地朋友帮我预订的，不是星级，也不豪华，预订的价格比门市价格便宜一半。酒店和我心目中的酒店完全不一样，它是在一个大大的院子里面，很封闭。我进大门的时候，保安在打开铁门之前先拿出一根长杆

▲ 酒店居然还有游泳池

子，杆头是一个镜子，可以探到车子底下，以检查是否有爆炸物。保安确认没有问题，才打开大铁门放你进去。从停车场到酒店大楼还要上几十个台阶，如果拿着很重的行李就费劲了。由于朋友事先已安排好，我很快就办完了入住手续，押金也不用交，也不用信用卡预授权做担保，直接就拿到房间钥匙了。

我的房间位于五楼，房间里的设施很简陋，有的家具是新的，有的家具是旧的，放在一起很不协调。桌子上还有一台很厚实的老电视，连着一个机顶盒，数据线直接连接在电视前面，不太美观。卫生间基本设施都具备，就是厕所水箱盖子一半是破的。肯尼亚在非洲特别是东非算是一个发达的国家了，也是一个很重要的政治、经贸中心，来往的人员比较杂乱。在非洲，使用马桶与对待喝水问题一样，如果你特别讲究，那么请自带马桶坐垫或多买一些一次性坐垫带过来；如果只是一般讲究，每次多扯一些卫生纸垫上就可以了。要是你特别不讲究，就无所谓了。

洗完澡，我很快就入睡了。外出行走，一定要有说睡就能睡着的本领，只有这样，体力才能迅速恢复，次日才能有精力继续行走。我就有这个本事，到一个地方倒头便睡，且很快入梦。一觉醒来，我拉开窗帘，发现这酒店居然还有一个阳台，站在上面放眼望去，外面晴空万里，空气好得犹如到了七彩云南。阳台底下被一片绿色植被覆盖。更让我心动的是绿色之中还有一个蓝色的游泳池，一个非星级的酒店居然有一个像样的游泳池，这显然在我的意料之外。

虽然肯尼亚是一个发展中国家，但是内罗毕的酒店都不便宜。我的经验是，如果你会讲英语，直接找当地旅游公司即可，又便宜又专业；如果你语言不通，就要时刻做好被宰的准备了。

中国和非洲绝大部分国家都保持着友好的关系，也帮助非洲兄弟做了不少好事。凡是提起中国人，很多黑人兄弟都会竖起大拇指。我的朋友开车带我在城市转的时候，路过一条新的柏油路，部分还正在修建，他说这是中国人的工程，我听了很是骄傲。随着中国与非洲合作的项目越来越多，我认为我们一定要把自己先进的东西和理念带过去，管理水平也要正规化、职业化。例如，在施工处立个牌子，上面写上"中国工程，此处施工，请绕行"之类的警示词语，既宣传了中国，又把中国文明的精神和风貌带给了国外。

当我们经过另一条道路的时候，我感到整条路修得都很工整、规范。我问朋友："这是谁修的？"他说是日本人修的。现实的非洲人对日本人的印象一点也不差。不过和肯尼亚人关系最密切的不是日本人，而是英国人。

大英帝国在100多年前和德国瓜分了东非，从此肯尼亚归属英国管辖。不可否认英国从肯尼亚掠夺了大量的资源，与此同时，也许是为了便于统治，在全世界内建立了英联邦的体系，所以肯尼亚在政治、经济、社会体制和秩序等方面都按照英国的模式建立起来。如果你了解英国，如果你会讲英语，那么你来这个国家就不生疏，因为英语是官方语言，每个上过学的人都会讲英语。即使在这里开车也是靠左行驶。肯尼亚人还很有法律意识，这和英国常年的强力推行有很大关系。英肯两国在政治、经济和军事上也保持着传统的密切关系。

值得肯尼亚人非常感激的还有一个人，而且还是一个女人，她就是丹麦著名女作家伊萨克·迪内森（Isak Dinesen）。这只是她的笔名，其真实姓名是凯伦·布里克森（Karen Blixen）。她于1885年4月17日出生于西兰岛伦斯特德一个贵族家庭。早年就读于丹麦艺术学院，后在巴黎和罗马学习绘画。1914年随男爵丈夫旅居肯尼亚，经营一个咖啡农场。她在非洲生活了17年，于1931

年返回丹麦。其间她把咖啡的种植技术及很多先进的农耕技术引入肯尼亚和自己的庄园，还资助了两位黑人求学并成为名人。最值得称誉的是她的小说《走出非洲》，而由演技派梅丽尔·斯特里普主演的同名电影也大获成功，在1986年的第58届奥斯卡电影节上获得最佳影片、最佳导演、最佳改编剧本、最佳摄影、最佳音乐、最佳音响、最佳艺术指导7项殊荣。目前，恩戈庄园已经被改成博物馆，每天都有上百名游客慕名而至。而这个博物馆前面的那条路就是以凯伦命名的凯伦之路。

前人栽树，后人可以乘凉。不管谁到肯尼亚这片热土，在乘凉的时候，都不要砍树，而应该种下更多的大树。

（三）回归原始与规划人生

肯尼亚位于赤道南侧，按理说应该一年四季都是高温。可是它一面临海，还是一个高原国家，平均海拔在1600米左右，气候条件颇像云南省，一年四季温暖如春。白天的温度常年在30摄氏度左右，而晚上的平均温度也就18摄氏度，同时大气湿度很低，通透性好，即使在炎热的中午也并不感觉有多热。难怪很少见到阳光的英国人都喜欢这里。

来肯尼亚必须要去国家自然保护区。我们在电视上看到的动物世界，特别是关于野生动物的习性的影视片基本上都来自肯尼亚和坦桑尼亚。著名的角马大迁徙就发生在肯尼亚和坦桑尼亚马赛马拉野生动物保护区。查阅"百度百科"资料后发现，肯尼亚是野生动物的天堂，在这个国土面积相当于中国四川省的东非高原之国，散落着大约60个野生动物园，其中有26个是国家级野生动物保护区。位于肯尼亚东南部与坦桑尼亚交界处的马赛马拉国家野生动物保护区，堪称肯尼亚野生动物园的"王中王"。马赛马拉野生动物保护区总面积4000平方千米，其中2500平方公里在坦桑尼亚境内，另外1500平方公里在肯尼亚境内。肯尼亚部分由开阔的草原、林地和河岸森林组成。这个绝世无双的动物王国，是世界上最大的野生哺育动物家园，也是动物最集中的栖息地和最多色彩的荒原，拥有95种哺育动物和450种鸟类，狮子、豹子、大象、长颈鹿、斑马等在这里生生不息。

远方的诱惑——遇见最美的风景和自己
Passions for Seeing the World

▲ 马赛马拉水牛的尸骨

于是我去了最有代表性的马赛马拉国家公园。从首都内罗毕到马赛马拉有两种方式：一种是乘小型飞机去；另一种是加入旅游团乘车去。第一种既昂贵又不安全，所以我选择了第二种方式。组团的形式有很多种，这和你要在马赛马拉所住的酒店有很大关系。如果你住在公园外面，就会便宜很多；如果住在公园里面，就可能贵上好几倍，因为公园里面似乎只有一家五星级酒店。

去国家公园的车一般分为两种：一种是类似我国的金杯商务车，但是上面是可以打开的，供游客摄影用；另一种是比较大型的包起来的皮卡或者吉普车，顶端也开了个很大的天窗。不管选择哪种方式，都要开上6个多小时。凭感觉，车程并不太远，估计都不到400公里。不过，肯尼亚的路况本来就不好，还会经常遇到很高的减速路障。肯尼亚的警察似乎很负责任，路上经常发现检查车辆的警察，这也影响了行进速度。

我们的车子开了3个小时后，从一个岔路口驶向国家公园方向，从此痛苦经历开始上演。因为从这里开始就没有柏油路了，取而代之的是坑坑洼洼的土路。痛苦之一是整个行程根本没有喘息的机会，一路颠簸，坐在后排也一定要把安全带扣好，否则你的脑袋会撞到车顶；痛苦之二是现在正值旱季，路面很干，即使一辆摩托车开过去，也会留下一溜尘烟。每当会车或者超车时，尘土会毫不留情地落到车内每个角落，身上、包上、照相机上都不能幸免。到了住处的时候，大堂的服务员递过来一条毛巾，不怕您笑话，我用毛巾擦了鼻孔以后，白白的毛巾立刻现出两个大黑洞。

在两个多小时既幸福又痛苦的经历中，我再次坚信了我人生的安排。现代社会，百分之九十九的人都是这样规划人生的：在退休之前拼命地工作，攒钱供子女读书，一直到子女结婚生子，退休后再照看孙子。等到孙子大一些的时候，才开始想出去看看外面的世界。这是绝大部分人的生活模式。我经常开导朋友，人生的规划不应该是这样的，人们应该在他年富力强和尚有激情的时候出去行走，看看世界，体验世界。

这有三大好处：

其一，经常出去行走是最好的学习过程。例如，学习或者从事设计的人士如果经常出去行走，就会把世界各地的风格融入自己的风格中，这从书本中是学不来的。

其二，年轻的时候出去行走尚有体力和精力做保证。如果等70岁的时候再想干事情就力不从心了，旅行也要受到很大的限制。例如，到马赛马拉国家公园，如果道路不改善，老人去的话，一把老骨头就有可能交代在路上了；如果你不能去，世界上最值得去的野生动物公园就永远对你关闭，给你的一生永远留下遗憾。

其三，旅行不是简简单单、急急忙忙地到达目的地后再重复地折回。它需要一种激情、一种冲动，只有这样才能在旅行过程中学习、实践和反思人生。到70岁之后，激情和冲动基本不复存在。

因此，我的建议是20岁至40岁是奠定事业基础的时候，需要打拼。从40岁到65岁，如果你能挤出时间和准备一些必要的花费，在你承担了该承担的责任以后，尽量出去行走和旅游，等到65岁再开始工作也不迟。我认为，人生真正的第二春始于65岁。到了这个岁数，你已经有了足够的经历和阅历，已经在旅途中积累了无数宝贵的经验；这个时候，你的子女已经长大成人，即使孙子辈的也可以自理，为你腾出很多宝贵的时间。只有这个时候，才是你在家真正开始工作的时候，如为企事业机构做顾问，在家为子女担任秘书工作，甚至在大学等机构任教等都是很好的选择。这样的人生才是最完美的一生，才不会留下任何遗憾。

途中司机带我去了一个肯尼亚的马赛部落，这个部落多少有点为了旅游业而搞起来的味道。不过，通过一个小时的接触，我大体也了解了他们的生活习俗。

这个部落属于马赛古老的游牧族，族长有至高无上的权力。马赛人一直拒绝现代文明带来的便利，就连汽车都不愿意乘坐。我认为，现在通向马赛马拉国家公园的公路一直都停留在土路的水平，也和这个部落的抵制有很大关系。一百年前英国把分散在肯尼亚的马赛部落赶到了一起，强行管制，迫使他们逐渐适应和接受了现代文明。即使这样，马赛人到现在依然保持着非常传统的习俗。马赛人一直以狩猎为生，拒绝农耕，他们认为农垦施肥是很脏的。马赛人饥渴的时候，用刀插入牛的身上，再插一根管就直接喝血了。也有的马赛人喜欢把牛血和牛奶混合起来喝。总之，这是我们根本不敢想象和接受的。

马赛人也是男尊女卑的典型代表。男人吃肉的时候女人不能看，他们认为看了以后男人就没有力量。男人一生中可以娶无数个妻子，能娶多少完全看实力。如果你养的牛多，那么你就能娶到很多漂亮又年轻的女人，有时一头牛的聘礼就可以换一个老婆。衡量男人强壮的方式就是比赛到底谁跳得最高，如果大家都在抢一个女人，那么跳得最高者得之。这看起来很荒唐，可是对于根本不接受现代文明和工具的马赛人是很重要的。由于男人出去打猎，伤者居多，死亡率也高，因此必须由很强壮的男人娶很多妻子后生很多孩子，繁衍后代且多多益善。为了养家，男人也必须强壮，否则一个男人是很难养得起10个老婆的。男人捕猎，女人们就担负了家里的一切事务，包括盖房子、养孩子、做饭、洗衣服等。每个妻子要盖一个房子自己住，然后等着丈夫的光临。如果丈夫有10个妻子，那么她就要在10天后才能和丈夫同居一次。丈夫要严格遵循"每晚轮流制"，即每晚只能在一个妻子处居住，绝对不能一晚上去好几处，或者连续在一个妻子的房子里居住几天，否则部落的惩罚很严厉。

我们参观的马赛部落是一个由十几个小房子围起来的很大的院子，最外层是由矮树木围起来的护栏，中间空地是养牛场。这个圆周被连着的几个房屋分成几组，然后在空隙中搭个"门"，几个"门"把这些房子隔成几组。每个组的几个房子其实就是一家子，每个房子中住着一个妻子。

走进非洲篇　　011

Enter the Wild Africa

▲ 跳得最高者可获得大家都争抢的女人

　　为了解房子的构造，我还亲自走进了这个"家"。这些所谓的房子超矮，屋门也就 1.5 米高，一进去就是一个只有两平方米的低矮"客厅"，对面是一堵墙，后面是羊住的地方。右面也有一堵墙，墙上有一个更小的小门，通向厨房和卧室。要蹲着才能进这个门，里面黑乎乎的什么也看不见。用手机的光亮才能看见一个灶台和一张"床"，总共空间不足 3 平方米。那天，这家主人正在房子中用木柴烧火做饭，只见白烟不见火。白烟中，隐隐约约看到了地上的一块木板，这就是妻子的"床"。我在里面停留了不到半分钟，差点被烟"呛死"。马赛人解释说，房间修得很小就是为了容易防御并把入侵者轻易地干掉。我们看到他们这种生活方式也许觉得他们很可怜，因为他们根本体验和享受不

▲ 主人的一个妻子，后面是她的闺房

到现代文明。我们对他们的了解也只限于皮毛，他们也许会觉得我们所谓的现代文明更可怜。他们每天都能融入大自然中，也许他们才是真正意义上的人类吧。

（四）精妙绝伦的一个个瞬间

从马赛部落出来再开上半个小时的车，我们就到了闻名世界的马赛马拉国家公园了，这个公园可不是我们理解的类似紫竹院公园那样的公园。前面已经介绍过了，这是和四川省面积大小一样的野生动物保护区公园，也是中央电视台天天播放的动物世界的真实现场。其实在距离马赛马拉还有一个多小时的车程的时候，我们就可以看见成群的角马、水牛、斑马之类的动物了，时而还能看见长颈鹿在高傲地走着。由于这里有人居住，那些重量级的野兽基本白天不会到这里来，只有到晚上饿极了，它们才会来民居附近觅食。

马赛马拉国家公园的大门也很有特色。这是一个拱形的双车道门，一个进车，另一个出车。拱形的顶上不知道是鸟窝还是蜂窝，密密麻麻地堆成一大块，反正我没有见过。大门的前方是一个写着公园简介的牌子，上端是一个非洲水牛的头骨，后下方是一堆大象的头骨。肯尼亚的门票很贵，居然要80美元。

进了大门才明白，这里和最初的想象完全不同，基本上看不到电视里那些凶猛的野兽捕食食草动物的镜头。但是来到这里都以能看到"BIG5"，即五大动物（狮子、豹子、犀牛、大象和非洲水牛）为自豪。这里的大象真的很多，几乎数不过来，有独自行走的，也有浩浩荡荡一大群的。再有就是非洲水牛，我们特意加上"非洲"两个字是因为它和美国及中国的水牛都不一样，它头上的毛发和角都很特别，很像中世纪贵族的头型或者现在法官戴的假发套。当这些水牛看到有人过来的时候，就直盯盯地看着你，一动不动。说它又呆又萌一点也不过分。你别以为它是在给你摆姿势让你照相呢。它的警惕性很高，时刻注意你是否有意攻击它。对于狮子和豹子我并不害怕，倒是对大象和非洲水牛有几分恐惧。原因是这里的非洲水牛非常多，而大象又经常在路边走。这两种超大吨位的家伙有的是力气，即使动物之王狮子也不敢轻易侵犯它们。有一次，两头大象在路边挡住了去路，司机怕惊动它们，就慢慢地从草地开过去，它们使劲盯着我们。如果它们判断错了，以为我们要进攻它们，它们就会冲过来，轻而易举地就可以把我们的车顶翻，然后踏上几脚。

导游说，狮子和豹子都比较隐蔽，需要好好找才能找到。找到它们非常不容易，而能看到捕食的情景就等于中"六合彩"了。肯尼亚是高原气候，早晚凉爽，中午很热。对于狮子和豹子来说，中午太热，不宜出来捕食，因此它们大多数是在傍晚、清晨和夜晚猎杀动物。所以，我们的行程也就围绕着找寻五大动物来安排了：清晨6点半出发去寻找这些动物，大约在9点回来吃早餐，一直休息到下午4点再出去寻找它们，晚上7点左右再回酒店吃晚餐。每当出去的时候，司机就会把对讲机打开以便和别的司机保持联络，如果谁发现哪里有珍稀动物，都会相互告知。

清晨，天刚蒙蒙亮，东方的天空已经溢出彩霞。茫茫大地，一条小路伸向前方，两侧都是齐腰深的野草。大象的叫声随时可以听见，不时还可以看见远方树下的水牛或者羚羊。放眼望去，天苍苍，草茫茫，全无人烟。此时只有我们的车在路上疾驶，而司机对讲机中不断传来的当地语言更营造了一种神秘的氛围，这不是电影，却胜似电影，这种感觉人生无二。

远方的诱惑——遇见最美的风景和自己
Passions for Seeing the World

▲ 黄昏是最美丽的,也是动物之间杀戮的开始

功夫不负苦心人,天大亮了,终于看到了一只花豹。它很可爱,一直静静地躺在大树底下,不仔细看根本注意不到。它一会儿摇摇头,一会儿把腿跷起来支在树上。我们就把车停在距离它 30 米远的地方等着它出动。过了十几分钟,精彩镜头来了,它终于出动了,并在四周走了一圈,然后停下来摆个姿势,只听噼里啪啦一阵快门声,它也似乎很享受大家给它拍照的瞬间。停了一会儿,它又开始走动了,而且走到了我们的车下,距离我们也就两米远。我们的车也跟着它慢慢地开,生怕惊动它。跟了一会儿,其他几辆车也加入进来,花豹好像有点不自在,就跑进了远方的树林中。

第二天上午,我们又看到一只花豹,它躺在石头上似乎正在呼呼大睡,时不时还舔舔自己的脸。司机指着远方的树说:"你看看树枝上是什么?"顺着他手指的方向,我看见好像一匹斑马的大腿正挂在树上。原来它已经在夜晚猎杀了一匹斑马,吃饱以后便开始休息了。没有吃完的部分它就挂在了树上,等着下顿再吃了。我们下午又去那里的时候,它正躲在石头后面大吃呢。

接近晚上 6 点的时候,太阳要落山了,西边一片紫红。一群群瞪羚羊和羚羊正在认真地吃草。这是一幅难得的美丽画面,也只有马赛马拉才配得上此情此景。突然，司机减速了，并压低嗓音轻声说："Look，a lion。"就在我们的车下，一只母狮正趴在那里，完全无视我们的存在。我对它真没有什么恐惧感，也许是电视看得太多了，反而多了几分亲切感。它也很配合，站起来看看我们后就消失在草丛里了。

马赛人告诉我，狮子和豹子会咬死人，但是它们从来不吃人。吃人的动物就是那种长得很不让人待见的鬣狗，它的英文名字就是"Hyaena"，听起来很浪漫——海耶娜。马赛人说它们吃人。它们一般看见一个人走路就会攻击，然后把人咬死，最后吃得连骨头、毛发都不剩。印象最深的是它们的叫声，如同奸笑一般，每当一群鬣狗得手猎物以后，它们嘻嘻哈哈地叫着、笑着就把猎物吃了。司机风趣地说，这时它们就像在开party。鬣狗好像总是很猥琐，经常干一些偷鸡摸狗的事情，难怪就连我90多岁的老母亲，一看电视里演鬣狗，就要求换台呢。我们看到了一只鬣狗正躺着睡觉，听到我们过来了，眼皮就抬了两下。后来看到我拿出大的照相机，它不明白是什么东西，就夹着尾巴跑了。鬣狗是典型欺软怕硬的机会主义者，和狮子、豹子永远不在一个水平上。我的房间推开阳台的落地窗就是野外，尽管酒店在四周设了电网，但还是有很多动物晚上过来觅食。第一天晚上我早早入睡，大约在4点钟的时候，我被一阵阵"笑声"惊醒。我听到了某种动物在"笑声"中的惨叫，我估计是什么食草动物被一群鬣狗追杀到我的阳台下，最后完成了挣扎和被吃的过程。之后，我一直没有睡，因为那种淫荡的开派对的"笑声"永远停留于耳，挥之不去。

五大动物中，最难看见的恐怕就是犀牛了。这种动物很害羞，一般都藏在很少有人出没的地方。我的司机也是一个"老江湖"，到此为止，四种大型动物都已经出现，如果没有让我看见犀牛，多少有些缺憾，他也觉得没有完成任务。第二天退房后，我准备返回内罗毕，而他准备做最后的尝试。他把车开到了几乎没有路的荒野地区，两边的草高得吓人，也不知随时会蹿出来什么动物。司机眼睛睁得大大的，在阳光下放着渴望的光芒。他开着车左顾右盼，突然，他两手松开方向盘，拍起手来："Three rhinos in the front！"（前面有三只大犀牛！）果真，前面一百多米的地方，有三只很可爱的犀牛正在草丛中闲逛，看见我们之后愣了一下，便迈着肥肥的小腿颠儿颠儿地跑向远处的灌木丛中去了。至此，五大动物一个也没有错过。

远方的诱惑——遇见最美的风景和自己
Passions for Seeing the World

▲ 鬣狗有时候看起来很可爱，其实它们是将猎物连骨头、毛发吃得一点都不剩的野兽

▲ 母与子

▲ 善于单打独斗的花豹

▲ 这些年游客越来越多了，动物生存的空间越来越狭窄了

▲ 动物版《音乐之声》

▲ 这两只狮子似乎还未成年

▲ 害羞的犀牛

对于我本人来讲，能否看见 BIG5 并不重要，重要的是过来感受和体验这种纯自然的节奏和环境。它会让你回归大自然，将自己还原成动物，在真实的环境中与动物们同喜同悲。一天下午，我们行进在保护区中，看到几只高高的长颈鹿在吃草，而其中的两只还缠颈示爱；一会儿，又看到一群象从身边走过，有大象在前面开道，也有大象在后面断后，中间的小象四处撒欢，到处乱跑；一会儿，又看到一群非洲水牛齐刷刷地把头抬起来，一动不动地盯着我们，任凭飞鸟在它们身上撒娇；一会儿，又看到无数只斑马，个个都穿着性感的条形衣，撅着圆圆的屁股边走边吃；一会儿，又看到大批的羚羊和瞪羚羊不约而至，在你面前无所顾忌地又蹦又跳，一时间忘了天敌狮子和豹子的存在。

这里是人世间最后的乐园，所有的动物都在遵循一定的规则有秩序地生存；这里是一首歌，每种动物都是这个乐谱的一个音符，它们每天都在演奏着不同而动听的曲子。

在马赛马拉，每天都演绎着弱肉强食。这里是世界上最好的诠释生物链优胜劣汰的地方。马赛马拉草原上大片的草和树木就是专门供给这些大象、斑马、羚羊等食草动物食用的，而这些食草动物又把自己提供给那些食肉动物。如果人类的大脑不比动物复杂，也一定会成为狮子、豹子、鬣狗等动物的食用对象，我们的社会最多也就是像马赛人的社会一样，没有高楼大厦，没有污染。然而人类太聪明了，处于食物链的顶端，还控制了整个地球……

在马赛马拉这样一个野生动物的最后天堂，它们的生活方式也未幸免于难。随着人类的开发建设，自然保护区的面积越来越小。在保护区之内，它们的生活也受到了影响和威胁。每当一辆汽车上的人看到一个珍稀动物时，几乎所有的汽车都会在瞬间赶过来观看或者拍照。由于埃博拉的影响，再加上是旅游淡季，来马赛马拉旅游的人数还不算多，即使这样，一头狮子或豹子的出现也会吸引十几辆汽车的围观。如果在旺季，几十辆汽车同时围观的景象便很常见。站在这些动物的角度看，如果我们一个人正在吃饭，同时有几十只狮子过来围观，虽然不侵犯你，可是你能吃得自在吗？你可能想躲开，可是又能躲到哪里去呢？

（五）乞力马扎罗雪山的召唤

有关资料表明，乞力马扎罗雪山位于肯尼亚和坦桑尼亚边境，是非洲的最高山，常被称为"非洲屋脊""非洲之王"。它大约形成于75万年前。整个乞力马扎罗山山脉东西绵延80多公里，主要由马文济峰（Mawensi，5149米）、西拉峰（Shira，3962米）和基博峰（Kibo，5895米）三座山峰组成。19世纪80年代晚期，基博峰山顶完全覆盖着冰盖，出口的冰川沿着西面和北面的山坡下滑。除了火山口内的内火山锥，火山口内常年为积冰，从西侧流出一条冰川。近年来，山顶积雪融化、冰川消失的现象非常严重，从1912年到2009年的近100年间，冰川已萎缩85%。1912年至1953年，峰顶冰川大约每年减少1%；1989年到2007年，峰顶冰川每年减少2.5%。如果冰川以这个速度消融，大约在2022年至2033年，乞力马扎罗山峰顶的冰川将会完全消失。

当近距离地看到乞力马扎罗山的时候，我被感动了，眼睛也湿润了。眼泪竟然化成了一首小诗：

早春初绽，
冰雪消融，
足尖骚动，
一个低沉的声音在呼唤："来吧！"
来自遥远的遥远。

邀请已发出，
春风做的快递。
送信的主人，
非他莫属，
神奇的乞力马扎罗雪山。

如期而至，
揣着崇敬，

走进非洲篇 019
Enter the Wild Africa

▲ 雪山脚下走单骑的大象

▶ 乞力马扎罗山——非洲大陆仅存的雪山

拥着梦想。
一道缠绕胸间的薄纱,
终被轻轻地揭开。

如果您是男人,
真正的王者,
非您莫属。
您没看见所有生灵,
均向您俯首称臣?

如果您是女人,
伟大的母亲,
才是真正称号。
您的雪水即是乳汁,
孕育着东非万千生命。

如果您是老人,
冰雪是您的白发,
冰川也许会渐渐退去,
白发随之离去,
而您青春如旧。

"小黑非洲",
儿时我的绰号。
半个世纪的迷惑,
终于解开,
原来这才是我的梦土。

乞力马扎罗,

我来了，
带着满身尘土。
结识了各种生灵，
一直膜拜在地上。

乞力马扎罗，
吸吮了您的乳汁，
带来了新的力量。

驻足凝望，
冲动地，
想抚摸您的银发，
渐渐少去。

也许人类要道歉，
予您。
也许您的变迁，
将改变非洲。

然而您都不需要，
更无须担心。
您永远是您，
天荒地老。

（六）纳库鲁和纳瓦沙的故事

先讲一个凄美的爱情故事吧。很早以前，在一个遥远的非洲部落，有一个叫纳库鲁的英俊小伙子，每次外出狩猎他都是全部落的第一，所有的姑娘都钟情于他。一个偶然的机会他结识了美丽如仙的姑娘纳瓦沙，并偷尝禁果。从此他们相爱了。每天他们都如胶似漆地拥在一起，生怕睡觉时一个翻身就会失去对方。

部落中最有权威的人是族长，族长的女儿也恰好看上了小伙子纳库鲁。于是她央求族长父亲做主，让她和纳库鲁结婚。女儿是族长的心肝宝贝，当看见女儿央求他时落下的晶莹泪珠，父亲的心都碎了。他扶起跪在地上的女儿说："女儿，我就给你做主，明日就成婚。"

族长到了纳库鲁的家，向他的父母说明来意。一直很贫穷的纳库鲁的父母，听到这个消息就像天上掉下了馅饼，二话不说就同意了。其实，这个部落所有的事情都是族长说了算，即使纳库鲁的父母不同意也无济于事。就这样，纳库鲁和族长的女儿完婚了。美丽的纳瓦沙得知这个消息后，悲痛欲绝。她对纳库鲁说："你千万别不理我，你就是我的天、我的地，我离不开你。我不在意你结婚，只要别丢掉我，我做什么都行。"就这样，他们又和以前一样，有时在宽阔的大草原，有时在美丽的湖畔，做着人生最美丽的事情。

然而好景不长，他们的幽会最终还是被族长发现了，而这种偷情在这个部落是绝对不允许的，男女都要被绑上大石头沉入湖中。那天，族长把整个部落几千人召集在一起，宣布了对他们的惩罚，由于还得罪了族长的女儿，他们两个人就受到了最严厉的惩罚。纳库鲁身上绑了一块200斤重的大石头，被推下了北部的一个大湖，在推下湖之前，还在他身上砍了300刀直至血肉模糊。纳瓦沙也背了一块100斤的石头，心肠狠毒的族长还把她的皮一块块地割了下来，连同她一起扔进了南面的一个大湖。全部落的人都潸然泪下，为这天造的一对儿恋人惋惜。

一年后，奇怪的事情发生了。北面的湖水变成了粉红色，顷刻间飞出上百万只火烈鸟，部落的人看到了此情景都跪了下来，他们深信这是纳库鲁被砍了300刀以后，他的血肉变成了上百万只火烈鸟。从此，这个湖就叫作"纳库鲁湖"。几乎同时，纳瓦沙沉下去的湖面上也飞出了成千上万只各式各样的鸟，部落的族人们也深信这些鸟就是纳瓦沙血肉的化身，后人也就把这个湖命名为"纳瓦沙湖"。纳库鲁湖以火烈鸟闻名，而纳瓦沙湖则以鸟的种类繁多而著名。

其实，在非洲根本就没有这样一个美丽的传说，完全是我一厢情愿杜撰的。你可能说，我这不是瞎编糊弄人吗？可是去了以后，我真觉得这两个地方

走进非洲篇　023
Enter the Wild Africa

▲ 纳库鲁湖就像一幅画

确实配得上这个神奇的传说。

　　这两个湖都属于自然保护区，距离首都内罗毕不是很远，大约有300公里的路程。我找了一辆私家车载我过去，路线是先去纳库鲁湖，然后在返回的路上再去纳瓦沙湖。经过4个小时的颠簸，我们于中午1点到达了纳库鲁湖。此时烈日当头，气温足有30多摄氏度。我站在高处放眼望去，就只看见一个被山和树林包围起来的湖，没有什么特别的。但此时我遇到了一个难题——是现在就离开呢，还是买票进入保护区？如果不进去，就这样走了，岂不白来了。如果进去，很可能没有什么意思，最重要的是还要支付80美元的门票，同时要支付司机的门票和汽车进入保护区的费用（司机是当地人，20美元就可以了）。我足足犹豫了10分钟，为了不留下遗憾，最终一咬牙一跺脚还是买了门票。

　　也许我选择的时间和时机都不对，拍摄火烈鸟应该在繁殖季节。每到此时都会有大量的火烈鸟云集此地，筑巢产卵，整个纳库鲁湖就会变成粉红色的海洋。尽管3月不是最好的季节，且我们来到这里还是炎热的中午，但是

024 | **远方的诱惑**——遇见最美的风景和自己
Passions for Seeing the World

▲ 纳瓦沙湖的傍晚宁静而美丽

还多少捕捉到了一些平日很难看见的镜头。在国内也可以拍到火烈鸟，可是你拍不到火烈鸟和非洲水牛共生的情景。如果幸运的话，你还可以拍到犀牛和火烈鸟同入一个画面的美景。只不过我们开的是一辆很小的轿车，而保护区内都是凹凸不平的土路，再加上这个司机一看到非洲水牛就发怵，所以我没能近距离地观赏火烈鸟的美姿。但我坚信，我还会再来非洲的，还会来纳库鲁湖寻找他的化身。

两个小时后，我们开始返回，前往纳瓦沙湖。此时已经到了下午5点，夕阳将要落山，它把美丽的晚霞留给了纳瓦沙，也留给了我们。由于时间有限，我贪婪地拍着，生怕错过任何一个精彩的镜头。看到纳瓦沙的化身演变出来的各种珍奇鸟类，看到夕阳将整个湖变成了紫红，我真惭愧自己摄影学艺不精，浪费了这美好的光景。假如我那几个摄影专家朋友过来，他们更能把纳瓦沙湖的真谛表现出来。

我们离开纳瓦沙湖的时候，已经6点半了。由于还要赶路，我们也不敢久留。司机朋友说："你下次来的时候，我们带两个帐篷住在这里，这样清晨的美景就不会错过了。"是的，人生有很多梦想，在有生之年都想实现实属不易。

肯尼亚的交通状况糟透了，回内罗毕必须翻过一座山才行。也许财力有限，通向内罗毕的道路只是一个车道。大货车扮演了主要角色，路途中我们遇

▲ 火烈鸟的天堂

到了两起车祸，回到酒店的时候已经快晚上 10 点了。

我冲完澡，泡了一包国内带过来的方便面，打开了电脑，整理出了一张张摄人心魄的美丽图片，因为我一直认为这些美景就是纳库鲁和纳瓦沙的美丽化身。

（七）知足与不足

总休来说，这次非洲之行是愉快的，给我印象最深的有以下几个方面。

首先是信仰问题。肯尼亚的朋友告诉我，他们百分之九十的人都信奉天主教，其余百分之十的人信仰伊斯兰教。人和人相互尊重，虽然贫富两极分化比较严重，可是人与人的交往并没有居高临下的傲慢和看不起。在特定人群里，人和人相互信任，也很谦让，毫不客气地说，人家开车的素质就很高。

其次是食品安全问题。在肯尼亚，一切强调自然养育和生长，这里的牲畜不能私自屠宰，必须送到内罗毕统一检疫、统一屠宰后才能上市。可以说，这里的牛羊基本都是天然放养的，没有食品添加剂，吃起来味道非常好，又鲜又嫩，不但没有膻味，反而还有淡淡的甜味。难道这才是真正的羊肉？我很疑惑。这里有一家很不错的烤羊腿餐厅，一只 3~4 斤重的羊腿才收 1000 肯币，相当于人民币 60 多元。

这里的水果和蔬菜更不会有添加剂和膨大剂、增甜剂。我发现这里的西瓜都很小，籽是黑黑的，就是不甜，估计这才是西瓜原本的味道。这里的芒果泛滥成灾，小店里的芒果 20 元就可以买一大袋子，又大又甜。

肯尼亚同一商品放在哪里价格都差别不大，不管在超市还是星级酒店。这里的塔斯克啤酒很不错，天热的时候喝起来很爽，即使在五星级酒店也超不过 300 先令，相当于人民币 20 多元。

最后是肯尼亚的人。总的来讲，他们对中国人比较热情友好，也还算诚恳。在肯尼亚的十多天，我晚上从来就没有出过房间。到了回国前的最后一个晚上，我觉得应该了解一下这个社会，于是我就把这次行程中帮过我的几个朋友请过来，一起喝酒、吃烤肉。然后，他们带我去了一个在当地很正规的酒吧喝酒。这个酒吧很大，我们到的时候已经没有座位，酒吧放的都是黑人音乐，很有节奏感。晚上 10 点多钟，一些已经控制不了自己神经的黑人兄弟就和"黑珍珠"们到中间随着音乐扭了起来。黑人男女的身材都是超一流的，他们也都比较爽快，想说什么就说什么，想做什么就做什么。一个喝得有点晕的"黑珍珠"出奇地大方，看到我这个中国人在这里，主动过来和我合影，还要求拥抱。对"黑珍珠"，我永远停留在远距离欣赏的程度，这样她们才更美。

也许是非洲气候比较炎热或者商业和经济不太发达、整日要做的事情不多的缘故，他们的节奏都会慢半拍。他们最奢侈的就是时间，我住的酒店不远处有一个酒吧，这个酒吧周末的音乐居然从晚上 8 点一直响到天亮。在我们从纳库鲁返回内罗毕的那天晚上，司机告诉我，马上就要上高速公路了，汽车就可以开得很快了。一会儿到了他说的所谓高速公路，我笑了，这就是一条只有两条车道，中间被隔离带隔开的普通公路，就连我们的一级公路都不如。看到这些，作为中国人的自豪感油然而生。

经过近 20 小时的折腾，我终于飞回了祖国。一种祥和平安的感觉立即充满心头。

远方的诱惑——遇见最美的风景和自己
Passions for Seeing the World

▲ 非洲——一个走了还想再去的地方

回到了故乡，回到了家，非洲的一切犹在眼前，历历在目：从乞力马扎罗的白雪到马赛马拉的大草原，从纳瓦沙湖到纳库鲁湖，从狮子的低吼声到鬣狗嬉皮笑脸的淫叫声，从剽悍的马赛人到酒吧的黑珍珠……一直萦系心头。

我打开电脑，又把电影《走出非洲》找了出来，随着电影的展开，那熟悉的景象又跳跃在眼前，仿佛置身其中。凯伦家的房子和花园就是电影拍摄场景地。梅丽尔·斯特里普把凯伦演得比真的还像。

凯伦嫁给伯爵来到非洲。她丈夫也是一个闲不住的人，刚结婚就离家出走。当她问仆人她先生什么时候回来的时候，仆人告诉她："下雨的时候，他就会回来了。"可是肯尼亚只有两个季节，即旱季和雨季，也许这一别就是半年。

凯伦很不幸，没多久她就被丈夫传染上了梅毒。在那个时候，梅毒基本属于不治之症，幸运的是她痊愈了，随即和丈夫分居。后来她又和潇洒帅气、崇尚自由、放荡不羁的雷特福德相爱了。这段如歌如泣的爱情又点燃了她生活的希望。然而美丽柔情的凯伦也并不能拴住雷特福德洒脱的心，在一次他驾驶飞机的途中，意外发生了，他就这么去了。凯伦留在非洲也没有了意义……

和我们传统理解人的美德思维不一样，凯伦帮助了不少当地黑人，但她不是由于气节高尚才这么做的，恰恰相反，是生活的每一步逼着她这么做的。她第一次来到肯尼亚，发现丈夫用她的钱准备实验种植咖啡，后来阴差阳错地成了她每天要做的事情；她帮助当地人治病是由于她出于善心治好了一个人，结果那个治好了病的人又带来了一帮人；她开办学校，让所有的孩子都能上学，是因为她的梅毒虽然治好了，但是从此不能生育，不能有自己的孩子。这一切都从人情出发，顺其自然地产生了绝佳的效果。

二、摩洛哥 | 摄影之国

> 每想你一次，天上就飘落一粒沙，从此形成了撒哈拉。每想你一次，天上就掉下一滴水，于是形成了太平洋。
>
> ——三毛

（一）用双足丈量大地

一天，微信里偶遇一个朋友，相互寒暄。我告诉她过两天要去摩洛哥看看，她立即说："那你可要注意安全。听说那里的人经常偷渡到美国，贩毒的很多，国家也不安全，你一定要多加小心。"我一听就乐了，她说的一定是位于北美的墨西哥。她听我更正了以后接着说："那还不错，属于发达国家，应该安全多了。"哈哈，她一定又搞错了，她说的应该是位于法国南部的摩纳哥。这也不能怪人家给搞混了，世界上带"哥"字的国家还真不少，除了摩洛哥、墨西哥、摩纳哥，还有多哥、特立尼达和多巴哥等。

驱使我去摩洛哥的动机是我听说过太多关于这个国家的故事了，而每个故事都那么令人难以忘怀。那个浪漫、诙谐的经典电影《北非谍影》就发生在这个国度的卡萨布兰卡，而恰巧还有一首《卡萨布兰卡》的歌曲一直被人传颂。著名女作家三毛更是把自己的灵魂丢在了这里，在这里她悟出了人生的真谛。摩洛哥是一个天然的电影拍摄景地，每个人都在这里演绎着自己的故事。能把梦想变成现实的原因还是持中国护照可以免签，这也使摩洛哥成为国人目前为数不多能来一次说走就走的旅行的目的地了。

旅游的目的之一就是寻求落差。这就和水力发电一样，落差越大，越有吸引力，产生的动能就越大。如果世界各地都是一样的人文环境和自然环境，一样的发展模式，那就待在家里好了，哪儿都不用去了。非洲就是一个和中国能产生很大落差的地方。近40年的高速发展，中国已经缩短了和欧美之间的距离，甚至在某些领域还要好于它们。欧洲是一个高度发达的地区，各个方面都很完善，很多东西都可预知和计划，这很适合走马观花的旅游，然而却缺少了未知的刺激和落差的冲击。位于北非的摩洛哥就是一个探寻未知和寻求落差的理想之地。

和中国相比，拥有40多万平方公里的摩洛哥不足挂齿，不过它却有着很多独特之处。摩洛哥地处非洲的西北角，西部和西北部是一望无际的大西洋，南部和西南部是望不透的撒哈拉大沙漠，"大漠孤烟直"是对它最好的描述。东部是阿尔及利亚，北部隔着直布罗陀海峡与西班牙和葡萄牙日夜相望。这种独特的自然条件加上历史上曾是法国的殖民地，使得这个国家多元化的特点非常明显。摩洛哥多数人信奉伊斯兰教，阿拉伯人约占百分之八十，柏柏尔人约占百分之二十。除此之外，摩洛哥还有不少法国人、西班牙人、突尼斯人和阿尔及利亚人。这里的大多数人会讲法语，讲英语的人反而不多。

摩洛哥和英国属于同一个时区，从伦敦飞过去只需3个小时，而且往返的价格只有两千多元。如果从中国去就比较麻烦了，没有直飞航班，一般需要在巴黎或者迪拜、伊斯坦布尔等地转机，价格不菲。

虽说走南闯北多年，可是到了一个非洲陌生的国度，我还是心有余悸的。加之出发前也没有做什么功课，只是在网上查了一家可以做私人定制的公司，看看留言还不错，我就报了名。下了飞机，我一打开手机就收到了一则中国移动的短信："外交部领保中心祝您平安：请遵守摩洛哥法律，尊重当地风俗习惯，禁止使用未经许可的无人机，选择正规租车公司，避免前往人员聚集场所，尽量避免夜间单独外出，防盗防抢。"这言外之意就是说摩洛哥不安全呗，此时我的心里也多少有点担心。

和迪拜出关相比，摩洛哥要烦琐一些。出关前你先要填好一张入境表。虽然国人入境不需要摩洛哥签证，但是边检人员查得还是很认真的，似乎他们都

远方的诱惑——遇见最美的风景和自己
Passions for Seeing the World

▲ 夕阳下的酒店

▲ 很有特色的酒店

会说几句中文，你没有填好的内容，他们问了你以后，还会帮你填上。过了边检，还会有一个人在电梯口再查一下你的护照。取了行李之后，我径直走向出口。由于出发都是在很短时间内决定的，虽然和当地的公司签约了，但没有交一分钱，万一没有人接我怎么办？我正在嘀咕着，忽在接机的人群中看到了一个小牌子，上面有我的名字，心里一下子踏实了。

接我的是一个很高的小伙子，算是导游，他人很热情，英语也不错，只要能够沟通，一切就不是问题。当时已经是晚上八点多钟，夜色已浓，风很大。一会儿又过来一个足足有一米九高的小伙子，他过来就拿我的行李。导游告诉我，他叫穆罕默德，是司机。我们走到一辆很新的四轮驱动的SUV旁，我心里就更踏实了。

导游说今天要连夜开车从卡萨布兰卡到马拉喀什，并在那里住一个晚上，第二天要开一整天车去一个什么峡谷，接着再开一天的车去撒哈拉大沙漠，然后去棕榈峡谷，之后返回卡萨布兰卡。虽然他说的是英语，但这些阿拉伯的各个地名都是嘟噜嘟噜说出来，谁能知道，又有谁能记得住。而出来旅行就是要经历各种未知的事件，这才是旅行的真正意义。

几个小时后，我们便到达了马拉喀什。我们的汽车停在了一堵高高的浅黄色墙的前面，墙上有一扇门。导游说这就是今晚要住的酒店——这哪里像一家酒店，分明是一家民宿小店呀。然而当我走进大门，看到里面却很宽敞，特别是走进自己的房间后，看到了足有80平方米的大房间内富丽堂皇的装饰，真有亮瞎眼的感觉。无论是灯饰、用具、座椅都很别致，而宽大的床上还撒着几个花瓣。此时我感觉到，这个旅游项目的安排是非常用心的。可惜的是第二天一早我就要出发，和这个精美房间"亲密"的时间不足8个小时。

我冲完澡，拿掉床上的花瓣儿，躺在舒适的床上，进入了到达北非的第一个梦乡——真正的旅行刚刚开始。

（二）去看你，欣赏你，拥吻你

随着互联网技术的高速发展及快餐文化的盛行，愿意对着电脑码字的人越来越少了。有时我也在问自己：为什么放着主要的工作不做而要做这些看似无聊的事情呢？的确，写游记就是"劳民伤财"。偶尔去一个地方走走，回来再写写感受，那叫作"旅游"，而当把旅游和码字当作一种常态的时候，那可能就是一种工作了。人的一生分为两大部分：一部分时间是用来谋生的；另外一部分时间是留给自己的。用于谋生的时间多了，自然会有收获，收入会增加，生意也会做大。花在爱好和兴趣上的时间用多了，自然在这方面也会开花结果，但是必然要影响收入和经济基础。人生就是在这两方面平衡的结果。

对我来讲，码字的好处还是大大有的：其一，整理思想，每次旅行都是一次学习和收获。其二，调节自己的情绪和解压，当用于谋生时间过多或压力巨大的时候，出去走走，不失为解压的一个高招。其三，好记性不如烂笔头，码字可以把当时的感受和所见所闻记录下来，给子孙后代积累讲故事的资本。其四，获取是幸福，分享是境界。绝大部分人现阶段还是没有能力和运气在世界各地游走的，把你的所见所闻和感想分享给有同样梦想的人而不独享的确是一种境界。

当然最重要的原因是一次有意义的旅行可以让你贴近大自然，了解社会，点燃生活的激情。摩洛哥就是一个可以拨动你内心世界和点燃你激情的琴弦。由于这个国家所处的特殊地理位置，它具有自然景观多样化的特点。它的北部和西部与大西洋和直布罗陀海峡相邻，雨水充沛，到处是一派生意盎然的绿色景观，如果突然把你空降到摩洛哥的北部，你也许以为自己是在苏格兰或者欧洲的某个国家。它的中部是世界著名的阿特拉斯山脉，从西南到东北横在摩洛哥中间，把这个国度分为自然条件截然不同的两部分，北部和西北部由绿色植被所覆盖，而由于雨水难以逾越阿特拉斯这座大山，其南部和东南部就成了沙漠。摩洛哥南北的跨度也很大，从

▲ 阿特拉斯山的小商品摊位

走进非洲篇 035
Enter the Wild Africa

从上至下：

▲ 沿途的风光

▶ 废弃的沙漠蓄水工程

▶ 这种固沙方法很有效

北纬20度一直到36度，相当于从三亚到郑州的距离。加之受大西洋暖流的影响，摩洛哥北部气候很温和，植被也很丰富，即使在沙漠和绿洲结合的中间部分也有大量的橄榄树、棕榈树、玫瑰树等。这样独特的自然条件就赋予了摩洛哥与众不同的多样化的特质，蔚蓝的大海、金黄色的沙漠、绿色的橄榄树、红色的土地丘陵，还有白白的阿特拉斯雪山。这种多样的自然条件对于旅行者来讲无异于吃了一次难得的丰盛大餐。

我们就是从北向南行进的，先从马拉喀什古城出发，两个小时之后便要穿过美丽的阿特拉斯雪山。和中国的雪山相比，阿特拉斯雪山无论从高度还是惊艳程度都无法相比。但是它距离人的活动中心很近，而且规模巨大，沿着它一路直行几个小时，美丽的雪山也不离不弃，一直陪伴着你。最美的景观莫过于雪山居然可以与沙漠共生，与棕榈树和摩洛哥民居同图而构成一幅幅绝佳的图片。

穿过山脉，地貌就会逐渐发生变化，树木会越来越少，取而代之的是成片的戈壁。行车过程中我看到了排列井然有序、鼓出来的一个个小土包。出于好奇心，我下了车，正好遇见一个守护这里的摩洛哥人，他在这里开了一个路边小礼品店，同时帮助照料这些"小土包"。在这个不毛之地，居然还有人在这里坚守，更让我惊讶的是他还能讲英语、法语和摩洛哥语。这在国内绝对是人才呀。看出我对这些"小土包"感兴趣，他就告诉我这是多年以前摩洛哥人搞的水利工程。它的原理就是积少成多。当地人在这个地方挖了成千上万个蓄水池，也就是所谓的"小土包"，它们底下都是相连的，然后在尽头建一个大的蓄水池，下雨的时候，雨水就先在小土包蓄起来，再流入大的蓄水池。我跟着他先到了土包的上面，原来是露天的，是一个通到下面的黑洞，雨水就是通过露天的大洞来蓄水的。我们又进入了土包的里面，真的和地道迷宫一样，它们每一个都是相连的。想必这么大的工程当时也花了不少人力、物力和财力。他还告诉我，多年前这里就没有了雨水，这些蓄水池也就失去了作用。我问他怎么会没有雨水了，他说也许是气候变化的结果，看来沙漠化日趋严重不是我们一个国家的问题，非洲兄弟同样面临这样的问题。

公路的右面是一望无际的沙漠。由于沙漠具有随风移动性，它给修公路带来了很大的麻烦。在我国的西部和西北部同样有这样的问题，为了固沙也是绞尽脑汁，有靠种树来固沙的，也有用胶水把沙子粘起来的，还有用物理法固沙等。我很好奇摩洛哥人是怎么固沙的，过去一看才明白，他们就地取材，把棕榈树的藤编成网状，然后铺在沙漠里面，这样就把沙子固定住了。这个方法很有效，不知道对国内的治沙是否有帮助，如果国内找大量的棕榈藤比较难，不妨用廉价的秸秆和芦苇、竹子，也许不失为一种好的方法。

那个守护人不明白我为什么对蓄水系统和固沙的方法那么感兴趣，我告诉他我就是搞区域经济研究的，这两个都是地区经济持续发展的手段和方法，值得别的国家借鉴。听到这里，他把我带到了他的驻地，拿出了一个带有当地图腾的挂件说："我把这个送给你，请你一定记住我，记住这里。"也许这个挂件连20元都不值，但至今我还佩戴着。

离开了这个废弃的蓄水工程，陪同告诉我，一会儿就要路过"玫瑰谷"。

玫瑰谷，一个多么浪漫并带有武侠色彩的地方呀。我真想马上飞过去。可是陪同告诉我，4月才是玫瑰花盛开的时候，到那时，整个山谷都会被星罗棋布的红玫瑰染红，那才是最美的季节。当我们路过"玫瑰谷"的时候，我只隐约看到了一些玫瑰树，并没有半点红色。枯燥、漫长的车程也把我慢慢带入了梦乡。我梦见了一个已经有好几个老婆的族长，看上了玫瑰谷一个俊俏的姑娘，便抢去做了老婆，而这位姑娘已经有了心仪的小伙儿。一天，他们约会被抓着了，两个人被处以死刑。当两具尸首被放在毛驴上面准备驮走的时候，突然小伙子的身体又动了起来，小毛驴一下子受惊了，驮着这对儿满身鲜血的情侣在山谷里来回地跑呀跑呀，山谷的每个角落都洒上了他们的鲜血。奇怪的是，第二年在所有洒过血的地方居然都长出了玫瑰树，没过多久，玫瑰花盛开，整个山谷都红了。

梦境毕竟是梦。

此时，陪同的导游告诉我，我们马上就要到驻地——达戴斯山谷了，并要住在这个小镇上一家最好的酒店。果不其然这是一个位置极佳的酒店，它位于峡谷的顶端，不仅可以俯瞰具有伊斯兰教特色的小镇，还可以远眺对面的雪山。我把行李放下，拿起相机就奔了出去。此时正是下午与夜晚交接班的时间，工作了一天的太阳缓缓隐去，而那边的月亮已经迫不及待地挂在了空中等待值班。就在我要收工的时候，发现大方的太阳居然把最后的光线留给了对面的雪山，霎时间，刚才还近乎惨白的雪山顿时披上了红装，看到此情此景，我

远方的诱惑——遇见最美的风景和自己
Passions for Seeing the World

▲ 达戴斯山谷

如痴如醉。其实爱旅行和摄影的人都有一个梦,就是能够捕捉到自己认为最美的画面,如若捕捉到了,再苦再累也值了。发呆了一会儿,我立即又拿出了手机、相机,一会儿用长焦镜头,一会儿用短焦镜头,一会儿用手机,一会儿跑到这边,一会儿跑到那边,忙得不可开交。这种捕捉和享受美的过程,对于没有经历过的人是很难体会到的。

第二天早上,我又早早起床,拉开窗帘,一幅更美的图画显现在眼前:红白相间的雪山,错落有致却带着本色的清真寺和民居,还有浪漫的棕榈树和远处泛着银光的小溪,当然不能忘记厮守了一夜的月亮,它等来了下班却依旧挂在天空等着和太阳道声"珍重"。

我突然想起了杜甫的诗句:"窗含西岭千秋雪,门泊东吴万里船。"用在这里真是太贴切了,不同的是我来自东方而非东吴,交通工具是停在门口的越野车而非船舶。我再次提上各种镜头,冲出了酒店,去欣赏它,去记录它,去和美丽的大自然来一个深情的拥抱。

▲ 远处的雪山给小镇增加了冷美色彩

▲ 雪山、晨光、乡村构成好美的一幅画

（三）三毛，里克，撒哈拉，咖啡馆

坦率地说，我对女作家三毛真的没有什么研究，对她的了解仅限于一些碎片信息。这主要是男人和女人的关注点不太一样。男人从小更倾向于看打斗的作品，如《水浒传》《三国演义》《三毛流浪记》，还有金庸的作品，而不是看诸如《梦里花落知多少》《温柔的夜》《月朦胧，鸟朦胧》这些即便用1000分贝喊出来也不会吓着别人的哝哝低语作品。随着年龄的增长，女人相对会变得越来越粗犷和坚强，而男人也会变得越来越细腻，懂得感情。

虽然三毛的作品我没有认真地看完一本，可是她的一些名言名句确实感动了我，也让我从中找到了自己的影子。她曾写道："一个人至少拥有一个梦想，有一个理由去坚强。心若没有栖息的地方，到哪里都是在流浪。"是的，一个人如若没有梦想，便无异于行尸走肉和无为的墙头草；如若心有了栖息之地，即便是流浪，也会四海为家。她对感情的描述和比喻也那么生动到位："每想你一次，天上飘落一粒沙，从此形成了撒哈拉。每想你一次，天上就掉下一滴水，于是形成了太平洋。"也只有去过撒哈拉的人，才能感同身受。三毛之所以能在西撒哈拉这个贫瘠的地方一住便是八年，且在这里大彻大悟，世界观走向成熟，除了有她丈夫荷西的因素，我感觉凡是多情的女性在沙漠都会找到真正的自己。

女人其实真如沙也。从性格来看，沙漠虽软，"心"却很硬。沙漠善变，在外力的作用下，沙漠具有很强的不确定性，可是一旦赋予它安全稳定的环境，它便会固定在自己的位置，直到永远。从形状来看，女人亦如沙漠，都有美丽的曲线，特别是在柔光的照射下，凹凸有致，性感有加。从抽象的角度来看，女人思绪无边又细腻，这也符合沙漠的特性，既广袤宏远，一眼看不到尽头，而颗颗沙粒又细小入微，令人难以参透。三毛就是在这里体验生活，感悟人生，写下了不少脍炙人口的文学作品的。

如果去摩洛哥，不去撒哈拉大沙漠的话，就等于辜负了三毛。如若没有三毛，即便撒哈拉再怎么有魅力，也不会有那么多国人去膜拜。在摩洛哥东撒哈拉内陆区，有一片一望无际雄伟而涟漪荡漾的厄尔切比沙丘，它是探险者与寻求冒险的旅行者的必去之地。当我们到达此地，居然发现所有骑骆驼的、开冲沙车的基本都来自中国。由于中国人的涌入，摩洛哥人在沙漠中可以避风的凹陷地还支起了帐篷。在这里旅行者可以居住、吃饭、洗澡，功能很全，如果适当加点钱，就可以住在单人的帐篷里，里面居然还可以洗热水澡。入夜，天空繁星点点，一片寂静，导游把沙漠向导们找来，点起了篝火，接着把客人都邀请出来，一起打着非洲手鼓、唱着歌。有节奏的鼓声配上红红的篝火和每个客人露出的真诚笑容，让整个世界瞬间固定在脑海里，永生难忘。清晨，太阳悄悄升起，一个个骆驼队伍开始返回出发的营地。深色的骆驼三五成行，在黄色的沙漠中穿行，这些极有画面感的镜头也只有在电影中才能看见。

　　说起电影来，我感觉摩洛哥这个国家就是为拍电影而生的。无论是起伏连绵的沙丘，还是山舞银蛇般的雪山；无论是饱经沧桑的古城，还是花谷和橄榄山谷，都是绝佳的摄影场地。在来撒哈拉的路上，我们就遇到了两个值得一去的景点：一个是阿伊特·本·哈杜筑垒村，它指的是一组由高墙围起来的土制建筑，也是一处典型的前撒哈拉居民聚居区。人们沿着居民区往上爬100米左右即可抵达山顶。山顶除一所供看守用的土房子外就是一圈土墙。然而这种荒凉、简单、苍凉的景象正好是电影导演们最青睐的地方，于是就有了许多著名电影，如《角斗士》《四片羽毛》《埃及艳后》《情陷撒哈拉》《尼罗河宝石》《阿拉伯的劳伦斯》《活佛》等30多部影片。

　　另一个值得去的景点就是廷吉尔托德拉峡谷（Todra Gorge），这是摩洛哥10大必去景点之一。它是一个大约有300米长的狭长山谷，最窄处也就20多米，峡谷两侧的山岩足有100多米高，称其为"一线蓝天"最贴切，因为抬头往上看只能看到一线蓝天。世界上居然能有这样的奇景，实在难得。当初这里一定是一片大山，它们不知怎么得罪了上帝，于是就被劈成了两半，永远只能隔隙而望。如果人走在峡谷底下，上面若有埋伏，一个都别想跑掉。这里太适合拍摄战争片了，看到此景，我立即把一个小视频发给了姚晓峰导演（《大丈夫》《虎妈猫爸》等的导演）。问他觉得这里怎么样，他也感同身受。也许哪一天他真会带着大队人马来这里再拍一部赏心悦目的好片呢。

　　我能有来摩洛哥一游的冲动还要感谢电影《北非谍影》。这部电影我至少看过4遍。后来一个朋友告诉我，他居然看过10遍。之所以它那么有吸引力，就是因为它集几大特点于一身，有些情节现在我还都清楚地记着，难以忘却。

远方的诱惑——遇见最美的风景和自己
Passions for Seeing the World

▲ 远方响起驼铃声

▲ 许多电影大片都是在这里拍的

▲ 适合拍大片的峡谷

◀ 云影装饰着大地

其一，演员的演技超群，扮演里克的亨佛莱·鲍嘉和扮演伊尔莎的英格丽·褒曼都是红极一时的实力派演员，他们两个把男女主人公演得可谓入木三分，堪称经典中的经典。其二，这不仅是一部间谍片，更是一部爱情电影，当里克的随从艺人山姆在酒吧里突然看到在巴黎没有赴约的伊尔莎时，惊讶得不知说什么好了，因为他知道那次巴黎爽约几乎毁了里克。伊尔莎要求山姆说："Sam, play the song。"这是他们以前经常听的曲子，见证了他们的爱情。山姆很不情愿地又弹起了那首一定会刺痛里克的 As Time Goes Ly。里克听到这首曲子，正要责怪山姆，猛然看到曾经点燃他的爱情随后又给毁了的伊尔莎。其三，这部电影相当幽默诙谐。一个难民没有钱回家，便向里克求助，里克没有给他一分钱，而是让他去酒吧的赌桌上玩几把，并让他只压"22"，结果那个人连赢了几把。一旁的警察局长似乎看出了破绽，他没有干涉，反而幽默地说他一直以为赌博是公平的，还说里克具有同情心。里克和警察局长似乎存在着某种默契。在电影的最后，里克本来可以和伊尔莎一起离去，但是里克却成全了维克多和伊尔莎，让他们一起飞走，把孤独和痛苦留给了自己。当警察局长看到里

▲ 卡萨布兰卡的标志

▲ 著名的里克餐吧

克杀死了德国盖世太保，他不但没有逮捕他，反而保护他，还幽默地说："我还不知道你原来还是一个爱国者。"并说今后将和他一起去打游击。电影就是在这种跌宕起伏的情节中结束的。这部电影就是在卡萨布兰卡的一个小酒馆拍摄的，从此它就成了世界瞩目之地。

在我第一次看完电影的时候，我就梦想一定要去卡萨布兰卡亲自看看这个"里克咖啡馆"。我还梦想在退休之后，也开一家同样名字的小酒馆，不在乎能否挣钱，主要是想以酒会友，以茶会友。

我们到达卡萨布兰卡的时候，天色已晚。当赶到里克咖啡馆的时候，人家已经下班关门，我只好在外面驻足而望。这就是我梦中的卡萨布兰卡，梦中的里克咖啡馆，今天终于能如愿以偿。里克咖啡馆距离大西洋很近，哈桑二世清真寺也近在咫尺。里克咖啡馆坐落在一个街角的白色楼群里，而不像我想象的那样应该是一个独门独院的酒馆，它也就是TOWNHOUSE的一个门洞而已，有4～5层。门口只有一个人看守。我走到门前轻轻地抚摸大门和把手，不敢相信这就是梦中的里克咖啡馆。随后，我又拿起相机把现实中的它记录下来。

我来过了，看过它了，梦圆了，也就释然了。

摩洛哥人还是很热情好客的。在摩洛哥的几天里，我的导游每天都要为我开、关车门十几次，而且心甘情愿，我虽然不让导游为我开、关车门，但是他一直执意坚持，50多次一次都没有错过。他们把旅行中其他各方面也安排到极致，他们的服务会让你感到很舒服，你想不花钱都不行。

摩洛哥旅游属于明着收费，什么样的费用就享受什么样的服务。我们都有个错觉，认为非洲比较穷，旅游就相对便宜，其实不然，去非洲的费用一般都要高于欧美。所以建议不想降低生活质量还想去非洲旅游的人最好别去，去也不省钱。

再聊聊摩洛哥美食。这里基本都是以牛羊肉为主，鸡肉和鱼肉不多，主食很像馕饼，蜜枣和橄榄油到处都有。第一天吃早餐的时候，我发现不仅可以在馕饼上抹上果酱和黄油，还可以把橄榄油倒在上面吃，效果还真不错。后来每顿饭都少不了橄榄油，以至于去英国的时候，在酒店吃早餐，我也向服务员要了橄榄油，我把面包烤好，就把橄榄油倒了上去。这可把旁边正在吃饭的一对英国老夫妻看傻了，他们一直都盯着我看，难以理解我的举动。他们哪里知道我人虽然离开摩洛哥了,可是心依然还在那里,难以离开。摩洛哥人也喜欢喝红茶,但是里面喜欢放糖,看起来很黏稠,喝起来口感细腻柔滑。也许是这里早晚温差大的需要吧。我喝茶基本不放糖,但是那天早上从帐篷爬起来,冻得瑟瑟发抖,我赶紧到餐厅帐篷里喝了几杯已经提前准备好的红茶,全身立即都变暖了。

旅行基本可以分为两种:一种是文化的;另一种是贴近大自然的。相比之下,我更喜欢后者。摩洛哥历史悠久,有很多历史名城,如菲斯、拉夫特等。由于这次时间很紧,未能成行。不过,这也给我留下了再去摩洛哥的理由。

  用双足丈量大地,
  用金眼审视世界。
  用善心滋养灵魂,
  用勤手书写记忆。

这就是我北非之行的真实感受。

走进非洲篇　047
Enter the Wild Africa

▲ 清晨，一束光洒在了中部的小镇
▶ 有点英国乡村的味道

▲ 苏格兰的美是走心的美

Romantic
Europe

浪漫欧洲篇

走进大山大水,于落日时分托腮而坐,静静地观赏夕阳缓缓落下,聆听大自然的旋律,营造思考人生之时空。不惧孤寂,这正是找回灵魂的最佳时机。

一、英国 | 风景依然独好

（一）西行游记

不知何时，自己的双足开始痒痒了，一种莫名的直觉告诉我，又需要远行了。

带着期盼，带着憧憬，带着一份猎奇的心情又开始了远足之旅。与以往不同的是，这次尽管选择了摄影发烧友常去的景点，但能一次把它们串起来行走并不多见；这次和几个摄影高手做伴，对本人也是一个难得的学习机会。线路是我自己设计的。

第一站：英国苏格兰伊文尼斯城。这个小城风景秀丽，著名的尼斯湖近在咫尺，因此绝不能错过拍摄尼斯湖的景色及周边古堡的机会。如果能拍到传说中的湖怪，那我可就成名了，届时一定不会忘记阅读过这篇日志的父老乡亲们。

第二站：威廉城堡。计划在那里停留两天。一个好的摄影家犹如一个好的猎手，他需要耐心地等待，等待，再等待。大凡无耐心的人，很少能在摄影方面有什么造诣。在威廉城堡住上两天的目的，就是等待合适的阳光、合适的云、合适的场景。

第三站：贝尔法斯特的巨人之路。巨人之路是世界最神奇的地方之一，没有拍摄过巨人之路是一个摄影师终生的遗憾。

第四站：英国卡布利亚湖区景区。普通游人基本就是去温德米尔湖或者安博塞得湖休闲旅游，而发烧友们感兴趣的是湖外湖的景色。他们要向纵深探索，找到常人难以发现的景色。

第五站：约克夏谷地。这个地方可以说是摄影师的天堂。这里不仅有一望无际、峰峦起伏、场面巨大的田园美景，还有一步一景的袖珍景色，或为一小瀑布，或为一堆别致的叠石，或为一棵天然修成的孤树。

第六站：北部威尔士独特的风光。兰格伦小镇及雪域多尼娅自然风景区是必须去的。

第七站：牛津或剑桥及附近的泛红、泛黄的秋叶。秋天总给人一种失落与结果的双重感受。这两所名校每年就像抖去树上的落叶一样送走一批学生，而新的学生又接踵而至。他们就像季节相互交替一样传承着文化和知识。

这次旅程将是一次不平凡的旅程，它将是自然和人文结合的旅程，是一次文化撞击而能激起反思的旅程，是一次抛去烦恼、扬去不好心情的旅程，是一次采集他石之美的旅程。

总之，旅行是一个新生命的开始，如果你也愿意分享这次旅程的真善美及喜怒哀乐，那么欢迎你跟我们一起来完成这次秋日的旅程吧。

我们这次旅行团是由四人组成的，其余三个人都是我的大哥。

几年前，我就拍着胸脯承诺说："等你们退休以后，我会全程陪同你们去周游英国。"就为了这一句承诺，该履行的时候，一定要履行。只是没有想到时间过得真快，原来这些曾经呼风唤雨的大哥们现在都开始退到二线，有的索性直接退休回家了。然而，他们都是有坚定信念的人、有追求的人。摄影就是他们退休后的主要消遣方式了。不同的是，他们的摄影水平很专业，甚至已经达到了在京城办个人摄影展的水平。

三个人中摄影水平最高的是老君哥，我们都称他为师傅，最有号召力的是顺子大哥，而最有实干精神的是伟哥。我们四个人很像去西天取经的小团组。如果一定要对号入座，师傅老君哥理所当然就是唐僧，而我对英国很熟悉，虽不能呼风唤雨，但是开车、引路、翻译等杂活还是可以的，姑且算是悟空吧，顺子大哥总是扛着犹如禅杖的三脚架，很像沙僧，而伟哥只能是八戒了。我们约好在英国苏格兰最北部的"大"城市伊文尼斯见面。我先来英国一天，租好了汽车去伊文尼斯机场接他们。他们从北京出发，到达伦敦盖特威克机场后，再转飞机来伊文尼斯城。

远方的诱惑——遇见最美的风景和自己
Passions for Seeing the World

▲ 三个老哥一台戏

旅行就是一种冒险。为了省钱,我选择了埃及航空公司的航班。虽然开罗已经平静,但是从那里转机还是心有余悸的。埃及是一个发展中国家,各方面和中国相比还有一定的差距。那里的工作人员效率低,有的人还问你要小费,如果不高兴再找碴不让你离境就更惨了。我的这三个老哥旅途也不轻松,出发的时候,国航晚点 6 个小时,到英国以后就错过了来伊文尼斯的飞机。幸好晚上还有一班,花钱补上差价以后,他们就乘最晚的航班来到了伊文尼斯。

1. 小人物,小故事,却耐人寻味

一则:尊严一定要有钱吗?

我是乘坐火车从约克城来到伊文尼斯的。如果你提前在网上订票,就可以买到比普通座位还要便宜的头等车票。坐头等有很多优势,可以得到免费提供的餐饮及长时间的免费上网,并且座位大而舒适。

不得不承认,英国虽然是世界上最早使用火车的国家,但是火车的更新换代要比中国慢得多。如果列车行驶得很快,人在车上感觉是很晃的。不过,中

国的高铁、动车就好得多。

即使这样，英国的列车服务员也不断地走过来，问你喝什么、吃什么。英国的传统早餐一般包括煎蛋、煎肉、香肠等，这些在火车上都可以享受到。我看大部分英国人依然按照三部曲进餐，先吃麦片，其次煎蛋、煎肉等，最后喝茶和咖啡。吃饭的时候，坐得端端正正，用刀叉慢慢享用。女人像女士，而男人像绅士。

从国人的角度来看，火车摇摇晃晃的，用得着这么讲究吗？一盒方便面不是更实用吗？英国人可不这么认为，他们觉得很有必要，因为他们觉得自己是高级动物，既然高级，就要活得有品位，活得有尊严。说白了，装也要装出来。

有人说，活得有尊严的前提是一定要有钱，我倒不这么认为。一个人活得有尊严首先需要律己，需要尊重别人，需要有自己的思想，这样才能获得别人的尊重。

活得有尊严真不完全是钱的事情。这需要社会上的每个人守法、律己、尊重他人、提高自己的素质和品位，这样才能获得尊严。

二则：火警警报器是摆设吗？

我们本着节约的精神，预订了英国很便宜的家庭小旅店。价格每人每晚30英镑，虽然折合人民币要200多元，但是30英镑在英国也只能当30元人民币使用。

当我从机场接上朋友回到酒店以后，大家又饥又渴。于是我把事先准备好的大盒方便面拿了出来。四大盒方便面放在一起，倒上开水，再加上调料，一种辛辣浓郁喷香的味道便升腾起来。在异国他乡，在此时此刻，能吃到祖国的方便面，温暖之心不言而喻。

突然，整个小酒店的警报响了。在酒店住的其他客人都跑了出来，而我们依然很享受地嗅着这久违的味道。过了一会儿，警报停了，客人们都回到了自己的房间。又过了5分钟，我们正准备享用泡好的方便面的时候，有人来敲门，原来是消防队过来了。我问他们："已经没事了，你们为什么还要过来呢？"

一个消防队队员说："我们过来就是看看警报为什么响。要查出原因，好防患于未然。"

▲ 走进伊文尼斯自然公园

我真的很惊奇,警报只响了5分钟,消防队就迅速赶到了,效率太高了。他们到了以后,即使没有火情,也要把原因彻底查清楚。我不知道这是一种敬业精神的习惯,还是英国政府一直就把社会各种应急预案做得很好使然。消防人员查了一下也没有发现什么就走了。究竟是什么使小酒店的烟雾报警器报警了呢?此时,我们的八只眼睛同时盯住了四碗热气腾腾的方便面。对,一定是这种诱人的方便面的热气惹的祸。

2. 尼斯湖有湖怪吗?

苏格兰语的湖就叫作"loch"。这就像西藏当地人把湖称作"错"一样。"ness"的本义是"海角",我们通常翻译成"尼斯"。因此,Loch Ness 就是尼斯湖,而"Loch Ness Monster"就是尼斯湖怪。

尼斯湖平均深度达200米,最深处有300米。这也就产生了很多有关尼斯湖怪的传说。互联网有关资料显示,尼斯湖最著名的便是传说中的尼斯湖水怪。尼斯湖水怪的传闻由来已久,早在公元565年就有水怪在尼斯湖中袭击人的文字记录。截至2013年3月,有关水怪的各种记载超过上万宗,它吸引着世界各地很多对此水怪有浓厚兴趣的人前来探险和调查。很多动物专家、生物学家、地质学家对尼斯湖不明生物有着多种解释……很多人对尼斯湖水怪进行了调查，甚至下水捕捉，结果却令人不太满意——没有发现或没有明确证据证明尼斯湖确实有巨大生物的存在。它与百慕大三角、通古斯大爆炸、野人（包括青藏高原雪人和中国湖北神农架野人等）传说、埃及金字塔等成为全球最著名的不解之谜。

我们关心的不是尼斯湖怪，而是能否捕捉到好的美景。上天还是眷顾我们的，上午我们出发的时候还阴雨蒙蒙的，而下午便阳光明媚了。这也为我们创造了良好的摄影条件。

值得一提的就是犹可哈特城堡，这是一个非常独特的城堡残骸。它也部分反映了苏格兰人民反抗外来入侵的历史，特别是用于抵抗英格兰人的侵略，后来其防御的作用就消失了。1692年，留守的士兵走的时候索性把它炸成了现在沧桑的样子，然后离开了这片废墟。此后，城堡再没有进行修复。这也成就了尼斯湖令人心颤的残缺之美。

以前我来过此地，今天我们又来到这片神奇的地方，再次验证了尼斯湖之美。几年前我去了新疆的喀纳斯湖，那里的美景至今记忆犹新，现在居然发现两个湖竟然有那么多的相似之处。

两个湖同样都是位于北部，喀纳斯湖位于中国西北部的新疆的北疆，需要辗转多次才能到达。如果从北京出发，则要先乘3个小时的飞机抵达乌鲁木齐，再乘飞机到达布尔津县，接着要开4个小时的车才能到达喀纳斯。尼斯湖位于英国北部的苏格兰，如果中间经停爱丁堡的话，从伦敦出发就要先坐5个小时的火车，再乘4个小时的大巴才能到达。

两个湖都有古老的传说，那就是水怪。据说喀纳斯湖的水怪就是一条大鲤鱼，而尼斯湖的水怪还没有人敢给出名字。不过有一点是肯定的，尼斯湖一定有两只湖怪，否则一只古老的湖怪没有伴侣，也会寂寞而死，如果这点假设是对的，那么喀纳斯湖也一定有两只。我个人以为，如果是一对伴侣存在，那么一定还有子孙，那就远远不止两只了。

两个湖都是在自然保护区中，都有茂密的植被覆盖。牧业在这里都是主业，如果在夏季，在山坡上还会有白色的羊群点缀，甚是美丽。瞬间，难以分

▲ 独特的犹可哈特城堡

清楚这是在祖国的北疆还是苏格兰的高地。

所不同的是喀纳斯是一个内陆的淡水湖,而尼斯湖实际上是连接两个大洋的一条运河。这也许是世界上第二长的连接大洋的运河,长37公里、宽2.4公里,属于狭长的淡水湖。由于海拔较高,经常会看见"梯级摆渡的船只",一级一级地上升,很是壮观。

两湖地区的降雨量也不尽相同。尼斯湖区每年的降雨量在1100毫米~1900毫米,湖最深可达300米,其淡水总量超过了英格兰和威尔士的总和。喀纳斯湖的降雨量只有600毫米~800毫米,水深最深为188米,湖长也只有24千米。

那次去喀纳斯湖是8月,正是喀纳斯湖植被茂密、气候适宜的季节。蓝天、白云、绿水、青草,无处不体现出北疆诱人的美丽。印象最深的是青烟袅袅下图瓦人的小木屋,在晨光的照耀下像一座座小的金殿。

上次单独去尼斯湖正赶上阴雨,也许就是由于降雨的不同使我的尼斯湖之行大打折扣。那日早上7点我就从爱丁堡冒雨出发,尽管幽默的苏格兰导游一个劲儿地描述尼斯湖有多么美丽,可是窗外的寒气和雨水噼里啪啦地不断发出声响,似乎在否定着导游描述的一切。

浪漫欧洲篇　057
Romantic Europe

▲ 尼斯湖实际上是连接两个大洋的一条运河

▲ 生活在这里的牛羊很幸福

然而透过车窗，我依然可以品味到苏格兰高地那种独特的美丽。即使是时而瓢泼的大雨也没能遮盖住她那婀娜的姿态和风韵。10月底的苏格兰已经进入深秋，山体已是一片暗红色，不过晴空下的苏格兰高地的魅力是任何人都抵挡不住的。我看到了期盼多年的尼斯湖在阴雨中平平淡淡地躺在那里，这多少令我有些失望。不过有湖水和绿地相伴，这里竟然成了苏格兰乃至世界上非常美丽的一景，即使是在霏霏的细雨中。

而这次和几位老哥一起过来，老天却没有让我们失望。拨开迷雾，一束金色阳光照射在那座已经成为残骸的犹可哈特古堡，黑灰色的古堡立即披上了金色的外衣。

回来的路上，脑中来回跳动着喀纳斯湖和尼斯湖的画面，数年前写的《天净沙》又涌现出来。

天净沙·游喀纳斯

乳水蓝天绿荫，
红屋青烟温馨，
肥羊壮马添锦。
晨光洒进，
北疆万物成金。

3. 自觉交费的厕所你会交钱吗？

对于多数国人来讲，能来英国旅行已经很难了，而能来尼斯湖更是难上加难。英国道路系统很发达，只要你一踏上英国这片国土，即使不带地图，也能很容易找到自己的目的地。

我们第二天的行程就是从尼斯湖去著名的威廉城堡。路很好走，只要沿着A82号公路一直行驶就不会走错。这座小城是一个美丽无比的天堂，它面向美丽的大海，背靠英国最高的本尼维斯雪山，具有罕见的大气之美。

我们下榻的是柯蓝麦考夫酒店。酒店不算大，但是一切都很周到，从免费停车，到免费上网，都体现着管理者的管理宗旨和细心。老君哥什么都好就是胃不好。十多年前，医生告诉他他的胃有问题，还可能是恶性的，就建议他做手术。他答应了，四分之三的胃就被切掉了。现在已经基本痊愈，但是和正常人相比还是要多多注意。他一生中最大的爱好就是摄影，世界各地、祖国大好河山都留下了他的足迹，可是他的胃一直困扰着他，主要问题就是消化不良，容易排气。每次上车他就告诉大家："同志们注意了，如果我开窗户，那就说明我要排气了，你们多包涵。"大家听后一笑，都理解。

他还有一个特点就是早睡早起，每天晚上7点就入睡，而3点多钟就起来了。和他同屋的伟哥拜他为师，这些年摄影技术是否提高我不清楚，却养成了和师傅一样早睡早起的习惯。每天凌晨不到4点，他们的房间就开始忙碌起来。第一件事就是泡茶——广东人都有吃早茶的习惯，但是再早也早不过这两位老兄的"凌晨茶馆"。

我们其他三个人都有吃早餐的习惯，可是老君哥由于胃动力不足，就要少食多餐。这天，他等不到早餐时间就先吃东西了，而到了早餐时间却没肚子了，于是他就让我给他带个鸡蛋回来，以便饿的时候充饥。我不清楚英国人是否会让客人把吃的东西带出餐厅，根据我的经验，国内很多星级酒店都是不允许的。

我快吃完早餐的时候，战战兢兢地问餐厅的服务员："我还有一个朋友不来吃早餐了，我能否给他带一个煮鸡蛋回去？"我紧张地看了看这个服务员，似乎她在思考，也在犹豫。我心想，不行就算了，不就是一个鸡蛋吗！结果她说出来的话，让我大吃一惊："你的朋友要煮得嫩一些，还是老一些的？"她不仅没有不让带餐，还居然在"嫩蛋"和"老蛋"方面下功夫。

"老一些的吧。"我告诉她。

过了一会儿，我们的早餐都吃完了，那个鸡蛋还没有拿过来。难道她们给忘了，还是故意不给？我沉不住气了，又问那位服务员："我们吃完了，我现在能把那个鸡蛋带走吗？"

她惊讶地对我说："你要给他带回去？"

"是呀。"我说。她说："我们正准备给他送到房间呢。如果你愿意的话，我们就给你了。"

一个煮鸡蛋能是多大点事呀？自己用餐巾纸包好拿走就好了，用不着麻烦人家的。

060 | **远方的诱惑**——遇见最美的风景和自己
Passions for Seeing the World

▲ 柯蓝麦考夫酒店

▲ "请凭良心交钱,每次 20 便士"

▲ 福特威廉城堡附近的景色

几分钟后服务员走了过来，不是空手，而是端着一个托盘，托盘里有一个大餐盘，大餐盘里有两个装煮鸡蛋的器皿，上面有两个竖着的鸡蛋。另外，还有一个小盘子，盛的是一条煎好的鳕鱼。

我惊呆了，人家怎么能想得这么周到?！在我要端走的时候，服务员还问我："你确认这点东西够他吃吗？"

"够吃，够吃了。"我无言表达，只是代表我的朋友老君哥向她表示衷心的感谢。其实，感谢也没有必要，如果一个社会的经济和文明都已发展到一定程度，人和人之间在同一个层次上就一定会为对方考虑的，因为人们已经不把吃穿住当作一回事儿了。

另一件事情就是我们去苏格兰著名的格伦芬南景区拍摄。我以前从来没有听说过这个景区，只是住进酒店才看见宣传小册子上有一幅犹如仙境的照片。后来我才知道，这个地方很有名。它不仅拥有著名的格伦芬南历史纪念碑，还有仙境一般的景色，特别是《哈利·波特》还在附近的大桥拍摄过，这就更加激起了大家游览此地的兴趣。

中午在餐厅休息的时候，我发现厕所门的旁边挂有一个小纸盒子，上面写道："请凭良心交钱，每次20便士。"我想会不会有人自觉往盒子里塞钱呢。我观察了一下，去该洗手间的人，都遵守这个规定交了费用。

这天，我们主要去了英国海拔最高的山——本尼维斯山及本尼维斯峡谷，下午又去了格伦芬南纪念碑景区。在这些地方，我们拍到了如诗如画的风景，而且我相信随着我们西行行程的慢慢推进，还会有更好的照片呈现给大家的。

4. 西方早晚要学会尊重我们

拿破仑说过："中国是一头沉睡的雄狮，一旦醒来，将震撼世界。"

在他说出这句话的一百多年后，这头睡狮终于站了起来。以前的西方社会提起中国，不是好奇就是貌视，对于中国的一切都很排斥。即使现在在美国很偏僻的地方，可能还会有人问你："中国现在的男人都还留着辫子吗？"

在和国外进行各种谈判时，中国最有分量的底牌就是巨大的商机和市场。由于整个西方世界经济都不景气，西方人开始放下自尊了，愿意竖起耳朵听中国说话了，甚至愿意接受中国的建议了。

随着国人出国越来越多，国人的一些习惯也慢慢地被西方社会所了解和接受了。

表现最为突出的是文化和语言。泛指外国人的"老外"已经被老外接受，就连他们自己也称自己为"老外"。牛津词典也开始把有些中文词组直接收编，如"guanxi"（关系）"人肉搜索"等。而"good good study, day day up"也被很多老外所接受。有意思的是在中国的老外们大多数已经开始使用腾讯的QQ，他们也经常使用中国式的英语，如"Long time no see"（很久不见了）。有的见了你直接就问："Have you eaten？"（吃了吗？）这两天我们在吃饭的时候，我的朋友对服务员说"欧克"，服务员没有听懂，解释后才知道说的是"OK"，临行前居然对我们说："Wish you OKe."

再有就是中国人的饮食方式也影响着西方人。中国人就餐的时候，喜欢点完菜以后把所有菜放在中间，大家一起吃，这样每个人都能把每种菜品尝一下。但西方人不一样，他们一般自己点自己的，也自己吃自己的。几个人一起出去，每个人都点同一种菜的可能性也是有的。两种方式各有利弊，中国人的方式是吃饭的时候不分你我，剩下饭菜也是大家的责任；而西方人开始吃的时候就很明确，最后结果也明确。我们到西餐馆吃饭，就是采取西式点餐，中式吃的方法。开始老外很不理解，后来看到我们每个人都能吃到多种类型的食物，也就开始习惯和接受了。

英国人吃饭是很讲究的，用餐的器皿也分得很清楚。例如，喝咖啡、喝茶的用具就不一样，比较讲究的茶杯还带有茶杯垫盘。顺子大哥是个急性子的人，喝汤的时候，觉得太烫，他索性就把汤倒在了茶杯垫盘上，这样凉得比较快，更让英国人接受不了的是他居然还把茶杯盘子端起来对着嘴喝。旁边的一位英国人不时地向我们这边看，其实他也不是看不起我们，而是对我们的这种吃法很好奇。老君哥更有意思，他不能喝凉的，所以就把热奶茶直接倒入橙汁里，结果歪打正着，他认为这种"调和法"调出来的橙汁红茶非常好喝，于是每天早上都坚持这么喝。看到这些创新的吃法，开始我也有点诧异，后来也想通了：我们是中国人，想怎么吃就怎么吃。

随着来英国的国人越来越多，受其影响，英国的餐饮再来一次革命的可能性也不是没有可能的。世界上的事物本来就无对错之分，认可并接受的人多

▲ 还以为是两条鱼

了就成了约定俗成的东西。官方消息称，汉语已经成为联合国的官方语言之一了，可喜！可贺！

5. 男人都是被宠坏的

和来自国内的三位对英国几乎一无所知的朋友无缝隙地在一起，我也在不断地反省自己，居然发现有些中国男人和西方的男人相比，有其难以忽视的特性，主要表现为以下几个方面。

首先，有些男人不懂得尊重别人，特别是不尊重女性。例如，有些摄影师想拍出自己经典的照片，但是如果你拿着长焦相机对着一个女士使劲地拍照，这在英国是非常忌讳的。再如，英国人说话是非常注意语气细节的，而我们经常用几句生硬的英语和英国女人打招呼，上来就说"I like you""I love you"之类的，很容易吓到别人。在英国，陌生男人和女人搭讪的时候，一般都会用"May I……""Would you……"等很委婉的语气。

其次，不少男人在国外不拘小节，我行我素。以为说话声音大、旁若无人是我们豪气的表现，但是放到另一个环境也许不合适。有些人有咽炎，如果在不舒服的时候，特别是在就餐的时候发出吐痰的声音，就一定会换来周围人的

▲ 离开苏格兰高地本尼维斯雪山

白眼。还有，有些国人利用了不懂英文的"优势"，遇见环境好的地方，马上闯进去，等到有人出来干涉的时候，方知是私人领地，不得入内。尽管如此，下次遇到类似的地方，他们依然会照例行事。当然，"不知者不为罪"。

中国男人有这样或那样的缺点，主要是和我们的历史分不开的。五千年的历史实际上就是"男权"的历史，男人的地位一直是至高无上的。旧时，他们可以娶妻纳妾，可以游手好闲、无所事事，回家还要饭来张口，稍不如意便可扬手打妻。中华人民共和国成立后，女人的地位得到了很大的提升，但是传统的思想依然没有彻底突破。

西方的女人强调女权，她们从来不觉得低男人一等。

如果说中国男人是被宠坏的一族，那西方女人就是被惯坏的一族，如果能中和一下，结果可能更好。

下一站是去贝尔法斯特。不少人一直不知道北爱尔兰、英国、爱尔兰之间的关系。北爱尔兰和爱尔兰很早以前是一个国家，后来被英国占领了，就成了英国的一部分。爱尔兰属于欧盟，是一个独立的、有主权的国家。贝尔法斯特就是北爱尔兰的首府。记得刚读完博士的时候，我收到了爱尔兰经济研究所的面试通知，当看到杂乱无章的街上都是荷枪实弹的士兵时，我就已经决定不会在这里工作了。

我们一路从苏格兰高地南下，穿过格拉斯哥，到达凯尔燕港口，再乘船去贝尔法斯特。

6. 巨人之路与中国的崛起

巨人之路是在英国的北爱尔兰，从首府贝尔法斯特驱车前往此地也就是1个小时左右的车程。有关资料介绍："巨人之路是沿着海岸悬崖的山脚下，由3.7万多根六边形或五边形、四边形的石柱组成的，贾恩茨考斯韦角从大海中伸出来，从峭壁伸至海面，数千年如一日地屹立在大海之滨，被称为'巨人之路'（Giant's Causeway，也译作'巨人石道'）。"

从巨人之路海岸向大海的方向来看，近4万根这种玄武石柱不规则地排列起来，绵延几公里，亲眼看见令人激动，令人震撼。我相信已经有无数来过此地的中外游客被这气势磅礴的景象所感动。那天风雨交加，在风力最强的时候人都无法站稳，顺子哥的三脚架被吹翻，昂贵的镜头也给摔坏了。

尽管巨人之路完全是一种地质变化形成的产物，但还是有很多民间故事在流传。有的说它是爱尔兰巨人和苏格兰巨人为了较量而修起来的海上之路，后来苏格兰巨人恐惧前者便逃回苏格兰，同时把这条海上之路毁了，而现在看到的就是没有毁掉的部分；有的说它是爱尔兰巨人为了迎娶自己心爱的巨人姑娘而修的堤道。

在异国他乡谈及巨人，我总下意识地和中国联系起来，因为我们更希望自己的祖国能够强大，能够成为真正的世界"巨人"。事实上，拿破仑的预言已经应验，中国这个"巨人"已经开始苏醒，而目前国际大环境又给中国提供了成为"巨人"的绝好的客观条件和机遇。多年前，国人一直羡慕美国的"超前消费"模式，而自责自己为什么不能像美国人一样潇洒，挣了钱就立即花掉。就在几年前，包括美国在内的西方社会突然资金链条断了，造成资金循环短缺，从而大规模地形成了金融危机，有的国家居然到了要卖自己国家的地步。这时候，一向以勤俭节约为荣的中国人却没有被卷入这场危机，因为国库和个人手里的存款都可以抵御不同程度的资金短缺危机。不仅如此，在世界所谓的强国都在忙于解决自己的经济和社会问题而无暇顾及其他国家时，中国即可充分利用此时的国际环境，利用手中比较宽裕的资金，通过收购海外著名机构、引进先进技术、购买国外稀缺资源，来达到重新分配国际技术和自然资源的目的，使中国一举成为世界"巨人"。

中国成为真正的世界"巨人"是可行的。18世纪，英国人发明了蒸汽机，带起了"产业革命"，同时利用工业革命带来的成果，扩展势力范围，在全球掠夺资源，确立世界霸主的地位；19世纪，日本通过"明治维新运动"，大搞资本主义和吸收先进的科学技术，推广和普及新文化知识和教育，之后便跃入世界强国之列；20世纪初，美国人也抓住第二次世界大战的机遇，成为世界的霸主。

不论英国、日本，还是美国，它们都有共同的特点：首先，它们都没有浪费历史带来的机遇。有一则寓言很能说明问题：一个信奉上帝的人落入河流中，有人把一块木板给他以救其命，可是他说："我有上帝保佑我呢，用不着。"一会儿水越来越急，一老翁摇船过来救他，他依然说不需要，因为有上帝保佑他。终于，他被洪水淹死了，到了另外的世界。他问上帝："您不是可以保佑我吗？为什么我还会被淹死？"上帝说："我曾给过你两次机会，你都没有把握住，所以你才死了。"现在正好是中国成为巨人的大好时机，错过这次机会，不知道"上帝"何时还能再给中国这样的机会。世人公认的中国历史上的盛世是唐宋，而宋代距离现在也已经有1000年了吧。

其次，光有机遇是不够的。即使把握住机遇而没有强大自己，其结果也只能是一只病入膏肓的大象，最终还会让列强们蚕食掉。和改革开放前相比，我们各个方面都有了明显的进步，而要成为一个真正意义上的强国，笔者认为，必须具备以下几个条件：

第一，国家的经济和财富总量在世界绝对处于前三名。

第二，国家在国际事务上有充分有力的话语权。

第三，国家的百姓在国外永远以作为一名中国人而自豪。

第四，国家有基本的诚信，百姓有很高的国民素质，对社会和自己都充满信心，每天都是微笑着的。

浪漫欧洲篇　067
Romantic Europe

▲ 海的对面就是苏格兰

▲ 巨人之路，伸向大海

▲ 巨人之路保存完好

7. 善良的爱尔兰人

陪这三个老大哥摄影是一件苦差事。因为这些天不仅要无缝隙、无空间地陪同，还要负责他们的吃喝拉撒睡，稍不如意，就有可能遭到他们的"呵斥"。他们都是年长的大哥，也都在摄影方面有很深的造诣，谁也得罪不起。

预订酒店最耽误时间了，这期间正好赶上英国学生放一周假，家长都带孩子来旅游，房间非常难预订，特别是还要考虑价格和舒适度的因素就更难了。每天晚上大哥们上床睡觉的时候，就是我找酒店的开始，有时为了找一个合适的酒店，我几乎要把所有酒店比较一番。经过这么一弄，毫不夸张地说，一个职业旅游公司都未必有我熟悉英国的酒店情况。

吃饭就更成问题了。大哥们的胃似乎都不怎么样，除了"造气"的能力超强，几乎没有什么消化能力。也许是我的胃一直不错，"饱汉不知饿汉饥"。刚开始几天我们总吃西餐，中午一般就着干面包喝西式的汤和热巧克力。有一天刚吃完午饭，老君哥的胃就不行了，痛得他简直要打滚儿。这可把我吓着了，从此以后，我每天必找中国餐馆就餐。印象最深的就是贝尔法斯特的一家中国餐馆了，那里的清蒸鲈鱼异常鲜美，即使在国内也未必能吃到这么好的口味。

上述这些也没什么，最要命的是大哥们的行程可以随时更改，经常搞得我措手不及。有一天，身为"唐僧"的老君师傅心血来潮，告知我们拍照行程应该是拍到哪里就住到哪里。我还真听他的了，导致晚上四处都找不到住处，后来还是让英国的朋友在网上勉强预订上的。

我们结束了北爱尔兰之行，按照原来的计划本应该返回英国，可是老君师傅不这么想。他说："悟空，我们既然都来北爱尔兰了，为什么不去爱尔兰？！直接杀向爱尔兰，再回英国。"我一听就蒙了，往返船票都是事先预订好的，而且到爱尔兰就是另一个国家了，可能还要遇到签证、货币（爱尔兰用欧元）、酒店等诸多的问题。但是想了一下，大哥们来一次也不容易，就坚决地执行了。可是背后的大量工作依然要做。结果我又花了半天的时间换船票，还在网上搜索入关的信息，同时预订爱尔兰的酒店。

在我的印象里，到爱尔兰一定要过海关的，因为北爱尔兰属于英国，而爱尔兰又是一个独立的国家，外国人必须签证的。我驾车的时候特意查找了两个国家的边境线。快到边界的时候，我提醒大哥们："你们把护照都准备好，一会儿要进入爱尔兰了。要办入关手续的。"老君师傅和另外两个大哥都很听话，赶紧把护照找出来，紧紧地握在手里。我们也只是听说有了大英帝国的签证就可以免签来爱尔兰，可是没有亲自验证过，心里没有底儿。

马上要开到边界了，但我们并未发现有边检的迹象和设施。"难道定位错了？"我寻思着。又开了一会儿，还没有出现边检，我看看指示路标都已经是爱尔兰语了——实际上我们已经进入爱尔兰国了。过了一会儿，我终于明白了，人家早把边检撤掉了。北爱尔兰和爱尔兰虽然属于不同的国家，但它们是同一个族群，在生活习惯和习俗上从来就没有分开过，因此边检设施早就被拆除了。

在南下的路上，我们尽量走小路，这样可以拍到很多与众不同的片子。在一个风景如画的地方看到一条小路，我毫不犹豫就开进来了。越往里走越觉得不对，原来这是"私人领地"，前面是一栋白色别墅，旁边似乎是一个农场。田野中有悠闲自得的牛羊，天上还飘着白色的云，这简直就是一幅天然的油画！我们将错就错，索性把汽车停下，拿着"长枪短炮"冲下车去，不知情的人还以为我们是日本鬼子进村了呢。

这时候白色房间那边传来了一阵阵"汪汪"的狗叫声。一个足有1.90米的大汉走了出来。我赶紧装傻说我们不知道这是私人领地，就是看到这个地方如此美丽，所以就过来拍照了。大汉凝重的表情和缓一些。接着我就和他东南西北地聊了起来，并告诉他这些都是中国的摄影高手，来这里寻找最美爱尔兰。

爱尔兰人就是这么简单，我怎么说，他就怎么相信。谁让人家整个国家诚信度那么高呢。不仅如此，他还让几位大哥去他家的后花园拍大海。这次真的走入私人领地了。他家是开农场的，我一直很想了解一下这里的农场主的大致情况，就过分地提出了参观他家农场的要求，没想到他爽快地答应了。他家养了大约1000头牛，个个都很结实。我立即用中国的思维想问他一年能赚多少钱，但是又觉得不合适。后来他说一只牛可以卖到1000英镑左右，我心里就有点数了。

他告诉我爱尔兰对农场的限制非常多，从饲料到卫生都要经常抽查。所有的牲口都要编号，并且备案，一个也不能少，即使死了也要去有关部门"销户口"。他们的分工非常明确,养牛和屠宰必须分开。我们曾经幼稚地认为牛羊是他们的私有财产,自己什么时候想杀一只就杀一只。可是这个假设错了,在我们中国可以在来客人的时候杀一只,弄个全羊烤烤,可是在这里是绝对不行的。这也许是爱尔兰的牛羊和奶制品一向高质量的原因吧。

▲ 这些牛养得真好

临别的时候,我提出了和他合个影的要求,他也欣然答应。为了表示对他的感激,我向他承诺回去以后一定把他和农场的照片发给他,也算是略表感激吧。可是回到营地以后,我发现他给我留邮箱和地址的那张纸怎么也找不到了。这也成了我这次爱尔兰之行的一个很大的遗憾。找不到其实并不重要,重要的是我已经在心中给他和他家的农场永远留了一个位置。

8. 和丽江一样的温德米尔湖

英国的温德米尔小镇和丽江古镇都是我很喜欢的地方。这是因为它们之间有很多共同的特点:从地理位置来看,两个小镇都位于自己国家的西部。丽江在祖国的西南部,而温德米尔位于英国的西北部。

两个地方都是有山有水的地方。丽江的海拔有两千多米高,而温德米尔周围的山区虽然也就数百米高,但是和英国整个国家的海拔相比,已经很高了。水是一个地方的灵魂,两个地方都有水,丽江潺潺小溪穿城而过,水声和红灯笼总是给人留下浪漫、恬静的憧憬;而温德米尔本身就是水做的,水的面积至少要大于小镇100多倍。如果把山比作男人,那么这两个地方犹如两个婀娜多姿、无比水灵的女人天长地久地依偎在男人的怀中。

丽江和温德米尔都是游客青睐的地方。温德米尔的人口不足4万人,可是每年来自世界各地的游客就达150万人,游客数量是小镇人口的30多倍;而丽江的人口大约120万人,每年游客的数量1200万人,游客的人数是丽江人口的 10 倍。拥有 120 万人的丽江在中国的城市规模排行中根本算不上什么，而不足 4 万人的温德米尔小镇在英国却是一个比较大的居民驻点。那是因为中国的人口总数是英国的 20 多倍！

从文化历史来看，丽江和温德米尔都是有着悠久历史的地方。丽江的纳西文化可以追溯到几千年前，纳西古乐高雅而古老，是世界重要的文化遗产；而温德米尔历史上也是诗人辈出，包括著名的英国浪漫主义诗歌奠基人华兹华斯（Wordsworth）和妹妹多萝西（Dorothy）。华兹华斯与另外两名诗人柯勒律治（Coleridge）和骚塞（Southy）合称为"湖畔诗人"。

两个地方都是浪漫者的天堂。丽江的浪漫更是无人不知；而温德米尔湖也是恋人牵手散步欣赏湖光山色的宝地。

当然两个地方也有不少差异，如丽江虽然古朴，历史悠久，但是和温德米尔相比却多了很多嘈杂和浮躁。温德米尔尽管人文和自然搭配得天衣无缝，但是和丽江相比又缺少了几分激情和温暖。然而两个地方都是地球上天造的瑰宝明珠，不如冬季去丽江，夏季居温德米尔；寂寞时走丽江，烦躁时逃往温德米尔洗涤心灵。

湖畔诗人华兹华斯两百多年前在 *An Evening Walk* 中曾写下了关于湖区这样的诗句：

> Waving his hat, the shepherd, from the vale,
> Directs his winding dog the cliffs to scale,
> The dog, loud barking, mid the glittering rocks,
> Hunts, where his master points, the intercepted flocks.
> …
> And, fronting the bright west, yon oak entwines,
> Its darkening boughs and leaves, in stronger lines.

以我的英语水平和文学造诣，是根本不可能诠释其意并译成中文的，然而那湖水、牧羊人、狗、夜中的树叶及湖区那份宁静，像一幅画一样久久留在我的脑中而挥之不去。

远方的诱惑——遇见最美的风景和自己
Passions for Seeing the World

▲ 温德米尔小镇出奇地安静

▲ 著名的英国湖区

▲ 湖区是公认的人生必去景点之一

9. 约克郡谷地

从英国西北部的湖区出来，我们一行四人便前往英国非常著名的自然保护区——约克郡谷地。在离开湖区的时候，我们一致认为湖区的景色已经到了登峰造极的地步，在英国不可能再有更美的景色逾越这里的每寸时空。但是我们错了，英国的景色虽然整体上看大同小异，可是如果你仔细观察，就会发现很多细微之处各自彰显其区域特色。例如，湖区的景色多是湖光山色，山与湖、山影与倒影相得益彰；而约克郡谷地多被山谷和小溪切割而形成特有的景观。为此，我们特意选了两个小镇作为我们的休息站：一个就是约克郡谷地北部的霍斯小镇；另一个就是桑顿沃特拉斯村庄。

10. 霍斯小镇的"公牛头"小酒店

经过两个小时的长途跋涉，我们到了约克郡谷地北部的一个小镇——霍斯小镇。和我们国家相比，它连一个村子都不如，霍斯小镇只有一条主街道，两边布满了小超市、酒吧、邮局。我去给汽车加油，却发现这里汽油价格比英国其他地方要贵 10%，一般来讲英国每升汽油是 130 便士（相当于人民币 13 元），而这里的油价是 145 便士（相当于人民币 14 元）了！

那天正好赶上了西方的鬼节，我们无论去哪里都充斥着"鬼"的味道。我来到了一个旧书店，按理说这是一个传播知识的地方，但书店内的书架上同样也摆满了各种各样的"鬼"。

我们又走进了一个酒吧，打算在这里补充一下食物。英国的啤酒真的好喝。其一，它的成分非常稳定；其二，它的品种繁多，从苦啤酒到淡啤酒，从黄啤酒到黑啤酒，从英国的到美国、德国的，应有尽有，选择余地也很大。特别是英国的苦啤酒独具特色，如果在烦躁的时候喝上一杯略带苦味而又凉爽多沫的啤酒，顿时会让你精神百倍。

我和顺子大哥要了两杯苦扎啤，喝到嘴中清爽无比。老哥说，这是他喝过的最好的啤酒。旁边的一位老者过来和我搭讪，此时我才明白他们为什么会用各种鬼的模型和道具把整个酒吧装点成鬼屋一般。

也许是小镇距离英国中心太远的缘故，这里的人都很热情。我们住进了一家名为"公牛头"的家庭式小酒店。公牛头酒店并不像名字那样显得强壮威武，相反酒店的主人竟是一位和蔼可亲的女士。由于英国的伙食一般，我们打算在外面超市买完食品后回到酒店客厅吃饭。可是，英国人一般忌讳别人在客厅吃饭的，特别是亚洲人总是喜欢吃味道很重的食品，如泡菜、大蒜之类的。所以，当我把买食品回来吃的想法告诉女主人的时候，我以为她会不高兴。出乎我的意料，她居然说："你们需要多少盘子？我给你们准备去。"我告诉她要四个盘子和四副刀叉即可。

11 月的英国已经比较寒冷了。她家的客厅有一个壁炉，和其他地方不同的是，这个壁炉依然烧劈柴，这在现在的英国已经不多见了。女主人看到我们要出去，就补充了一句："晚上我会外出，不过我会把劈柴给你们准备好的。"一句话温暖了我们的心。

我们在小超市买了食品，还买了一瓶单一麦芽威士忌酒。回到小酒店，我们看到盘子和刀叉已经摆放好了。更令我们暖心的是壁炉中的劈柴正在噼噼啪啪作响，而旺旺的、红红的不断升腾的火苗把整个客厅都温暖了。

我们吃着可口的食品，品着正宗的苏格兰威士忌，看着壁炉中的红色火

◀ 约克郡谷地的小店

▶ 约克郡谷地的森林深处

焰，充分感受到异国的情调和温暖。我看见客厅上有一个证书，原来这家酒店是世界著名旅游机构 TRIP ADVISOR 指定的四星级家庭酒店。我们也再次印证了那句老话："以德报德，投桃报李。"

11. 英国连续剧 Heartbeat 的场景拍摄地——桑顿沃特拉斯

我给朋友预订酒店都是在网上完成的，这几天正好赶上英国所有中小学放假一周，酒店个个都爆满。无奈之下，我就预订了一个比较偏远的酒店。这个地方就是桑顿沃特拉斯。

我们一清早就离开了霍斯，一路上尽是美景。在国内的时候，我们在一些景区偶尔也可以看到"百米画廊""十里画廊"之类的景观。而在约克郡谷地，车开了两个小时了，你依然还会觉得人在画中。下午的时候，GPS显示快到目的地了，可是前方除大片的农田和小树外根本就没有看到城市的迹象。我甚至怀疑卫星定位的设置错了。又开了几分钟，车子拐过一个九十度的弯道后，便看见了几棵大树，而大树后面竟是一个非常隐蔽的居民部落，我们终于到了桑顿沃特拉斯。和我想象的完全不一样，这根本不是一个城市或小镇，它就是一个村庄！

这是一个酒吧旅店，左边是酒吧和餐厅，右面是住宿，整个酒店和酒吧由一对老夫妇照看着。当主人得知我们来自中国时，对我们更加热情。他们不停地和我们聊天，介绍了这个酒吧和这个村庄。从中我得到了很多意想不到的信息：第一个信息就是这个酒吧历史很长，具体有多少年历史了，无人考证。它是村民们每天晚上必须来坐一坐的场所。我们国人业余时间一般会打打麻将消磨时光，而英国人习惯去酒吧喝两杯，和村里的人闲聊一下，然后回家睡觉。

第二个信息就是这个酒吧是英国著名肥皂剧 *Heartbeat* 的拍摄景地之一。英国的肥皂剧可以说是非常有名的，如《加冕街》《东伦敦人》等都已经拍摄几十年了，而且每周都连续播放，片子里面的剧情就是日常生活的真实剧情，戏里和戏外永远分不清。对 *Heartbeat* 我了解得并不多，但也知道这是一个很有名的连续剧。随后，我走出房门仔细观察了一下，这个村庄呈圆形分布，中间是一个很大的广场，围绕广场的就是村民的房子。最有特点的就是村里的那几棵大树了，它们把本来比较平淡的村落一下子衬托得充满立体感。晚饭后，我一个人出去围着中心草坪走了几圈，周围的房子家家掌灯，月光下透着那几棵雄壮的大树，更有意境的是时不时能听见不远处"哞哞"的牛叫声。第二天清晨，我们到门外一看，这哪里是什么农村，分明就是一个世外桃源！

第三个信息就是我们终于明白这对老夫妻为啥对中国人有特殊感情了，原来他们的儿子在杭州娶了一个中国老婆，墙上还挂着孙子的照片呢。这个中国女人很伟大，她嫁给了一个外国人，于是她把中国文化传给了丈夫的父母，而父母又把中国文化传给了整个村子。我希望看到我们中国的文化这样自然而然地在世界发扬光大。

浪漫欧洲篇 077
Romantic Europe

从上至下：

▲ 画廊景色之一　　▲ 画廊景色之二

▲ 画廊景色之三　　▲ 画廊景色之四

▲ 画廊景色之五　　▲ 画廊景色之六

078 | **远方的诱惑**——遇见最美的风景和自己
Passions for Seeing the World

▲ 桑顿沃特拉斯村庄

▲ 不漏掉任何美景

（二）我的"三陪"日记

看到这个题目，您可别往别处想。

我这里的"三陪"是指陪同和接待朋友。由于我常在异国他乡，和国内来的朋友吃、住、行都要在一起，所以就有了"三陪"之称。论"三陪"，古来有之，孔子曰："三人行，必有我师焉。"其中就有和任何人在一起都可以受益的味道。孔子又曰："有朋自远方来，不亦乐乎。"朋友从数千里远的中国到英国游历，岂有不陪之理。汉时一大夫曾言："倾户之有，以待客。"就是说要把家里所有的好东西拿出来待客，何况陪朋友在异国走上一走呢？

随着国内越来越多的朋友来英国，我发觉我原来在英国混了十年的光景，今日派上了用场。只要朋友来英国，不管是旅游的，还是办事的，都要给我打个电话："老金，最近我们要去英国待十天，能陪我们去吗？"我毫不犹豫地回答道："没问题！"

做朋友是要付出的。如果看一下朋友的"朋"字，你就知道，朋友是要经常走动的，至少两个月走动一次，否则就不是朋友了。我的朋友很多，自然时间就很难分配开。有的时候，一个月就有两三批朋友来英国，而我一个月之中就要在中英航线上奔波几次，就算为航空公司做贡献了。

今年十月就有三批朋友来英国，点名让我陪同他们。我刚送走一批，就迎来了第二批。这第二批朋友又让我更多地了解了英国。英国就像一本值得读的书，每读完一遍就有新的收获。

1. 漂亮空姐的梦想与现实

我们的旅行当然是从空中开始的。

到目前为止，我也不明白为什么中国至英国的飞行时间要比英国至中国长一个小时。有人告诉我，因为去的时候是逆着地球旋转的，而回来的时候是顺着地球旋转的，这样可以减少飞行的阻力，不知是否有科学根据。

不少人都怕长途飞行，这还是次要的，最可怕的是倒时差，即睡觉差、饮食差，就是去洗手间的规律也给打乱了，也就有了"便差"。经常倒时差的人衰老的速度要比别人快很多，我发现自己这两年皱纹多了，头发也掉得没几根了，估计都是时差惹的祸。难怪孩子们见了我都开始叫我爷爷了。

为了能够减少时差造成的损害，我把自己培养成了夜猫子，在国内每天都要凌晨两点才睡，这样到了英国无非就是再晚睡几个小时，姑且当成熬夜了。这样去的时候基本没有太大的时差反应，而回国的时候就难受了。据说倒时差的时间和所在地相差的时区成正比，即如果相差 5 个时区，就需要 5 天才能倒过来；如果是 10 个小时，就需要 10 天了。英国和中国相差 8 个时区，自然就需要 8 天才能把时差倒完。因此，倒时差是到国外旅行的第一个问题。

另一个问题就是体力上的消耗。如果在飞机上原地坐 10 多个小时，一点都不能动，那是件非常痛苦的事。几年前，一个英国人坐飞机到澳大利亚，结果由于长时间飞行，最后体力不支就把生命交代了。所以每次乘飞机，我都要在飞机的最后面踢踢腿、伸伸懒腰之类的。

这次我和往常一样，到飞机的最后面活动身体。飞机后面一般是空乘服务员准备餐饮的地方，每当要吃饭的时候，空姐们就像走马灯似的走来走去。餐后，空姐很聪明，就把所有的灯关闭，飞机一下子就安静了许多，她们也可以适当休息了。

一个空姐看见我这样一个老者在后面活动，就走过来问："您坐累了吧？多活动身体对您有好处。"

"是啊，10 多个小时太长了。"我下意识地回应。

"您经常来英国吗？"她随意地问。

我打量了一下这个空姐，结果出乎我的意料，这个女孩子还真的很漂亮。在我的印象里，20 世纪 90 年代以前，空姐都是精挑细选的，个个都是美女，特别是她们穿着有型的制服，排队在机场行走的时候，回头率几乎是百分之百。这些年我们国家变化真是太大、太快了，空姐的面纱也被揭去，从此不再神秘，她们就是空中的高级服务员。随着航空业的发展，空姐也供不应求，她们不再是以往人们心中的绝对美女。我面前的这个空姐却是一个十足的美女。她个子约有 1.7 米，眼睛每秒钟都充满着笑意，特别是那洁白整齐的牙齿和红红有型的嘴唇，就是我们这些老头也看得赏心悦目。

"我经常来英国，两边都有一些小业务，所以每年都要来回飞上几次。"说到这里，我想了一下，自从我第一次踏上英伦到现在已经有 30 多年了，如果每年平均来 4 次，我就来英国 100 多次了。

"是吗？"她很惊讶，"其实我对英国也比较熟悉，已经来过两次了。我的男朋友就在英国工作，下飞机后他来接我。"说到这里，她脸上居然泛起了红晕。

"你和男朋友认识很长时间了吗？"我觉得我的问题有点多余。这是人家的私事，和我有什么关系？不过她还是和我聊了起来。她和男朋友虽然认识一年多了，不过只见过三次，第一次是在国内经别人介绍认识的，第二次是一年以前了，第三次就是半年以前了。这次应该是第四次见面。每次都是匆匆忙忙的。

"你想他吗？"我又问了一个多余的问题。

"已经习惯了。其实我们也没有多少感情。他比我大很多，但是我父母觉得他有英国背景，所以特别希望我们在一起。"这个漂亮空姐看我是一个上了年纪的人，自然没有什么戒心，感情那点事儿就一股脑儿地倾诉出来了。

此时，我开始同情眼前的空姐了。为什么就那么迷信国外呢？难道有海外背景的人就比国内的人高一等吗？

我衷心祝福这位漂亮的空姐能有美好的未来。到伦敦了，我和同行的朋友们住进了伦敦一家快捷酒店。清晨，我拉开窗帘，推开了密封很好的窗子，一股清风扑面而来，远方泛起了红霞。原来伦敦依然这么美丽！

2. 陪你走进旧中国的耻辱

首先声明，我属于最不懂收藏和鉴赏的那一类人。

国内的一些朋友对收藏已经到了痴迷的地步。一次，我到一个朋友的办公室，他正手拿放大镜，仔细欣赏着一件唐宋八大家的真迹，以至于我都走到了他的身边，他还没有察觉。和他相比，我就是那种没什么深层文化修养的武夫。十多年前，一个好友把一位张大千徒弟画的老虎送给了我。我看了看，还真像，就没客气地收了。不就是一幅画吗！我乘飞机过安检的时候，居然忘了拿。待我回头再去找的时候，画早已不在了。后来得知那幅画是我朋友珍藏多年的好画，要是现在可能价值百万元。这都是不懂艺术惹的祸。

前一段时间，我应邀到朋友家里做客，他也是喜欢收藏的，院子里全是各式各样的根雕，用材都非常考究。我进了他的书房，却看见满屋都是盆盆罐罐。他逐一给我做了介绍，听得我都蒙圈了。之后，他小心翼翼地从架子上取下来一个有些年份的宜兴紫砂壶，它做工精细，手感圆润，一看就是件宝贝，然后说："这件东西很不错，我觉得咱们哥们儿一场，送给你吧。"我问："它大约值多少钱？"朋友告诉我怎么也要几万元。我连忙摆手："还是你留着吧！我是个粗心的人，说不定哪一天就砸在我手里了。"就没敢再要。

我个人认为收藏真的没有什么意义，这些旧的锅碗瓢勺基本都是从墓地里挖出来的，没什么可保留的。即使是艺术价值很高的书画，用现代的技术仿制就可以了。如果想欣赏原件，就到博物馆。我知道很多人不同意我这种肤浅的观点。不过有一件事我是极力向我朋友推荐的，那就是来了伦敦，可以什么都不看，但一定要去看看有 200 多年历史的大英博物馆。它不仅记载了大英帝国曾经的辉煌，更记载了旧中国的耻辱。

大英博物馆目前藏有 3 万件中国各个朝代的宝物，很多都是世间绝版。馆藏国宝大部分都价值连城，甚至是无价之宝。有远古时期的石器，数千年前半坡村红陶碗及尖足罐，新石器时代的玉琮、玉斧，商周时期的青铜尊、鼎，秦汉时期的铜镜、陶器、漆器、铁剑，六朝时代的金铜佛，隋代白色大理石佛像，唐代三彩瓷器，宋、元、明、清各代的瓷器和各种金玉制品，甲骨文、竹简、刻本古书和地图、铜币、丝绸、刺绣、书画、琺琅雕塑、景泰蓝、漆器、竹编等，可以说包罗万象。如果把所有的宝物按年代排列起来，大英博物馆的中国藏品就可以展示出中华上下五千年光辉灿烂的历史。大英博物馆每年展出数千件文物，如果想看到所有的中国展品，至少需要 15 年。

然而这些展品大部分不是中国前人送给英国人的，而是鸦片战争以来英国人陆续从中国掠夺走的。

我的朋友们当然不会放过这次受教育和鉴赏中国宝物的机会，在我的陪同下，朋友一行来到了外表很素的大英博物馆。中国展厅一直就在博物馆的 33 号展厅。最引人注目的是大厅中间的唐三彩和大厅最后面的壁画了。有资料说，那个壁画就是从敦煌抠出来的。但是我看上面的介绍却是公元 1183 年在清凉寺找到的，后来又藏在五台山的一个庙里并进行了几次修复和绘画。可以说，这么一件宝贝几百年来东躲西藏也没逃过英国人的魔掌。另外一件是乾隆期间的金镶玉书，即用黄金书"写"到玉石之上，也就是镶嵌上去的。据说这种手工艺难度很大，在我国基本已失传，后来国家终于找到了还会此手艺之

浪漫欧洲篇 083
Romantic Europe

▲ 大英博物馆里的中国宝贝

▲ 大师皱着眉头，似乎在说："我怎么稀里糊涂地来到英国了，而且待了一百多年。"

人，就请他做指导，制造了2008年北京奥运会的"金镶玉"奖牌。还有一件就是万历年间的景泰蓝花盘，上面有工艺十分精美的龙和如意图案。这种花盘世上只有两件：一件在大英博物馆；另一件在中国台北故宫。

看着这些陈列很好的宝物，我的朋友说："英国人把这些文物保护得那么好。而且每年都有数百万世界各地来的游客，可以了解中国光辉灿烂的文明历史。"

我和朋友说："这些文物不妨先在英国放着，国人想什么时候来看就什么时候来看。"

3. 海德公园和戴安娜王妃

海德公园对国人来讲并不陌生。工业革命使英国的生产力大大提高，而劳与资、贫与富的矛盾却日益加大。在这种形势下，马克思、恩格斯提出了剩余价值论，即一个商品的价值是靠劳动力的价值而增值的。资本家想获利，必然要拼命榨取劳动力的剩余价值，其结果就是工人忍无可忍，团结起来推翻代表资本家的资本主义制度，从而建立社会主义制度乃至共产主义制度。这种理论最初就是我们伟大的导师在那个年代创立的，他们经常在海德公园之角演讲，唤醒了广大英国民众。这种理论也影响了我国将近一个世纪。

绝大部分国人不一定知道圣詹姆斯公园，但一定知道海德公园；不一定听说过贝克街，但一定听说过马克思墓。据说，以前去马克思墓地是免费的，由于中国人去得多了，现在也要收费了。

每次朋友来英国的时候都提出来要到海德公园走走，这也是我乐意去的地方。到了海德公园之角，几乎每个人又很失望。现在的这个角落，偶尔有一两个人或者站在小凳子上，或者站在几块砖上演讲，几乎没有人去听他们在讲什么。对于不知道海德公园之角的游客，还以为他们精神有问题。

那天，天公很作美。秋日的海德公园已经被金黄色光谱所覆盖，每个角落都留下了国内朋友的感叹和赞美。我们就这么漫无目的地走着，一会儿便来到了一个人工水池，这就是为了纪念戴安娜王妃而修建的纪念水池。据说这个水池居然耗掉了700万英镑，按当时1比15元的比例，那可就是1亿多元人民币。从面积来看，水池还没有一个篮球场大，非常普通。但是经过仔细观察，你才能知道这里面的玄机。

▲ 海德公园里戴安娜的纪念水池

第一，这是一个开放式的水池，它代表了戴安娜生前开朗的性格；第二，水池从高向低，最高处的水从地下 100 米处引上来，然后向两个方向分流，最后汇合到下面非常平静的池面，两个方向的分流代表了戴安娜生前两种不同的命运；第三，水池用了 500 多块经过各种精细加工的花岗岩，其中一部分用于水道的建设，由于石头的特殊形状，从上向下的水流，每到这里要么倒流，要么短暂停滞，然后流向池子的下方，反映了戴安娜生活比较坎坷的一面。

水池刚开始向游人开放的时候，是允许游人在池子里走动的，后来有两个孩子差点溺水，从此游人就不能走进池子里了。

戴安娜是英国百姓非常喜欢的王妃。她心地善良，从事了大量的公益事业，无论是在英国的公立医院，还是非洲某个贫困部落，都有过她的身影；她也很勇敢，在很多场合都建议英国皇室要走进普通民众；她非常美丽，无论是天资还是特有的气质都是天下女人的偶像。她的一颦一笑，举手投足都被不少人所追仿。正因此，戴安娜非常劳累，她已经不是自己了。据说她的鞋子就达 3000 多双，每种场合都要有一双合适的鞋子。

戴安娜 19 岁时风光地嫁给查尔斯王子，成为整个世界最令人羡慕的女人。然而她又是不幸的。1995 年年底，戴安娜正式接受了英国 BBC 电台的独家专访，那天的收视率估计在英国是最高的。也就是那一天，她向皇室正式提出了批评，建议皇族走进贫民，同时把自己的家庭和隐私公之于众。这使英国皇室非常难堪，此事件绝对是前无古人，这相当于戴妃向皇室公开挑战。

专访不久，戴安娜和查尔斯这段美好的婚姻宣告结束。仅仅过了一段时间，戴安娜和埃及电影制片人，也是花花公子的多迪·法耶兹的恋情公布。这无异给了拥有数百年历史的英国皇族和当时的女王当头一棒。英国不少传统人士也不明白戴安娜为什么要和这样一个人交往。戴安娜的声誉也由此受到了影响。就在恋情公布不久，戴安娜和多迪·法耶滋在巴黎遇车祸而亡，年仅 36 岁。

▲ 英国人民一直都很怀念戴安娜

究竟是谋杀还是车祸没有人能搞清楚。我只想说戴安娜的行为不仅是对家庭宣战，她在电视采访以后的所作所为实际上也是向传统的封建皇族开战。

戴安娜是向一种强大的势力发出挑战，因而得罪了具有历史和民众基础的人物或皇室，她在接受了英国电视台的采访不久便命归巴黎。然而，戴安娜王妃还是获得了大多数人的同情。

4. 在丘吉尔庄园的草坪上能干些什么？

我发现这个庄园完全是误打误撞。很久以前我开车去牛津，查找地图的时候看见距离牛津不远处有一个庄园，叫作布莱尼姆庄园，位于伍德斯托克小镇。在牛津办完事，我就驱车来到了这个小镇。

那是一个晚秋的下午，庄园的大门是敞开的。我明目张胆地开了进去，马上就被眼前的景色惊呆了。这里简直不是人间，而是一个仙境；这里根本不是现实，而是一幅油画！向左看，那里是一望无际的绿地，绿地上有星星点点的老树，几百年来一直不离不弃地守候着绿田；向中间看，夕阳西下，逆光中显现出一个庄严的古铜色的建筑物，上面有一个金色的圆球，在阳光的照耀下，尽显高贵和庄严；向右看，是一个蓝色的湖，湖上有一座小桥，它连接着建筑物和远处的一座纪念碑。最引人注目的就是湖中央的一个小岛了。它上面由不同的树种所覆盖，金秋时节，有的变黄了，有的变红了，有的依然存绿。看见这如痴如醉的画面，我仿佛身处梦境，不敢置信。

后来终于知道，这里就是著名的丘吉尔庄园。300多年前，曾显赫一时的英国前首相丘吉尔的祖先（估计是他太爷爷辈的）在布莱尼姆击败法国军队，当时的安妮女王就把伍德斯托克这块宝地册封给了他，并拨款建造那座高贵庄严的布莱纳姆宫殿。谁也没有想到这笔款最终没有到位，丘吉尔的祖先就用自己的钱修建了这座宫殿，历时17年。据说丘吉尔的祖先到死也没有看到宫殿的最终全貌。

宫殿大门直对着的那座纪念碑是安妮女王为了纪念那次战役的胜利而立的。从宫殿走到碑前至少需要20分钟。站在连接纪念碑与宫殿的桥上，只要能用肉眼望到的地方都属于这座庄园，可见其宏大。

那个美丽的湖就是女土湖，湖面永远是蓝色的，而周围的植被却随着四季的变化不断地更新着多彩的衣衫，绿色、金色、粉色、红色和紫色。湖中的天鹅是最幸福的了，只有它们才能领略到庄园每一时刻的美丽。我看到一只天鹅向我款款游来，我真想委以它一个重任，那就是把手中的相机交给它，让它帮我留住这一年四季每个美丽的时刻。

我做了一个假设，如果当时的拨款全部到位了，那么丘吉尔的祖先不仅会把拨款全部用上，而且一定会把自己的积蓄都压上。如果那样的话，这个庄园可能就是世界上最完美的庄园了。

其实这个庄园是不属于我们所知道的丘吉尔的。通过和他的家人聊天得知，丘吉尔首相只是出生在这里，他在家中不是老大，所以就没有这个庄园的继承权。然而，他的名声太大了，他们家族也乐意称它为丘吉尔庄园。这个宏大的庄园也造就了丘吉尔。丘吉尔曾在这里写诗、作画，陶冶情操。他在战争时期所展现的过人的策略，和他从小生长的环境是分不开的。

走进宫殿，宏伟的大厅中间是詹姆斯·桑希尔于1716年绘制的天花板，它按照战争的顺序逐一展现了丘吉尔祖先的胜利。长长的图书馆最初被设计为画廊，这个50多米长的房间显示了一些宫殿内最好的装饰。室内放有女王

远方的诱惑——遇见最美的风景和自己
Passions for Seeing the World

▲ 庄园中的大树随便一棵都上百岁了

安妮、国王的全身雕像。餐厅中，桌子与银色的镀金明顿餐具摆放在一起。大理石门上饰有公爵作为罗马帝国王子时有两个头的鹰章。整个宫殿充满着贵族气息。宫殿里还介绍了丘吉尔的生平、丰功伟绩和他的作品，特别是他在"二战"中慷慨激昂的演讲，让每位游客都驻足聆听，听而振奋：

"I know nothing but blood... You ask me what is our aim？I can answer in our words：Victory，Victory..."（我只知道鲜血……你问我我们的目标是什么？我可以用我们的语言回答：胜利，胜利……）

这就是我在英国最喜欢的庄园，也是我每次都一定要陪朋友来参观的庄园。我不但一遍遍地重复着我所知道的一切，还兴致勃勃地陪朋友从湖边走向

浪漫欧洲篇　089
Romantic Europe

▲ 多姿多彩的景色

▲ 绿地一角

纪念碑，然后穿过小桥走进宫殿，走进二楼重温庄园修建的历史故事，再走进丘吉尔的展厅。出了宫殿，我们又走进由贝尼尼（1598—1680，著名意大利雕塑家）设计的水神喷泉，以及由约翰·范布勒爵士（1664—1726，英国建筑大师）所设计的巨大几何形花坛。喷泉与雕塑浑然一体，构成了无与伦比的美景。

当然别忘了在这美景中品尝价格不菲的自制葡萄酒或者美味咖啡。当你手端红酒，放眼望去，看到远处绿草盈盈、水天一色的时候；当你品尝着咖啡，看见喷泉下错落有致的花坛的时候，你会觉得这杯葡萄酒或这杯咖啡很值，因为你所品味的是多少钱也买不到的美景。

我们就这么随意地走着，跨上台阶，眼前是几乎望不到头的大片的修得整整齐齐的绿地。面积具体有多大不得而知，我猜想应该至少有 40 个篮球场那么大。我的朋友们就立在草坪前不走了，也许是震撼，也许是发呆。

一个朋友突然说："这块绿地简直就是浪费。为什么不种庄稼，而全种草？草又不给牲口吃，全是浪费。"我知道他是在开玩笑呢，就说："这都是养眼睛用的。"是呀，我们的眼睛整天看电脑和手机，如果看一些美好的东西，就是到了 100 岁眼睛也不会花。

我们开始议论这片大草地到底能有什么用，最好能够创下吉尼斯世界纪录。我的一个做领导的朋友一手叉腰，一手指着这大片的绿地说："这究竟能做些啥子吗？我看呢，就在这里支起 1 万张麻将桌吧，这样就可以是世界上规模最大的搓麻胜地了。还有啊，桌子底下全都通上开水管，这样喝茶倒水也方便。"我也附和着说："对了，今年先种上几万棵向日葵，明年就可以边打麻将，边喝茶，边嗑瓜子了。"

朋友们不过是调侃而已，我们也不知道用什么样的心情来看这个举世无双的庄园和这块超大的绿地，究竟是羡慕呢，忌妒呢，还是两者都有？很复杂。

5. 陪玩，陪吃喝，还要陪睡

从国内来英国的朋友，绝大部分英语都不是特别好。英国真要感谢我，要不是我的魅力，朋友们这辈子都不会正眼看英国一眼，更别提来这儿旅游了。换句话说，很多人都是冲我而来的。于是，来到英国必然吃、喝、玩、睡都在一起了。

聊起玩儿来，我倒想多说几句。"玩"，就是口头语的旅游，而旅游无非是要参观人文景点、自然景点，还有风土民情。那么旅游"玩"到什么地步算没有白来，到什么程度就可以了呢？

每个人都有不同的追求和理解。一些朋友是摄影迷，如果他们拍不上一张像样的照片是决不罢休的。一次，我带一个朋友在冬日去巨石阵拍照，他就要拍太阳行将落山那余晖之光，而我们又去得太早了，为了抢一个好的摄影位置，他早早地就把照相机支了起来，然后在那里等待太阳落山的时刻。平常时间过得很快，而那天我们在只有零摄氏度的田野站了一个多小时，手腕上的表就像坏了一样，怎么看都不走。那天我冻惨了，回到驻地就钻进了浴室，在热水池里泡了一个小时才暖和过来。

有些朋友就想了解英国古老的文化和风土民情。但是，英国的文化博大精深，短短几天是不能掌握的。我建议他们只要知道一个大概就行了。一个人如果打算了解一个小镇的教堂是什么时候建成的，甚至精确到具体的日子，我觉得他一定有病。即使是历史学家和研究英国建筑史的教授也没有必要了解那么清楚。多年前看一个歌唱大赛，一个所谓的学者教训一个不满18岁的女歌手，质问她为什么连一个很有名的歌剧作者的父亲都不知道是谁。我听了后，和这个歌手一样感到很羞愧，特别是我什么学都上过了，居然这个问题也答不上来。后来仔细想了一下，我凭什么要知道他爹的名字，我爹的名字你知道吗？

人活一生，要具备两个方面的知识：一个是生存所需要的，这是你生存的手段；另一个是为了丰富你的生活而需要的，可有可无。对于一个歌手来讲，她最基本的就是有一副好嗓子，能把五线谱玩转，最好还能作曲。具体谁是谁的爹根本不重要，即使要写论文或在朋友面前摆谱，无非是上网搜索一下就可以了。因此，我带朋友去游览的时候总是跟他们讲，这个你一定要知道，这个可知可不知，而那个根本就不用知道。一定要知道的，是本科要学的；可知可不知的，是研究生要掌握的；而不一定要知道的，就交给那些专业的博士吧。

陪朋友游览是我的强项，我也喜欢走一走，看看热闹，活动筋骨，呼吸新鲜空气。然而最让我受不了的就是"陪睡"了。我和我的朋友们虽然是不为生计发愁的一族，但都还是很节俭的，有的时候还要同居一室。都是好朋友，住在一个房间，睡前还可以好好聊聊，这也无所谓。但如果遇到那种打呼噜的朋友，我就彻底崩溃了。一次，我和一个朋友住进了一家酒店，我们刚聊了几句，他便鼾声如雷。我想尽了一切办法都不能入睡，突然想起一个朋友告诉我的一个绝招：遇到鼾声特别大的人，你就把你的臭鞋扣到他的嘴上，准保奏效。那天我真的拿起了一双臭袜子，当看到他睡得那么享受的样子，还是没舍得下手。我把我的床搬到了厕所旁边，把头蒙起来很委屈地睡了一宿。

陪朋友的另一个享受之处就是吃喝了。其实完美的旅游是需要具备几大因素的：一是同去一个向往的地方；二是有合适的朋友相伴；三是旅游的吃、喝、住。我和朋友们最开心的事就是一起吃饭及天南地北地乱侃。吃饭时，酒是一定不能少的。从国内带来的二锅头、五粮液之类的酒，带进英国餐馆一般要收昂贵的开瓶费。我们索性就在超市买些熟食回到房间，无所顾忌地吃喝了。

说到喝酒，英国的酒文化一点也不逊色于中国，特别是苏格兰的威士忌更是值得品尝和研究的。每次朋友来到英国，我必然向他们隆重推荐苏格兰的威士忌。

威士忌的意思就是"生命之水"，苏格兰人视其为自己的生命。这里纬度高，多雨多风，冬季寒冷而漫长，在条件恶劣的时候喝上一口威士忌，也许就能救活一条命。威士忌的原料是粮食，和北京的二锅头一样，也要经过多次蒸馏。它口味独特，营养丰富，风靡世界。

首先，威士忌大致可以分为单一麦芽威士忌酒和混合型威士忌酒。一般来讲，单一麦芽威士忌的品质要比混合型的高。这是因为麦芽的含糖量高、发酵好、酒精度高。混合型酒的品质也有很高的，但是由于原料品质参差不齐，整体的质量就不能保证。从市场份额和口味来看，混合型酒似乎占的比例更大。例如，"高地公园""云顶""麦卡伦"就是单一麦芽酒，品质很好，但是鲜为人知；而混合型的"芝华士"却填满了中国的娱乐场所。这也许和价格有一定的关系。

其次，威士忌酒的口味与自己的喜好有很大关系，所以不要听任何人告诉你应该怎么喝。威士忌酒由于比较浓烈，喝的时候可以加冰，甚至加水。如果

▲ 水土保持良好是出好酒的先决条件

加上可乐之类的，口感可能会更好。不过，我个人喜欢纯一些的，天冷的时候大口地喝上几口，顿时热血沸腾。

再次，威士忌也不是年份越久越好。苏格兰当局规定，威士忌在完成酿造过程后，储存三年以上才能称为威士忌酒，也才能喝。它的品质取决于很多因素：第一是它的原料，也就是水和麦芽的品质；第二是它的制作过程，选料、发酵、蒸馏等环节是否能够到位；第三，就是储存的木桶了。木桶的质量非常重要，它决定了威士忌的成色甚至味道。酒精是液体，所以具备热胀冷缩的性能。当天热的时

▲ 酿威士忌离不开蒸馏器

候，酒在木桶里面蒸发不出来，就会渗透到木头里面；当天冷的时候，酒就会收缩，从木头里面返回到液体中，这样的几进几出，就把木桶的颜色和味道吸到了液体里面，也就有了我们看到的威士忌的颜色。目前的木桶大部分来自美国和欧洲，而苏格兰人更倾向于欧洲的木桶。储存顶级的威士忌酒一定会使用新的木桶，这样味道和颜色既正又足；而品质一般的威士忌可能用的都是旧木桶，颜色和味道都要差很多。威士忌酒经过瓶装以后，质量就不会发生变化了，所以并不是年份放得越长越好，关键看什么时候装的瓶子，还有装瓶前木桶的储存条件。

最后，苏格兰的威士忌酒不是唯一的。苏格兰威士忌酒的酿造历史最长，工艺和经验要优于世界其他各地。但是近年来美国也提高了酿造技术，再加上美国的市场大及良好的天然条件，自然而然地就生产出了顶级的威士忌酒。加拿大、爱尔兰甚至日本也跻身世界威士忌生产大国行列，而中国目前还没有一家能够生产威士忌的酒厂。

我曾经陪着国内一家葡萄酒的厂商来苏格兰高地洽谈生产中国威士忌的事宜，但是最后不了了之。最大的原因是怕在中国竞争不过这些已经占领中国

▲ 行走在路上

市场的芝华士、威雀、金边、贝尔等品牌。

陪朋友去苏格兰，我一般还会告诉他们一个英文词组，那就是"Angel's Share"。它的意思是指当酒储存在木桶里，几年以后，酒的重量就会因为挥发而失去很多。人们就问："这酒让谁偷着喝了？"其实谁也没有喝，那是因为酒透过木桶蒸发了。所以就有了"天使的份额"之说。是呀，苏格兰有好的水，有好的谷物，这些都是上天赐予的，既然利用上天所赐的资源生产出这样的好酒，难道分享给天使一些不应该吗？

我们的人生也是一样的，每个人的成功都一定会有别人为之付出的代价，那么别忘了让别人分享你的快乐和感恩。

6. 体验赌场和酒吧

在英国，陪朋友最痛苦的就是不知道如何帮助他们打发这漫长的黑夜。一个可以去的地方就是英国形形色色的酒吧了，但是由于喝酒习惯不同，高档酒吧根本就不是国人愿意消遣的地方。如果到那种社区类的酒吧，那些英国人总把你当成怪物看，他们的思想还停留在很久以前对中国人的认知上：你们这帮人也买得起酒吗？

还有一个选择就是逛商店，但是绝大部分英国的商店晚上6点就关门了。

这些年由于经济下滑，在周末一些商店也开始营业了。殊不知20年前的英国，谁也不敢在周日开业，否则将受到重罚。

那么去歌厅呢？英国除了几个大城市有华人开的类似国内的歌厅，其他地方基本就没有。不过那些地方没有一定的关系和实力最好别去。

不过英国有一个地方可以去，那就是赌场。英国政府早几年意识到这是一个可以集资和提高税收的绝好方法，就在英国开始了赌场的普及。凡是稍微大一些的城市都会有几家赌场。英国电视台也不示弱，公开在电视上开启"超级赌场"，人们足不出户就可以在家里通过现代的手段参与赌博。即使不去赌场，也可以跟着电视节目一起赌。但是在家里和去赌场的氛围毕竟还是不一样。没有亲历过赌场的朋友，对赌场多少会有些好奇。在大多数百姓的眼里，赌博与吸毒是同一级别的，它们都会让人倾家荡产，家毁人亡。到了英国，这块面纱才被揭开。

要是以前去的话，你必须有赌场会员才能进去。如今这种方式也改变了，只要出示证件和留下你的名字、生日、头像就可以进去了。英国是一个"自由"的社会，一般不用担心赌博上瘾会给个人或家庭或社会带来什么危害。似乎英国人比较有节制，去赌场的年轻人很少，基本都是上了些年纪的人。他们一边赌一边喝免费的茶水，有时候还可以免费吃饭。我去了几次，放眼望去，整个赌场非白种人占到八成，其中不乏中国人。他们基本是移民，一般在餐馆工作。他们来赌场有几个原因：第一，比较难融入英国社会，来赌场就是消磨时间和寂寞。第二，打工比较辛苦，总觉得万一赌场赚了一把，就可以不用去卖苦力了。往往去了以后，把刚领到的薪水立即交给了赌场。

和美国拉斯维加斯的赌场不同，英国对赌场的管理还是比较严格的。有人说这主要是为了防止洗钱，也就是把非法得到的钱合法化。另外，严格管理就是防止恐怖分子利用赌博赢来的钱从事恐怖活动，管理部门对于大额赌款的进进出出，似乎都有监控。

另外一个可以陪朋友打发黑夜的办法就是去英国的酒吧。那天是中国的一个传统节日。几个朋友在爱丁堡酒足饭饱，就有些思乡了。我们就打算到外面潇洒一把，找个酒吧大醉一场。我们就在街上溜达，这时前面现出几处灯红酒绿的地方，走近一看是酒吧，门口还有收门票的。收门票的是几个彪形大汉，头巨大，根本看不到他们的脖子。我们五个大老爷们儿买了票就进去了。

原来这是一个艳舞酒吧。吧台前已经站满了人，基本上都是白种人，我们几个黄种人走进去很显眼。我们再往前看，大约10米开外有一个不足两平方米的表演台，上面还有一根管子。有一个身材绝好的欧洲女郎正在表演艳舞。我们每人来了一杯双份的威士忌，随着音乐欣赏这个艳舞。这个舞女动作优美，身材超好，表演动作非常专业，令人感到这是在欣赏一种美和艺术。酒吧里播放的音乐是高歌乐队的 *Love Kind*，很是协调。我回头看了一下我们一起来的一位刚结婚不久的小伙子，已经面红耳赤，眼珠子都快涨出来了。

朋友们看完了都觉得没有什么。一个说："这哪里叫色情？到了泰国你就会知道，英国的艳舞也就是小儿科。"还有一个朋友说："英国社会这样也不错，不藏着掖着。娱乐就是娱乐，生意就是生意，分得很清楚。"我记得我的一个英国朋友过生日，邀请不少人开了一个 party，他的老婆特意在那天花钱请了一个女郎给大家表演艳舞助兴。大家一笑也就过去了。

7. 轻轻的我走了，正如我轻轻的来

第一次去剑桥还是30多年前的事儿。

那时我还在英伦读博，暑期正好申请到了去剑桥大学参加一个国际会议的基金。当时一周的会议费是300英镑，而住宿费每天是55英镑。20世纪80年代，一英镑可兑换15元人民币，而国人的平均工资也就是100多元，而我在剑桥住一天的费用就是800多元。我猜想按照这个标准，我住的一定是最高档的皇宫了。当住进了剑桥大学圣约翰学院的时候，我才知道原来住的就是剑桥大学非常简朴的学生宿舍。10多平方米的房间中间有一张硬板床，旁边还有一个小书桌和书架。窗外的景色还不错，那是圣约翰学院中间修剪工整的犹如地毯般的绿地。绿地和那拥有千年历史的金黄色建筑产生的反差之美，令人难以忘怀。

在以后的若干年里，我几乎住过各式各样的酒店，其中不少可与古时皇宫媲美，然而它们几乎都如过眼云烟，根本没有留下深刻的记忆。这简单的学生宿舍，却让我回忆如初，而且越来越深刻。

我以为一个人对美的理解和欣赏是需要时间的沉淀和知识的积累的。在他

年轻的时候，或出于忙碌，或出于沉淀和积累不足，他往往会忽略身边美好的景和物；在他拥有这些能力的时候，便开始留意过去曾经被轻易放弃的美好的东西。我相信我就是这样一个人。在以后的空闲时间里，我又数次造访剑桥。每当看见国王学院那座似乎永远不朽的教堂，即会产生一种敬畏；每当走进街边的咖啡屋，即会被剑桥的氛围所感染；每当站在圣约翰学院的草地上，即会想到20年前开会的那些日子。每每看到剑河上年轻人乘小舟游弋，我便后悔当初为什么要放弃申请在这所大学读博成为这里主人的机会，哪怕只有四年！其实，我应该很满足了。能来剑桥就已经很不容易了，而我想来便来，还居然做过一周剑桥大学的客人。

　　三十多年前，在剑桥读书的中国学生不足一二百人，没有多少人会提到那位诗人。若干年前的一天，我突然发现在剑河上的小桥旁不知道什么人立了一块石碑，上面刻着："轻轻的我走了，正如我轻轻的来。我挥一挥衣袖，不带走一片云彩。"和他一样，我也轻轻地来，轻轻地走。不一样的是，我不想挥一挥我的衣袖，因为那片美丽的云彩注定是带不走的，然而对剑桥的那份眷恋却永远跟随着我，哪怕走到天涯。

　　这次来，我又留意了康桥旁边纪念徐志摩的石碑。那只是一块躺在乱草中的白色石头，上面除刻了《再别康桥》的几句诗外再没有别的了。志摩在中国可以说是家喻户晓，而这块碑却如此的渺小，想到此我就有些愤愤不平。然而我一想，剑桥大学从建校到现在曾经培养了上百位诺贝尔奖获得者和国家元首，能给志摩一个这样的碑已经相当不错了。不过，我当时的冲动就是想拿起笔把那几句诗再好好地描上一描。

　　剑桥本身就是一幅画。不知道是我的运气好，还是它就是一块仙地，每每我来到这里总有阳光相伴，这对于经常被阴雨困扰的英国来讲，实属罕见。我在剑桥的那些日子里，大自然总是把广袤的天空染得蓝蓝的，也将草地滋润得绿油油的。多数的时间，你会看见一缕缕金色的阳光在下午时分斜洒在草坪上，赋予了绿草更多的生命。

　　虽然剑桥大学有数十个学院，但是初来这里的人总是从圣约翰学院开始参观，走到学院的后门，沿着剑河依次走访三一学院、卡莱尔学院、国王学院及女王学院。尽管其他学院也很有特色，但是不得不承认这几个由剑河纽带

远方的诱惑——遇见最美的风景和自己
Passions for Seeing the World

▶ 剑桥数学学院

◀ 剑河把几个学院串了起来

▲ 剑桥国王学院

串起来的学院，构成了世界上最美丽的校园景区。如果再乘小船沿剑河游览一程，你的左侧便是一座座或白色，或黄色，或黄白兼而有之的建筑，庄严而凝重。在三一学院的门楼上刻有1347年的罗马字样，那是无法比拟的历史文化沉积；在你的右侧是修理得非常工整的大片草坪，宁静地孕育着希望。不时你还会穿过一座座样式各异的小桥，有木质的，也有砖的。可以肯定，其中之一就是徐志摩笔下的康桥。

友人问我："康桥和剑桥有什么关系？"我告诉他："这只是翻译的不同。剑桥的英文是Cambridge，如果按照发音，康桥是很贴切的；而如果翻译成剑桥，便多了几分豪气；也有人干脆翻译成坎布里奇，这不免有些干枯的味道。然而，不管是什么称谓，它还是它；不管有多少骚人墨客，轻轻地来了，又轻轻地走了，剑桥还是剑桥，Cambridge还是Cambridge。"

8. 中国红酒打入英国顶级超市

近期英国华人圈子里刮起了中国红酒风，原因是中国的张裕干红葡萄酒经过多年不懈的努力终于打入英国顶级WAITROSE超市。英国商务部、中英贸易集团及在英国的华人社团都利用各种媒体以不同的篇幅进行了报道。

提起WAITROSE超市，很多国人一定很陌生。因为它并不像乐购、沃尔玛面向大众消费群体，目前没有进入中国，暂时也没有进入中国的计划。它成立于1904年，并于1937年被英国最知名的JOHN LEWIS大型百货公司收购。从此WAITROSE便在JOHN LEWIS旗下，采用"贴身"策略，JOHN LEWIS店开到哪里，哪里就有WAITROSE的位置。它具有给英国皇室供货的特权，一直为女王、女王母亲、查尔斯王子等供货。因此，对于英国人来讲能在这家超市购买东西，是一件非常荣耀的事情。

WAITROSE超市目前在英国有282个商场，职工有6.8万人，每年的收入可达54亿英镑，相当于人民币540亿元。WAITROSE有着严格的进货标准，商品能进入这家超市实属不易。

几年前，中国干红葡萄酒的第一品牌——"百年张裕"成功地将该产品打入英国，进入英国的顶级超市。中国的各大红酒公司都在尝试着打入英国市场，而张裕能够做到实属不易。

远方的诱惑——遇见最美的风景和自己
Passions for Seeing the World

▲ 张裕干红葡萄酒成功地打入英国贵族超市

说起张裕，我们都不陌生，它是100多年前由归国华侨张弼士投资创办的。但是由于以前中国的经济发展水平比较低，国人对于红葡萄酒的认识不多，张裕干红葡萄酒乃至整个中国的红酒行业基本上没有什么大的发展。近20年来，随着中国经济、社会的迅猛发展，人们开始接受干红葡萄酒，对红酒的需求也逐年增加，因此红酒行业在全国得到了前所未有的发展。张裕公司抓住了这次发展机遇，先是在烟台开发区建起了卡斯特酒庄，收购了新西兰的凯利酒庄，接着在东北建起了冰酒酒庄，几年前又在北京密云大兴土木，一座全西式的爱斐堡国际酒庄又建了起来。这座酒庄集酿酒、品酒、会议、住宿、观光于一体，每天来参观和消费的游客络绎不绝。目前，张裕已经成为中国最大、世界前五名的干红葡萄酒生产商。

2000年，张裕公司曾委托英国才奕集团为其在英国推广张裕干红葡萄酒。无奈，20年前的英国人对中国红酒的了解就是一张白纸。当才奕公司推广部主任拿着张裕解百纳红酒找到英国MORRISONS超市的时候，英国人的牙都差点笑掉了。他们怀疑地问："中国还能生产干红？！"2001年，张裕特意为英国市场选出最好的葡萄生产了3600瓶葡萄酒，即使这样，也没有一家英国公司愿意冒这个风险。原因很简单：一是在英国人的概念里，中国就没有干红；二是成本过高，购入不合算；三是20多年前，中国还不能完全被西方社会所接受。

这次张裕是通过德国一家酒业公司采取"曲线救国"的策略打入英国市场的。之所以能成功进入英国市场，最主要的原因是天时、地利、人和。

张裕干红葡萄酒打入英国顶级超市的意义是重大的，具体如下：

第一，这是中国民族企业的骄傲。目前我国民族品牌进入西方的并不多，而食品行业更是凤毛麟角。张裕干红葡萄酒的成功进入对于提升整个中国民族企业的形象，增强我们民族企业的信心，都是功不可没的。

第二，对张裕公司的意义也是巨大的。"以其人之道，还治其人之身"就是这个道理。红酒以前是西方人的特权，而现在我们也生产了，更重要的是我们还卖给了西方人，而手段就是用西方人公关西方人。

第三，对"张裕农药残留风波"起到了自然平息的作用。众所周知，大部分葡萄都会有农药残留的。如果残留不超标，不影响消费者的健康，那就没什么问题。张裕的"百年干红"葡萄酒能进入欧洲，甚至进入顶级的 WAITROSE 超市，说明它已经完全符合国际标准。闹得沸沸扬扬的"张裕农药残留风波"也就自然而然地平息了。

（三）踏上男人岛

在说男人岛之前，先提一下英伦三岛的概念。有人说英伦三岛就是指英格兰、苏格兰、爱尔兰，这是一种最不靠谱的说法。还有一种说法就是英伦三岛指的是不列颠本岛（包括苏格兰、英格兰及威尔士）、爱尔兰岛及中间的马恩岛，这种说法似乎比较靠谱。可是三个岛的面积差别太大，根本就不是一个数量级的，放在同一个平台比较并不科学。我认为最靠谱的说法就是英伦三岛指的是英国周边三个小岛屿，即马恩岛、泽西岛和格西岛。其中，马恩岛的俗称就是"男人岛"。

那么，马恩岛处于什么地理位置呢？为什么它又被叫作"男人岛"呢？马恩岛正好处于苏格兰、英格兰、爱尔兰、威尔士、北爱尔兰几个地方都能够得着，又都不能得到的地方，即正好居于几个地方受力的中间位置。如果用"五马分尸"做比喻，马恩岛就是这个被分尸的对象。历史上也确实发生过周边地区侵略马恩岛的情况，特别是苏格兰和英格兰就是侵略的"祸首"。

马恩岛的英文名字叫作"Isle of Man"，面积也就500多平方千米，相当于北京海淀区和西城区加起来的面积那么大，人口只有8万人，还不及中国一个大学城的学生人数。岛上早期的语言是马恩语，也是官方语言，可是现在已经完全被英语替代了。第一批踏上这个岛的先锋们大都是来自北欧的男人们，他们背井离乡来到这个荒凉的岛屿，积极垦荒，劈山建路，遇水修桥，经过一段时间的奋斗有了基础，就把妻子、儿女接过来了。由于这个岛早期都是男人们开发出来的，于是就有了"男人岛"的称谓，而在官方场合，Isle of Man 都被称为马恩岛或者马岛。

马恩岛距离英国本土很近，乘船只需要 3 个小时即可。即使这样，我也从没有去过。原因很简单，它距离英国本土太近了，这个岛的生活、文化、习俗应该和本岛相差无几。这次利用来英国出差的机会，我决定踏上"男人岛"。临行前，我也做了很多的"功课"，比如如何乘船、如何购买船票、开车怎么过去等，还收集了一些有关马恩岛的资料，之后我才得知马恩岛其实并不简单，仅仅以下几条就够吸引游客的眼球了。

- 马恩岛是摩托车爱好者的天堂，世界顶级的摩托车 TT 大赛每年都在这里举行。
- 马恩岛虽属英国，然而英国只负责马恩岛的军事安全和外交事务，其余都由本岛自行解决，就连每年的税收英国都给免了。
- 马恩岛是音乐人的圣地，据说 Beegees 乐队的几个兄弟就是在这里出生的（待考证），而 ABBA 的翻版乐队也源于马恩岛。
- 据说马恩岛的猫都是没有尾巴的，而羊都有四只角。

抱着猎奇的心情，我带着北京来的朋友们启程了。由于这个周末是英国的公共假日，爱度假的英国人争先恐后地出国度假，马恩岛也是英国本土人士度假的热点。我预订酒店的时候，全岛在网上的注册酒店似乎只有两间客房了，我立即抢订了。从英国利物浦出发的轮船每天有好几班，可是我预订的时候只有早晨 5 点出发的船票了。这个时间的航班往往需要提前一个半小时去排队，这是因为我要开车过去，所有的机车都要排队等候，然后按秩序开进船舱。为了能够顺利登船，我特意预订了利物浦港口旁边的一家酒店，距离港口只有 5 分钟的车程。

一切准备就绪，我们提前一天来到了利物浦。出人意料的是利物浦的港口发生了天翻地覆的变化：蓝天白云映衬下的港口、大海以及具有悠久历史的建筑物和很摩登的博物馆相映生辉，令人刮目相看。

我很顺利地找到了第二天早上要排队去马恩岛的码头，看到了我们要乘坐

▲ 在利物浦港口，等待乘船出发

的大船和匆匆登上当天航班的游客，心情多少有些激动。最让我不理解的是这里竟然有上百辆各式各样的摩托车也在排队等候上船。我问了一个来自丹麦的车手："为什么有那么多的摩托车去马恩岛？"他告诉我说："明天在马恩岛要搞一个世界级的摩托车比赛，所有的摩托车爱好者都要去观赏这个最重要的赛事。"我一听就明白了，原来马恩岛是世界顶级摩托车高手较量的战场，而明天的赛事无异于世界摩托车高手之间的"巅峰对决"——摩托车武林中的"华山论剑"。这又增加了我们的好奇心。

第二天凌晨 3 点钟我就被闹铃叫醒。由于事先已经踩好了点，我们很顺利地就登上了去男人岛的轮船。令我大开眼界的是足足有 200 多辆摩托车手和我们同行，而他们的摩托车有哈雷、宝马、本田、凯旋等，可以说这是摩托车和车手的节日盛宴。我敢说这是我人生第一次看到这么多的摩托车。当我用赞叹的口吻对一个瑞士的车手说："你的宝马摩托车很不错，我还没见过这么多的摩托车呢。"同时我问了问车的价格。他说："这辆摩托车是 2 万英镑买的。如果你明天观看比赛，就会看到更多的摩托车。"

经过 3 个小时的航行，前方隐隐约约地显出了岛的形状——神秘的男人岛就在眼前了。一出船舱，清新的海岛气息便扑面而来。

远方的诱惑——遇见最美的风景和自己
Passions for Seeing the World

▲ 摩托车骑手早已蠢蠢欲动

　　双脚踏上这个充满神奇色彩的小岛，眼前的一切似乎都定格了。这分明就是陶渊明笔下的"世外桃源"啊！静静的海湾里睡着一个不足几百平方米的小岛，而在这个小岛上，居然矗立着一座城堡，一束晨光照在上面，顿生金辉。小岛与大岛隔海相望，似乎小岛就是大岛的儿子，年复一年、日复一日忠诚地守护着父亲。

　　在男人岛，所见之处均被绿色覆盖，没被覆盖的是一排排富有情调的白色建筑群，宁静、祥和。这里的人们动作都慢了好几拍，充分享受生活的每一秒钟。能打破这种宁静的是"嗒嗒嗒"的马蹄声，当旅游马车驶过身边的时候，我们才意识到这是世界上并不多见的"轨道马车"。

　　到了上午10点左右，似乎男人岛和这里的人们开始醒了。最常听见的就是一辆辆摩托车加速时的轰鸣声。它们经常在你还未来得及仔细看的时候，便从身边呼啸而过。此时全岛也开始苏醒了，但是除"嗒嗒嗒"的马蹄声和偶尔的摩托车马达轰鸣声外没有任何杂音。

　　就是在这样一个世外桃源般的环境里，我们悠闲地开着车，看到美好的景色就停下车"咔嚓咔嚓"地拍两张，懒得下车的时候，就把车开得跟蜗牛似

浪漫欧洲篇
Romantic Europe

▲ 超酷的摩托赛车　　　　　　　　　▲ 路边停放着各式各样的摩托车

的，边开边欣赏沿途的景色。有时我们突然发现有辆车跟在我们车的后面，由于路窄不能超车，司机就在后面默默跟行，不急不躁，更不会去按那惹人心烦的喇叭。

我突然想到了曾经有资料介绍说可以看到"四角羊"或者"无尾猫"，为了试试运气，我便在一个岔口处突然转动方向盘，开上了一条乡间小路。不一会儿看到了一个小农场，我把车子停下来，拿着笨重的相机悄悄地进入这个农家院子。外国人是很忌讳不打招呼就进入人家私人领地的，于是我打算偷拍几张美图便赶紧撤出。我们拿着"家伙"蹑手蹑脚地走进院子。当我看到几匹马正在草地上大口地吃草，就爬上石头垒起来的院墙，准备找个好位置偷拍这些幸福的马匹。还未等我摆好姿势，只见那几匹马撒欢似的向我跑过来，它们好像看见了久违的老朋友，头一个劲儿地往我这里蹭，希望我摸摸它们的耳朵和头。我好不容易遇到这么好客的马"朋友"们，就不拍了，索性和它们玩了起来。

这时，一个看起来50多岁的女士向我们走来。我觉得她肯定会骂我，因为我都上人家的院墙了。然而她的放松和灿烂的微笑让我立即打消了我的疑虑。原来她正要出去参加一个岛上组织的慈善募捐大会，看到我们后，就主动

远方的诱惑——遇见最美的风景和自己
Passions for Seeing the World

▲ 岛上虽然很惬意,但是老人居多,人口结构失衡

和我们聊几句。她一开口,竟然是那么纯正的 BBC 般的口音,充满着贵族的气息。我以为她是英国人的后裔,所以才有这样的口音。出乎我的意料,她祖辈就在男人岛生活了。到后来我也没有搞明白为什么这个岛的人讲话都是标准的英国口音。要知道距离该岛最近的利物浦人说话口音土得都直掉渣,而这边的爱尔兰人的口音卷舌又那么厉害。不管怎么说,这是一个很有修养、充满着正能量的女士。

她给我们介绍了正围着我脚转圈的猫不是那种无尾巴猫,而是她收养的。刚才和我亲密无间的几匹马也是她收养的。她家还养着几头猪,我跟随她走过去,那几头不足半岁的猪正在手舞足蹈地玩呢,而它们的颜色似乎还有点金色。

我还不能完全理解她为什么那么善良,还那么热情。她告诉我,这个岛的每个人都是好客的,包括刚刚见到的各种牲畜和猫狗。她曾经患过恶性脑瘤,为此她几年内做过三次大的手术。现在她非常健康地活着,用她的话说:"我现在活得很好,没有理由不好好活。"我很欣赏她的这种人生态度,如果你要开心认真地活着,别人又怎么能阻拦你呢?我又问了一个不该问的问题:"能告诉我你多大了吗?"她自豪地说:"我今年 68 岁!"原来她已经快到古稀之年了。能支撑她走到今天,而且又活得那么自信的原因恐怕就是乐观向上、行善积德、开心过好每一天吧。

要不是亲临这个在地图上很容易被忽视的小岛，我还真不知道这里居然是世界最重要的摩托车赛事场地。这里的摩托车比赛始于1905年，至今已经有100多年的历史了，最重要的摩托车赛事基本都在这里举行。但是出于安全考虑，世界摩托车大满贯赛就不再举行了，因而被其他组织的其他比赛取代了。这些比赛有的被称为"TT"比赛，后来才知道"TT"就是"Time Trial"，就是车手要和时间赛跑的意思。

男人岛举办的世界级TT比赛一般在5～6月，由于它惊险、刺激，具有极强的观赏性和挑战性，深受世界各地的摩托车手和摩托车爱好者青睐。这个岛的TT比赛赛道全长60.7千米，高度从零海拔到396米不等。赛场还有200多个弯道，雨天路滑的时候，随时都有可能冲出赛道。不仅如此，摩托车手还要在这里开20多圈，最高的瞬时速度可达每小时300多千米！其实他们就是在玩命呢。每年这里都会有20多起比赛事故，"死人的事情是经常发生的"，每个车手来参加比赛，都冒着很大的风险。

除了这些TT级的比赛，每年岛上还有数十次各种类型的重要摩托车比赛。其中有一个比赛叫作"马恩岛国家两日摩托车比赛"（MANX NATIONAL TWO DAY TRIAL），它始于1962年，每年8月20日左右举行一次，吸引了世界各地的摩托车好手参加。

我们正好赶上了这个重要的赛事，也就明白了为什么最开始的时候能够看到那么多世界一流的摩托车和赛车手与我们同行了。由于我们不太了解岛上的情况，车开到哪里都被禁行，于是不得不改道。当我们又走到一个路口的时候，正好有一个小看台，上面已经坐了不少观众。我们索性就把车停在了路边，跑过去观看比赛。

这是我见过的最刺激的比赛了，摩托车还未开过来，就能听见远方的声音了。等车手开过来的时候，你还没有仔细看上一眼就消失了。我拿出相机试图用摄像模式把这精彩的场面录下来，可是在你录完摩托车开过来以后还想接着跟拍的话，那几乎是不可能的，因为他在你面前转眼即逝，根本跟不上，越看心越紧。每个观众既想看到和时间赛跑的英雄车手们是如何创造奇迹的，又担心他们的生命安全，生与死就是一瞬间的事情。一个年迈的观众和我说在年初

▲ 老人们过得很潇洒

的一场比赛中，一个日本车手就在转弯处失去控制而命丧黄泉。看着车手们的表演，听着一阵阵划过天空的发动机的声音，我的手都要出汗了。后来干脆选择不看比赛，开车继续绕岛悠闲旅游。

在离开赛场大约半个小时的时候，我们听到了远处赛场那边一声巨响，回头便看到了赛场那边腾起了一团黑烟。难道又出事故了？是否又是日本选手？

（四）称你为康威

称你为康威，
你的尊名即是 Conwy，
康壮，威猛。

称你为康威，
近千年的风雨，
没能把你侵蚀，
却见你沧桑中更带沉稳。

称你为康威，

国王爱德华的英灵,
透过你而能重现。

称你为康威,
设计师圣乔治的神笔,
詹姆斯的巧手,
为后人和世界,
留下宝贵的遗产。

称你为康威,
你成就了小城,
赋予生命于小城,
康威小城从此别于一般。

称你为康威,
海鸥自由飞翔,
小艇波中荡漾,
处处平和景象。

称你为康威,
虽不能和康河媲美,
然,一个"康"字,
已与康河并驾齐驱。

称你为康威,
去英国必到威尔士,
到威尔士必到康城,
康威——是一个不会消失的记忆,
永驻心间。

远方的诱惑——遇见最美的风景和自己
Passions for Seeing the World

浪漫欧洲篇　111
Romantic Europe

▲ 康威古城墙上的游客
◀ 康威城堡远处整齐排列的农田绿地

二、法国 | 最浪漫的还是唇边的红酒

（一）勃艮第与罗曼尼·康帝

1. 做一个没钱的富翁

能来法国的勃艮第是必然，也是偶然。说其必然是因为勃艮第是葡萄酒的终极产地，说它是胜地也不为过。凡是钟爱葡萄酒文化的人士，这辈子不来一次勃艮第，就如同高尔夫爱好者这辈子不去一次苏格兰的圣安德鲁斯打一场就会遗憾终生一样，会心中发虚，毫无底气。去勃艮第是我的一个梦想，早晚都要实现的。说其偶然是因为我正好在访问英国期间收到了勃艮第葡萄酒最著名产区"夜丘"一家酒庄的品酒邀请。英国和法国只有英吉利海峡之隔，从伦敦飞过去，也就相当于从北京飞到上海。这么好的机会一定不要放弃。

在伦敦定居的一对中国夫妇是我的好友，我每次到伦敦，都要在他们家里借宿几日。我很佩服他们的奋斗和进取精神，短短十年就在英国开辟了一个新的天地。他们听说我立即要去法国，而且还是一个人说走就走，很不理解。景鸿说："你去法国语言不通，环境和道路也不熟悉，一切都那么陌生，你就一点不害怕吗？你怎么也要想想到那里是否要找一个地陪，是否要使用公共交通工具，是否……"其实这些问题，我也想到了。如果选择乘火车和公交车，就会语言不通，困难重重。找一个地陪是最方便、安全的，可是时间紧，也不可能一下子就找到。再说，找地陪很贵，连人带车一天至少要400欧元。如果自己开车，就会很方便，但是遇到所有的问题都要自己扛。当我决定去的时候，

我就已经下定决心"千里走单骑"了。我对他们说："我和别人没有区别。我也发怵，也犹豫，但是如果想开了，也没什么大不了，遇到的问题早晚都能解决的。如果半天解决不了，就用一天；一天解决不了，就用两天。有了这个心态就没有不敢做的事情了。再说，法国是一个发达国家，一切都很完善，而我现在还具备两个基本的条件：一是会点英语；二是兜里至少还有些零钱和信用卡，当然还有驾照。"他们听我这么说也就不担心了。

我一直认为人的一生一定要有一个目标，在把该负的责任尽量负到之后，就要为自己的目标奋斗了。结果并不重要，但是追求的过程却是有意义的。我借用杨绛先生的一句话："世界是你自己的，与他人毫无关系。"也许，我们现在还难以理解这句话，然而当你的一生行将结束，当你将要告别这个世界的时候，连这个世界都和你没有关系了，又何苦在意别人的看法呢？你自己走的路就是你人生的轨迹，如果你的轨迹很浅，那么它会随着你的告别而很快淡出；如果很深，那么它会存留很久，还会影响后人。

当我们有了一定的物质财富之后，每个人都会面临收入的再分配，即把收入花掉还是积累下来，是用于个人的发展和完善还是留给下一代。每个人都有自己的花钱之术、理财之道，不管是存起来，或者用于投资，或者放在床底下看着高兴，都无可厚非。但是对于每个人来讲，在你尽最大的可能负起你该负的责任之后，你就要积极地重塑和发展自己。我宁愿做一个没钱的精神富翁，也不做一个富有的穷人。

2019年年底携程发来了一条信息，告知我在携程的各项开支总和已经超过了百分之九十九的用户。虽然这些费用都投在了交通和住宿上，拿出去的是钱，换回来的是收据凭证，但是我的经历和行走中碰撞出来的火花是用任何币种都换不来的。

当旅行已经成为一种常态的时候，你就要精打细算了。选择什么样的交通工具，住什么样的酒店，吃什么样的饭菜都要仔细考虑。本次勃艮第之行，我就选择了乘飞机和在法国境内开车的方式。如果机票费用差不多的话，尽量不乘坐廉价航空公司的飞机，因为这些公司基本没有服务，却采用一层层收费的方法，让人感觉不舒服。从英国到勃艮第怎么走都不太方便，因为没有直达的飞机。如果飞到巴黎，到勃艮第还有3个小时的车程，而飞到瑞士的日内瓦，

还有两个多小时的车程。唯一比较近的便是里昂,开车只需要1个多小时就能到目的地。于是,我就选择了从伦敦飞到里昂。

从里昂或者巴黎去勃艮第都有火车和公交,但是下车之后你还要打车或再乘公交,很不方便。因此,租一辆车自己开是一个非常好的选择,这等于延长了你的触角,可以在单位时间内去很多地方。关于租车,发达国家出租的汽车基本都是新车,没有太大毛病。如果你没有太多行李,又不想开快车,一般小型的家庭用车就可以,它具有停车方便且省汽油的特点。

我在网上预订了一辆雷诺汽车,租车公司就在机场,下飞机就可以直接取车。我出了里昂机场,登上机场免费的专用大巴,不到10分钟就到了租车公司。办完手续,我立即钻进车里,打开收音机,欣赏着法国音乐,驾驶着法国本土产的汽车,一路向北,前往所预订的酒店。

我住酒店的标准并不高,一个大老爷们儿出去也没有什么可讲究的,只要干净、安全、能上网即可。如果稍微讲究一些,我倒是希望住一个有特色、有故事的酒店。因为有了车,也就不在意住在什么地方了。我选了一个网评还不错但是位置比较偏的酒店,这样就可以体验很多人不能抵达的地方。

从里昂出发没有多长时间我就看到了去瑞士日内瓦的指示牌。里昂和勃艮第都在法国的东面,与瑞士相连,开车过去也就100多千米。如果不是赶时

浪漫欧洲篇
Romantic Europe

从左至右：
◀ 人的一生每时每刻都在做着选择
◀ 入住的酒店以前是一个大磨坊
◀ 酒店平和，惬意有加

　　间，在岔路口向右一拐就可以去日内瓦了。
　　车没开多长时间就到了一个小镇，我预订的酒店就在小镇的东面。小镇很破旧，有点像误入了美国早期的西部。路边一个人也没有，我都怀疑卫星导航是否给我带对了地方。按照导航，我开进了一个弯曲的胡同，再开几十米，一个天然的花园竟然显现在我的眼前。到了院内，我被眼前的美景感动了。我的面前就是一个5～6层的小楼，楼底下是一条河，潺潺流水带着美妙的水声每天都尽职尽责地从小楼的底下流过，而小楼就像一位长者，每天都目送流水离他而去，有欢乐的，有悲伤的，也有依依不舍的。原来这本是一个磨坊，房间里的磨盘靠流水驱动。自从有了电力，磨坊再没有用武之地，就闲了下来。后来经过几次易手，最终改成了一个酒店，现在的主人是一对意大利夫妻。
　　酒店周围的环境更是可圈可点。楼体后面就是河流的上游，河岸两边挺拔的树木到了高处便可携手，相互依偎，相互欣赏。这就好比我们做人，如果你长不高，不能成才，你就像河这边的树，永远不可能与对面的树相知和相交，永远是在远处等距离地欣赏对方。只有你长高了、成才了，你才能与对面也成才的树木携手共同营造美丽的家园和环境。
　　酒店里也是古色古香，陈列着很多稀奇古怪的物件，基本猜不到当初是用来做什么的。没办法，这就是人家的历史，人家的故事。我的房间设施真的不怎么样，按照国内的硬件标准，顶多也就是三星级的吧。倒是房间的结构很有意思，房顶都是木头的，在很久以前能用这么好的木头造房也不是一般的人家吧。房间的窗户很小，而窗外就是小湖和花园。这足以抵消房间设施的不足了。我把行李随便一扔，仰面躺在了这张也有历史的双人床上，我看看屋顶一根根粗壮结实的梁木，又看看窗外蓝蓝的天与美丽的景色，脑中幻想着这房间里几百年来一定发生了很多故事，其中不乏刻骨铭心爱恨情仇的经典故事。

躺了一会儿，我拎着相机出去拍拍周围的小景，几个人正在那里干活。一个壮壮的男人大老远地冲我招手，喊我过去。我一阵嘀咕，难道拍了人家不该拍的东西了？走过去之后我才知道，这个人就是酒店的老板，意大利人，他让我多给他的酒店拍些照片。他这个人很直爽，我和他聊了一会儿，我们便成了朋友。在这异国他乡居然找到了亲人的感觉。

2. 在孤独中找回灵魂

这个小镇名叫"LOUHANS"，中文可以称为"老汉""罗汉"或者"鲁昂"。叫什么名字不重要，不过就是最初翻译者个人癖好的反映。例如，最初不知是谁把"ENGLAND"翻译成了很好听的"英格兰"，假如当时翻译成了"阴沟烂"，它也能沿用至今。

罗汉不能称为城市，依我看连小镇都不能算，充其量就是一个村子。人口差不多也就几千人。我试图用"度娘"（百度）搜索罗汉村的信息，搜索结果几乎为零。所以我推测，国人去过罗汉村的并不多。

从我住的酒店出来，走上不到5分钟就可以抵达罗汉村的中心了。村子不大，却有灵性，更有灵魂。一个地方是否有灵性，要看它是否有水，如是否有河流和湖泊。一个地方是否有灵魂还要看它是否有信仰。从这两点来看，罗汉村都具备了。东面，一条弯弯曲曲的小河沿着村子流过，它像一条龙，使罗汉村不再静止而是动了起来；它像村子的护城河，守护神一般地保卫着村里的一切。

村子的中心有一个很大的教堂，对于这么一个小村子，这么大的教堂确实有点奢侈，但也说明了宗教信仰在这里的地位。一个没有信仰的地方犹如没有灵魂。很显然，罗汉村是一个有灵魂的村子。

也许因为罗汉村具备了信仰和灵性的特点，所以它也就有了传承的资本。由于没有信息，我对法语又一窍不通，很难确定它有多长的历史。但是从一块块磨得发亮的石板地，从斑驳陆离的建筑外墙，从一栋栋风格独特的建筑物，我判断这个小村子可能有上千年的历史了，因为很多建筑物具有法国大革命时期的色彩。

此时正是傍晚6点多钟，东面是蓝蓝的天空，而西面的太阳公公又将它一天最好的阳光洒在了小村子的屋檐上、房顶上、暗黄色的古墙上，还有在街头咖啡馆前小聚的人们的脸上。随着教堂钟声的响起，罗汉村处于一派娴静祥和之中，这种环境和景象是我们花多少银子都难以遇到的。

我一手拿着相机，一手握着手机，边走边拍，贪婪地想把每寸石板地、每栋小楼都收进我的相机中。从所遇到的有限的法国人的眼神中，我判断这里很少有中国人过来，否则他们不会像看稀有动物一样看着我。加之是周末，整个村子就没有什么人，毫不夸张地说，那天晚上我在街上走了1个多小时，连10个人都没有遇见。

我偶尔也想找法国人聊聊天，无奈不懂法语，根本无法交流。这样也有两大好处：一个就是终于有时间享受孤独了；另一个就是可以边走边思考，把自己沉淀下来。有不少读者曾经和我说："我们很喜欢您写游记的风格，看您的游记就像您和我们聊天一样，把所见所闻不紧不慢地娓娓道来，使人身临其境。"我今天似乎明白了我为什么会有这样的写作风格，也许是经常一人在外，大部分时间又是形影相吊，没有聊天的对象，只能把想说的话落实在纸上的缘故吧。

如今我们每天接收的信息量是十年前的几十倍、几百倍，绝对供大于求，是买方市场。每个人都有权利选择所要阅读的读物，可以接受你的思想，也可以拒绝你的思想。这就像品尝拥有几百种食品的自助餐一样，如果你的作品足够诱人，别人才会选择吃这道菜。因此，别人选择你和吃你，是别人对你的一种肯定，也是你的荣幸。

我以为呈现给读者的作品是分层次的。最高的层次就是励志型并具有极强启发性的读物。读者观之如醍醐灌顶，成为其人生的指南和生活的益友。

远方的诱惑——遇见最美的风景和自己
Passions for Seeing the World

▲ 罗汉小镇古色古香，傍晚 6 点之后，整个商业街基本无人了

其次是让读者产生美感和认同感，并能带来快感和幽默感。最后就是能够提供有价值的信息。因此，如果作品的境界不能达到最高层次，就要达到第二个层次；如果第二个层次也没有做到，就必须达到第三个层次，即至少提供有用的信息。否则作品就会耽误别人的时间，按鲁迅先生的话，那就是"图财害命"。

当今社会，科技进步特别是互联网的问世大大造福于人。但也给社会带来了负面影响，如浮躁、急功近利、灵魂难以跟上脚步。每当这个时候，我们就需要走进大山大水，亲近自然，找一个静静的山谷，于落日时分托腮而坐，静静地观赏夕阳缓缓落下，聆听大自然的旋律，给自己营造一个思考人生的机会和空间。人不要怕寂寞和孤独，可能这个时候正好是你找回灵魂的最好时机。

3. 工匠精神

到了勃艮第，我才知道世界最贵的红酒原来就产自这个地方，一瓶年份好的罗曼尼康帝居然可以卖到几十万元，即使这样你还不一定能够买到。喝过全球的知名红酒后，仔细品味，你会觉得真正有品位的红酒属于法国。在法国，两大葡萄酒产区又给世界红酒行业树起了两个任何国家和产区都不可逾越的标杆：一个就是波尔多产区，这里的红酒多是用几种红酒调制而成，层次丰富，无与伦比；另一个就是黑皮诺的故乡——勃艮第产区。黑皮诺葡萄对各种条件的敏感度非常强，如雨水的多少、温度的高低、产量的丰歉、土质的矿物含量、坡上与坡下、阳面与阴面等都会影响酒的质量。有一年由于葡萄不理想，罗曼尼康帝的主人索性这一年就不生产红酒了，他们的理念就是只要面世的红酒就一定是世界顶级的红酒。

难怪人们说：如果把波尔多地区的红酒比作国王，那么勃艮第产区的红酒就是酒中的皇后。

根据约好的日期，我来到了勃艮第，而那天出发时天气出奇地好，心情也随之放飞。我要去的酒庄就位于勃艮第最优质葡萄的产区——金丘产区，而金丘产区又包括夜丘和伯恩丘。酒庄刻意安排了伊思贝儿女士接待了我。这是一个非常有名的酒庄，名字叫作鲁普俏莱酒庄，它不仅有自己的葡萄园，酿成了世界顶级的红葡萄酒，还收购葡萄或与其他酒庄合作推广旗下的红酒。由于其红酒质量很高，产量不大，虽然销往世界几十个国家和地区，但主要供给高档俱乐部或者私人定制。

我很荣幸能有机会参观这个历史悠久的酒庄（注：那天只对我一个人开放），且受益匪浅。更荣幸的是主人拿出了6瓶上等好酒让我逐一品尝，我虽然不是一个专业的鉴赏师，但是口味和直觉基本还可以判断出来。不仅如此，我还在品完每种酒的时候，煞有介事地做着笔记。

坦率地讲，我首先被黑皮诺葡萄酒的颜色打败了。当你看到浅红或深红的酒倒入杯中，那种粉色、红色的液体在杯中翻滚的时候，一种无名的冲击就会左右你的神经；当你把丝绸般柔滑的红酒含在口中，那种清香的果味与夹杂着樱桃、草莓、李子的味道令你口若含宝石一般，不舍吐出或吞咽下去；当你一想到这里的葡萄富含各种微量元素，适度饮之而百益无害的时候，就更有了解它并品它的渴望甚至是欲望了。

我是带着朋友的嘱托去的，因而也想把一款我认为比较好的勃艮第红酒推荐给他们。这款酒就是伯恩丘一级葡萄园的红酒。看来，大家这次是有口福了。

4. 罗曼尼，我是康帝

在读这篇小博文之前，我先问你一个问题吧。你知道世界上最贵的红葡萄酒是多少钱一瓶吗？

众所周知，世界顶级的红酒在法国，而法国又以波尔多和勃艮第两地所产红酒而闻名。波尔多的红酒产量大、品质好、价格高，一瓶1982年顶级的拉菲红酒可以卖到10万元以上，令人咋舌。因此，你会毫不犹豫地回答，拉菲红酒是当今世界最贵的红酒，也是红酒的终极最高价格，不可能再被逾越。不过这次你可能错了。

自上次一人去过勃艮第后，这次又约了两个朋友同去。当我告诉他们拉菲不是最贵的红酒，而位于法国勃艮第产区的罗曼尼·康帝酒庄的红酒才是世界最贵的红酒，其每瓶平均价格为15000～20000美元时，他们惊讶的表情估计这一辈子也不多见。我说我们今天就可以去勃艮第参观已经约好的一个酒庄，然后一定要去罗曼尼·康帝的葡萄园看看。

我们驾车翻山越岭来到了勃艮第，再一次来到了世界最典型的黑皮诺葡萄产区。9月正好是葡萄采摘的季节，我们合作的酒庄是一家历史

▲ 一丝不苟的工人，葡萄几乎是一颗一颗挑选出来的

▲ 葡萄压成汁后，倒入很大的容器中发酵

悠久、信誉度很高、葡萄酒品种很多的酒庄。主人带我们参观了葡萄采摘和分拣的生产过程，还让我们品尝了该酒庄的红酒，然后带我们去了罗曼尼·康帝的葡萄园。

没有必要过分渲染罗曼尼·康帝的葡萄园，因为它和周边的葡萄园没有什么区别。但是如果你在葡萄园墙边的十字架下静静地驻足几分钟，再放眼望望无际的葡萄园，你一定会感慨并沉浸在罗曼尼·康帝上千年的演变史中。

罗曼尼·康帝之所以这么昂贵，有其多种原因：它的历史悠久，具有近千年的发展历史；它的原料是黑皮诺葡萄，种植条件要求苛刻，热了不行，冷了也不行，雨水多了不行，少了也不行；它的品质要求高，有几年由于葡萄质量不好，罗曼尼·康帝酒庄为了维护质量和信誉索性一瓶都不生产；它产量也很小，只有1.8公顷的葡萄园，所酿的葡萄每年最多只能生产6000瓶红酒，而这6000瓶红酒并不是随便就能买到的，只有购买了足够的该酒庄旗下其他品牌的葡萄酒，才有可能享受购买一瓶的待遇。

同去的朋友也是国内上市公司的老总，看到罗曼尼·康帝酒庄和葡萄园也颇为激动，他问我："老金，你能拿到罗曼尼·康帝的货吗？如果可以的话，我回去问问我周围有实力的朋友，看看是否能买几瓶。"我真的很认真地问了，由于我们和法国合作方合作多年，信誉非常好，再加上法国的合作方也是最有实力的，因此就把仅有的几瓶罗曼尼·康帝红酒的信息发给了我。说实在的，给我的价格应该是最低的出厂价，不含各种税和运费，但每瓶也在12万元人民币左右。我把这个价格信息转给了我的朋友，估计他已经在他的"亿元"俱乐部问了，但是至今没有回复。难怪有人言："罗曼尼·康帝是百万元户买得起的，却是亿万富翁才能喝得起的。"我估计说这话的应该是法国人，他们说的计量单位应该是欧元吧。

当然最重要的还是因为它具有皇室血统。其实罗曼尼葡萄园已经存在1100多年了，直到400年前才被更名为罗曼尼酒庄。200多年前，法国康帝亲王看中了这个酒庄和葡萄园，便通过各种手段并以高价买下了它，从此就有了罗曼尼·康帝的名字。也只有罗曼尼遇到了康帝，这里的红酒才有了皇室的血统，这里的酒庄才被赋予了新的意义。其实当时和康帝亲王竞争罗曼尼的还有法国皇帝路易十五最宠爱的情妇——蓬帕杜夫人（Madame de Pompadour）。后来

122 | **远方的诱惑**——遇见最美的风景和自己
Passions for Seeing the World

◀ 罗曼尼·康帝葡萄园旁边的围墙上写着：罗曼尼康帝

▲ 罗曼尼·康帝葡萄园，每年最多只能生产6000瓶红酒

◀ 罗曼尼村——如果你喜欢红酒，我相信你愿意在这里停留几辈子

还是康帝赢了。试想一下，如果当时蓬帕杜夫人战胜了康帝，那么现在的罗曼尼·康帝也许就会更名为"罗曼尼·蓬帕杜"，显然这个名字缺少了血性和贵族气质，那么所产的红酒可能就不会像现在那么神奇了。

罗曼尼，我是康帝。我们来年再见。

5. 偶遇欧洲最高峰

世界上没有几个国家能像法国和瑞士那样和平相处的了，特别是在瑞士的东南部或者法国的东部，几乎就分不清楚哪里是法国，哪里是瑞士。我们计划先到瑞士的日内瓦，然后开车去法国勃艮第，所以就预订了一家距离日内瓦开车不足半个小时而又物美廉价的酒店。办入住的时候才知道这家酒店属于法国——我们已经在不知不觉中进入了法国。

我们到达酒店的时候已经是傍晚，酒店外四处黑乎乎的，什么也看不清。倒是远处有一座像一堵墙似的大山的轮廓在夜色中横在我们面前，我便萌生了第二天早上去山顶的念头。晚餐的时候，我问服务员那是一座什么山，值得去吗？她说这座山本身名气不大，但是却可以看到周围很多精彩的景色，并告诉我开车就可以上到山顶。

已经入秋的法国天亮得比较晚，我早上5点半起床，窗外依旧黑得和幕布一样。早上6点多了，我给朋友发了短信，他也没有回我。我便只身开车出门，直奔那神秘的黑色轮廓。人们都说法国人比较懒，可是才早上6点半路上就开始堵车了。此时，那块巨大的幕布也由黑色变成了灰色，天居然还下起了零星小雨。但即使这样也没有阻止我上山一睹为快的好奇心。不一会儿我就开到了山下，按照我预先设置的导航沿着盘山小路往上开。原以为这是一条很宽的山路，结果我错了，这是一条很窄而且很陡的盘山小路，幸好时间还早，路上没什么车，否则错车都难。

经过了数不清的弯道，大约在我快被转晕的时候，终于到了山顶。上面湿气很重，风也不小，风刮在脸上就像雾水直接扑了上来，湿冷湿冷的。我不知道这究竟是什么山，叫什么名字，对它的了解仅限酒店服务员告诉我的那几句话。但是在晨雾中我已经感到这里将会呈现令人心跳的景色，因为远处绿色山坡上可以隐隐约约看到几座红色的民居；面前似乎是一个完全被云雾遮盖的山

124 | **远方的诱惑**——遇见最美的风景和自己
Passions for Seeing the World

▲ 绕着盘山路开到了山顶,发现上面有一个美丽的小村庄

浪漫欧洲篇 125
Romantic Europe

从上至下：

▲ 再往上开就进入了云层，能看到平日看不到的风景

▲ 远处大概就是著名的勃朗峰

从左至右：

◀ 经过努力，终于进入了美丽的梦境，我被感动了

◀ 牛很早就起来吃早餐了

谷，而对面好像就是几座大山。

我以最快的速度把三脚架架上，等待奇迹的出现。天将破晓，面前的云海越来越明显，偶尔我还看到了金色的阳光。我正在等着伟大的太阳的升起，将美丽的晨光洒向云海和对面几座大山的时候，乌云突然出现，居然还有了雨滴。我放弃了捕捉这幅美景的梦想，立即收拾好东西，沿着山路向东一路开去。在路上的乡间小路上我和刚刚升起但又若隐若现的太阳竟然相遇了。就在这里，我停了下来，等待伟大时刻的出现。

虽是初秋，但是山顶却很冷。估计这里的海拔也有2000多米了，我把带的衣服都套上了，还是没有温暖的感觉，手也冻得连快门都按不下去。山上的风也很大，很重的云雾随风飘荡，使我不知道究竟是在云里还是雾里。突然，眼前的雾气变成红色，瞬间又变成了橙色，不一会儿伟大的太阳出现在云的后面，慢慢升起来了。这片云似乎也和太阳玩着游戏，一会儿把太阳完全遮住，一会儿又让它露出来一点，反正就是不让我看到太阳的全貌。不过，远处的山已经可以看见了，山坡上的小屋也开始清晰，就连牛和羊也和我玩起了暧昧。最让我激动的是，用长焦镜头还拍到了对面高高的山峰，居然还是白雪皑皑的玉山！虽然没有看到太阳升起的全貌，但是我已经被眼前的一切感动了。一个人真的不能随随便便地成功，如果你不努力，这种美景永远是一种梦境，而我就是喜欢把梦境变成现实的人。

回到酒店，我立即查了地图，才知道我去的地方应该是萨布雷山，根据地理位置判断，我看到的雪山应该就是欧洲最著名的海拔4810米的勃朗峰，想到这儿就越发觉得不虚此行。

年轻的时候我曾经喜欢打排球，有一次打比赛，对方的主攻比我高出20厘米，拦住他基本是不可能的。后来教练说："你必须跳起来使出最大的力气去阻拦他。如果你连试都不试，那么肯定拦不到他的。"根据他的建议，我就每次都使出全力在网上封堵他，结果我还真把他的扣球狠狠地拦回去了。从这件事我得出一个经验：那就是凡事都要努力去争取，否则你一点机会都没有。就像这次登高远望，如果不去试一下，哪里会知道世界上居然还有这样的奇观美景？！

当然，越是别人不能做到的，你的付出就要越多，有的时候可能生命都要搭上。但是这又何妨？你享受了常人不能享受到的东西，这就是活着的意义。想到在寒风中满怀激情，提着相机追着太阳奔跑的情景，我突然想到了这两天刚刚获得诺贝尔文学奖的鲍勃·迪伦的那首经典歌曲《在风中飘荡》。第一句歌词就是："How many roads must a man walk down, before you call him a man？"（一个人要走多少路才能被称为真正的男人）虽然这首歌在当时是为了反对越战而作，但是其中所表达的意思似乎适合任何一个年代的每个人。

（二）喜欢她，就带她去波尔多

1. 如果追求她，就去波尔多；如果想娶她，就带她去麒麟酒庄

几年前，我只身来到波尔多，也没事先和朋友打招呼，所以只能跟团游了。在中国我也参加过一些诸如"一日游""半日游"的旅游团，服务不外乎配个导游，包门票、团餐（十人一桌，六菜一汤）、购物等。我记忆最深的就是参加韶山的一日游，回来的路上导游硬是把大家关在一个小商店里，不买东西一个人也不让出去。

这次在波尔多，我先找到了一家旅行社，询问了参团事宜。团费不菲，要100欧元。如果按当地人每月2000欧元的收入来讲，这个价格就不算贵了。虽然我问了不少问题，但是有了在国内参团不爽的经历，我对在法国加入一日游也没有抱什么希望。

第二天早上，我到了指定地点，上了一辆可以容纳40人的大巴车。参团的人数也就一半吧。座位很大，很舒服。导游是一个50多岁会讲英语和法语的女人。我以为车子还要去其他地方接人，就问她今天的团是否会把车子填满。她说："不，不，我们这个团不允许超过25人，我们现在就直接去玛歌葡萄酒产区了。"这点对我有所触动。

我们这个团一共要在玛歌产区参观4个酒庄，其中3个酒庄是列级酒庄，一个是中级酒庄。那么，什么是列级酒庄呢？

100多年前，法国波尔多梅多克产区为了更有秩序地参加巴黎万国博览会，就把所有酒庄排了座次，选出了61个世界级的红酒名庄参加，并将其分为5个级别，其中一级共有5个，包括拉菲、拉图、玛歌、奥比昂、木铜，二级和

三级分别为 14 个，四级 10 个，五级 18 个。能入级的都是世界有名有姓的酒中"贵族"。没有入级的也并非就差得很多。波尔多的酒庄产区很重要，事到如今很多没有被评上级别的酒庄仍耿耿于怀，有的说那天让交表格的时候一下子睡过头了，忘了交了，所以错过了评级；有的说他们家的酒其实比拉菲都好，但是规模不够大，所以没有被选上等。总之，波尔多是被神话了的红酒圣地。

参观的程序基本上一样，每个酒庄都会有人先介绍酒庄的历史特色，然后参观酒窖，并且品尝各种红酒。每个酒庄一般要品 3 种以上的红酒。如果你喜欢了，那你就买；不喜欢的话，没有人要求你买。现实是每次都是导游催着大家赶紧离开酒庄的商店，因为一天的时间是很紧的。我们参观了 4 家酒庄，要是每家品 3 种的话，那天就品了 12 种。可能有的看官不太了解酒的价格，在中国凡是在 61 个列级酒庄的酒就没有便宜的。特别是我们品的还都是 2004 年、2009 年的葡萄酒，每一瓶至少要 1000 多元。我们每个人每在一个地方都品一杯，品 12 次怎么说也差不多一瓶了，酒钱也要 100 欧元了。

记忆最深的是精致的午餐。第一道是黄油和面包，依云矿泉水；第二道是主餐牛排或者鸭肉；第三道是甜食，冰激凌或者奶酪；第四道是咖啡或者茶。配的酒是三级列级酒庄麒麟赞助的干红和干白，可以敞开喝。有几位澳大利亚的朋友每人就喝了半瓶。

参团的人员来自美国、澳大利亚、韩国、中国香港，只有我一个人来自中国大陆。我看见有一个亚洲模样的人，问他是哪里的，他说是澳大利亚的。我问他原来是哪里人？他说就是澳大利亚人。我急了，就问："那你的祖先呢？"他说："中国广东。"整个一根彻头彻尾的香蕉——黄皮白心。

我旁边是一个美国黑人。我告诉他我是北京人，然后问他："你去过北京吗？"你猜他说什么？他居然说："我听说北京污染很严重，我对污染过敏，所以就没有去。"听到这儿，我看看他那不修边幅的样子，心想："你还怕污染？！"不过我还是很礼貌地说："北京有 2000 万人呢，他们每天都活得很好。"我的意思是难道我们 2000 万北京人都过得不如你？！

在回波尔多的路上，导游又把今天去的酒庄复述了一遍，同时强调了波尔多酒的特殊性。最后，他给每人发了一张调查表，询问对这次一日游的看法和评分。表中大概一共有 20 项，我非常认真地填了这张表格，并在每一项的最佳一栏打了钩。我是一个很挑剔的人，而这次真的挑不出任何毛病。在问卷的底下，我写了两个总结性的词：Excellent！ Well Done！

也许有了这次还不错的印象，我在后来的日子里，又去了第二次、第三次、第四次……

这次来波尔多，我找了兰州的小张做地陪，他目前在波尔多大学专修红酒方面的课程。我很欣赏这种敢闯又有一定能力和思想的男生。他几年前花了不到一万元的中介费来到法国波尔多留学，之前也就学了半年的法语。刚开始还向父母要钱，这两年买了一辆车，并在业余时间接待来自中国的客人，现在已经不向家里要钱了。每年回国的时候，他还会给自己的父亲带几瓶小产区的好酒。我感觉波尔多就业机会很多，只要你敢闯、肯干，就一定能生存得很好，因为这里是产葡萄酒的圣地，来这里朝圣和做生意的人很多。

我们聊着聊着就出了波尔多城，前面的视野越来越宽，映入眼帘的是大片大片的葡萄园、一座座酒庄、一个个颇具法国味道的小村庄。蓝天、白云、绿色葡萄园、古村落，一切都因行进中的车速变成动态的美丽画面。我觉得自己不是来工作的，倒像是一个旅行者。我很后悔出发前没有带上专业的相机而把这美好的景色收入囊中。幸好现在的手机拍照功能多少弥补了一些遗憾。

世界红酒首推法国，而法国又以波尔多产区最有名。加龙河从波尔多地区穿过，也就把产地分为左岸和右岸，而左岸又称为梅多克产区，这里集中了世界上著名的酒庄小产区，包括玛歌、圣朱利安、波亚克、圣伊丝太妃、尚梅多克。世界五大著名酒庄四个都在这里。我们的参观线路是先去位于玛歌产区的麒麟酒庄，然后去另一个中级酒庄。大约开了 30 分钟，我们就到达了一个小村，穿过一个小桥洞之后右拐，就进入一条小道，再左拐就看见了一棵参天大树和一排带孔的植被墙——这就是传说中的麒麟酒庄了。接待中心的对面是一个花园，中间有一个巨大的酒瓶子的造型。再往里面走就是酒庄的庄主现在居住的小楼，足足有 300 多年的历史了。小楼的前面是一个大花园，里面的一个拱形的绿色通道很有意思，让人很容易想起电影里面经常上演的婚礼举办地的画面。

来法国波尔多之前，麒麟酒庄给我发了一个简单的邀请以备入关时用。在

远方的诱惑——遇见最美的风景和自己
Passions for Seeing the World

▲ 从这里再往前走,就进入梅多克葡萄产区了

▲ 在波尔多,连街边的餐桌都透着浪漫气息

▲ 酒窖一角

入关的时候，法国人就看了一下护照，接着"咔嚓"一下盖个章就让我过了，什么也没有问。麒麟酒庄安排接待我的是一个微胖的女士，我也不知道怎么介绍自己，说了半天也没讲清楚，我索性拿出了酒庄发给我的邀请函，她看了以后立刻明白了。这个邀请函在这里派上了用场。她很热情，带我们参观了酒庄和葡萄园，并做了介绍。这个酒庄实际上早就被一家具有270年历史的家族公司收购了。目前，麒麟酒庄种四种葡萄：赤霞珠、梅洛、品丽珠、小维多。酒也只有两种：一种是正牌麒麟；另一种是副牌麒麟查莫斯，俗称小麒麟。

麒麟酒庄是于1855年被评为三级酒庄的，算是红酒业内最知名的品牌之一了。由于产量有限，即使在波尔多的商店里，一瓶普通的麒麟也要40欧元左右，而到了中国价格一般都要翻倍才能有一定的利润，因为还要支付各种税、运费、仓储、人工等费用。如果发现一瓶正牌麒麟酒庄酒在中国只卖到400元，那么百分之九十都是假酒或者走私进来的。每年快到丰收季节，酿酒师奔走于葡萄园各个小板块，通过严谨的品鉴，分析葡萄的香气、单宁、糖分、酸度等成熟程度，务求每块葡萄田都能在最佳的时机进行采摘，然后将赤霞珠、梅洛、品丽珠、小维多四种葡萄按一定的比例进行调制，最终酿成世界级的红酒。

▲ 一看，二闻，三品

远方的诱惑——遇见最美的风景和自己
Passions for Seeing the World

▲ 如果你要娶她，就带她来麒麟酒庄

▲ 无处不体现着法国人的浪漫

浪漫欧洲篇 133
Romantic Europe

▲ 麒麟酒庄处处都是鲜花

▲ 麒麟酒庄的入口

那么副牌小麒麟又是怎么酿出来的呢？麒麟酒庄按最佳比例调制正牌红酒，然后剩下的葡萄再经过筛选，最终酿成小麒麟红酒。它的成分和比例不一定是最佳的，但也是非常好的，因为这里生长的葡萄就是最好的。这就和烹饪一样，原料是最重要的。

回到接待中心，这位女士拿出三款红酒让我品尝，三款分别是小麒麟、2012年和1999年的正牌麒麟。关于品酒，我还想多说几句，专业的品酒一般是一看，二闻，三品。品酒师喝一些红酒到口中后，经过品尝、分析、确认之后，一般不用咽到口中，吐出来即可。这可以预防品尝过多之后晕眩甚至喝醉，影响对酒的正确判断。但是这种方式对我不太适合，这么好的酒在嘴里咕噜一下就吐出来难免太浪费、太可惜，再说在国内喝酒很多地方都是大杯喝，直接灌进嗓子，根本就没舌头什么事儿，嗓子喝起来舒服才是好酒。所以，我品酒的时候，遇到特别好的酒，品完就直接咽下去了。咱本来就是外行，不怕人家笑话。

和这个女士聊天之后，我才知道她原来是波兰人，已经来法国很多年了。和来自经济不发达国家的人聊天，我们一般底气更足，接着我们从聊红酒，又聊到了社会福利、移民等。气氛越来越融洽，临走的时候，小张还为我们拍了张合影，证明我来过这个酒庄，而且还为朋友们品了酒。波兰女士看了合影以后，情不自禁地说："我的胸太大了，如果用衣服遮一下就好了。"她不说，我们还没有注意。这的确是一个"重量级"的女士。随即，大家哈哈一笑而过。

其实这些知名酒庄的酒真的轮不上我们评头论足，因为它们早已被各国的红酒专家品尝过，并做了定论。我们品酒的目的，主要是看这款酒是否适合自己，是否是自己的"红颜知己"。

一直都觉得法国是一个非常浪漫的地方，而波尔多就是"浪漫"一词的代表。"浪漫"不完全是男欢女乐，它是一种感觉和情怀。走在大街小巷，那些法味十足的小酒馆传出诱人的香味，那些坐在红色阳伞下手持红酒含情脉脉的恋人，那些身着碎花长裙踩着装有鲜花单车的秀丽女人……这一切都在诠释着"浪漫"。如果你喜欢一个女孩，带她来波尔多吧，这里的景色会让她陶醉，这里的美酒会把她的心融化。

如果你还要娶她，那就带她去麒麟酒庄吧。这里不仅是世界名庄，酝酿着最美的顶级红酒，还是一个花的名宿，特别是那花的长廊已经被盛开的各色玫瑰所覆盖，置身其中，如痴如醉。假如你牵着她的手，带她走入长廊，再拿出精心准备的钻戒，单膝跪地向她求婚，别说她肯定会同意，就是她向你求婚的心都有了。

让我更觉得亲切的是命运的安排让我在这里遇到了一个"老相识"。五年前，我第一次来到波尔多时，便参加了"玛歌产区一日游"。在参观一个酒庄的时候，一个中国模样的美女接待了我们，我当时和她聊了几句，得知她是中国人，在这个酒庄工作。于是，我给她拍了照片，还把她写到了我的游记里。这次通过有关人员的安排，我来到了合作多年的麒麟酒庄，又见到了这个女生，我对她说："我认识你，你还在我的博客里呢。你怎么到这里工作了？"她告诉我，她一直都在这个酒庄工作，从来没有换过地方。我这才明白以前参观的那个酒庄其实就是这个麒麟酒庄，只不过那天参观了许多酒庄，没有记住而已。不过，我怎么也没有想到那个我第一次参观的酒庄，就是我现在的合作伙伴，而五年前曾经有过一面之交的女生，居然还能再次见到。与其说这是一种巧合，倒不如说是冥冥之中命运的安排。

2. 真正高大上的男人

德国人一直以精益求精的精神在工业领域，特别是在制造业创造了一个又一个奇迹。没有人怀疑德国人的工作态度。事实上，德国人不仅在制造业，在服务业、金融业也都精益求精，追求完美，堪称世界的楷模。因而德国人的口碑在国人心中一直很高。

无独有偶，没想到我们合作多年的法国波尔多历史最长、影响力最大的公司的祖先竟然也是德国人。他们270年前来到法国，先是做各种货物的贸易，随着业务的变化和发展，他们就越来越集中在了葡萄酒业务上。

我很幸运，该公司的第八代传人，也就是现在公司的总负责人正好在波尔多，是他亲自接见了我。我本以为是一个不到20分钟的品酒会谈，没想到一下子延长了一个多小时。他很骄傲地介绍了他家族的历史，而且还把他家所有的宝贝都毫无保留地翻出来给我看。他祖先成立公司以后并不是一帆风顺

远方的诱惑——遇见最美的风景和自己
Passions for Seeing the World

▲ 他的祖先很了不起，也是对法国大革命有过贡献的绅士

的，法国大革命差点把他家也给灭了，幸好当时的革命党也需要钱，就给他家特赦，并签发证书，从此他家的业务一直顺风顺水，即使过了200多年，依然发展平稳。由于他家的业务一直平稳而且在欧洲的红酒市场有一席之地，丹麦和比利时都把他家的公司作为该国在波尔多的领事馆。这个负责人也就是领事了。一个丹麦人如果护照在波尔多丢失了，可以直接到他家补办。他家的红酒业务也遍布全球，英国圣安德鲁斯球场每年都要从他这里预订期酒，北非、亚洲、北美也都有他们的业务足迹。

一个人真不是随随便便就能成功的，看看他们公司两百多年业务的每个文件和每本账都毫无破损地记录和保留着，其认真的态度可想而知。从点滴做起，认认真真，精益求精，这就是他家族成功的经验，因此能够坚持到近300年也就不奇怪了。

这位总经理已经50多岁了，可是性格和外貌像是40多岁的人。我和他正在谈论中，他就说："我带你看一件非常有意义的事情。"没等我弄明白，他就开车带我去了加龙河畔，河边挤满了人，原来大家都在目睹一艘仿古船结束了6个月的美国之行，返回法国波尔多。这是为了纪念历史上法国和美国之间的海上交流，美国总统奥巴马也亲自接见了该船的船员，并在美国举行了欢迎仪式。这在波尔多小城应该是天大的事情了。

20分钟后，我们又回到了他的公司，继续讨论他的家族和红酒，他也摆出一长排的各种酒让我品尝，真把我当成专家了。我只选了四种品了品，那个苏代产区的贵腐干白是迄今我喝过的最好喝的干白葡萄酒了。

我们聊得都很尽兴，后来我才知道他的公司和波尔多的大酒庄已建立了紧密的合作关系，有的酒庄的期酒，他们甚至都给买断了。上次参观的麒麟酒庄的主人原来就是这家公司的主人。之后，他告诉我中午不能和我一起进餐了，他要马上开车3个小时去马赛参加晚上比利时女王的一个宴会。他人很高，估计有1.9米，会说五国语言，还拥有世界著名的酒业公司；同时他擅长公共关系，整日交际于各国政商贵族要员之间，而他经营的产品又属于高大上之类。依我看，他才是真正"高大上"男人的代表。

▲ 露仙歌也是该公司代理之一

三、永远看不懂的土耳其

（一）矛盾之国

能去土耳其真要感谢新开通的伊斯坦布尔至北京的航线。土耳其地处欧亚大陆的接合部，是多个国家和民族的交汇点。人们从土耳其可以很方便地飞往世界各地。

我们的目的地是英国，经过权衡比较还是决定乘坐土耳其航空公司的飞机，并经停横跨欧亚大陆的伊斯坦布尔市。这个选择现在看来很正确，从北京飞至伊斯坦布尔大约需要9个小时，在伊斯坦布尔停留2个多小时后，再经过将近4个小时的飞行便可到英国中部的曼彻斯特机场。这种分段飞行使人感觉不太累，还可以在机场停留期间逛逛商店。土航非常聪明地在飞机上开辟了"超级经济舱"，使乘客多付一些费用便可享受类似商务舱的待遇。我们并没有满足于在土耳其只停留几个小时，而是在网上办理了土耳其的入境签证，在该国又多停留了几天。这样既可以更好地了解这个国家，又可以提前倒时差，因为从土耳其到中国的时差只有5个小时。

我们虽然在土耳其只停留了短短的几天，但这足以管中窥豹，让我们对该国的文化、习俗、社会、经济有一个大概的了解。

这是一个很特殊的国家。它连接欧亚两个大陆板块，很多人在该国的"亚洲"部分住，但是每天都要去"欧洲"上班。可以说，它是"南北跨两洲，东西接三海"，其中"三海"便是黑海、地中海、爱琴海。由于处于这样一个特

▲ 走进亚欧交界的土耳其

殊的地理位置，并与众多不同文化和宗教背景的国家接壤，故该国具有很明显的文化地域特征，人员也非常杂乱。

这是一个曾经辉煌的国家。大约 700 年前奥斯曼帝国成立，而后它攻陷君士坦丁堡，灭东罗马帝国，16 世纪达到鼎盛，统治区域地跨欧、亚、非三大洲。在第一次世界大战中加入同盟国作战，战败后根据《凡尔赛和约》，土耳其丧失了许多领土。1919 年，凯末尔发动民族解放战争，1923 年 10 月 29 日成立土耳其共和国。现在的土耳其土地面积只有 78 万平方公里，仅相当于我国的青海省，总人口为 7800 多万人。这种历史的落差多少影响了土耳其人的性格。我们在参观土耳其皇宫的时候，解说员非常自豪地对游客说："我们曾经有伟大的历史，这个皇宫用了 50 千克的黄金来装饰，我们所看到的都是镀金，所有的水晶都是从英国进口的。"我心想，才 50 千克的黄金就这么炫耀呀，那就去布达拉宫和大昭寺看看吧！

这是一个贫富差别很大的国家。根据福布斯杂志的调查，伊斯坦布尔在

▲ 皇宫内部

▲ 生活对每个人来讲都不轻松

2010年3月有28位十亿富豪，排名世界第4，仅次于纽约、莫斯科和伦敦。然而大部分土耳其百姓并不富裕，一般人均月收入在1000土币左右（相当于3000元人民币），但当地物价却很高，加油每升要18元人民币，吃一份普通套餐也要20个土币。土耳其航空公司的贵宾休息室是我见过的设施、服务、餐饮最好的休息室，贵宾可以睡觉、洗澡、餐饮、打台球、练习高尔夫球等。可是在伊斯坦布尔的大街小巷人们经常可以看见一些"死角"地带，这里有臭味熏天的垃圾，也有不少小便的痕迹。很多街道到处都是"练摊"的小贩，使人感觉很不舒服。

（二）走进澡堂子——亲自体验土耳其浴

早期，人们认为我国东北有"三宝"，即人参、鹿茸、乌拉草。其实，土耳其也有传统意义上的"三宝"，即海峡、烤肉和洗澡。其中，"洗澡"是指具有悠久历史的"土耳其浴"了。这个古老的习俗可以追溯到古罗马时代，后来土耳其人从东罗马人手中夺回当时的君士坦丁堡，即现在的伊斯坦布尔，便把罗马浴变成了如今闻名世界的"土耳其浴"。

来到土耳其，不体验这三大宝就等于没有来过土耳其。在临回国的那天下午，我们来到了具有数百年历史的赛伯利坦斯浴室，开始体验这项古老的习俗。这家浴室距离大巴扎不远，是在AH992年（1584）由皇家设计师司南设计建造的。也许是在闹市的关系，这家浴室夹在两个商铺之间，其矮小的门面和我们的洗浴中心相比简直就是天壤之别，如果不仔细寻找，很容易就错过了。

由于此次洗浴主要在于体验而非享受，为了更清楚地介绍这项古老习俗，大家姑且按以下几个步骤和我们一起体验吧。

第一步：选择项目并付款。土耳其浴的项目很简单，只有三个：第一个是蒸桑拿，价格20欧元；第二个是蒸桑拿和搓澡，价格是30欧元；第三个是全套服务，即桑拿、搓澡和推油按摩，价格是51欧元。来土耳其一次也不容易，我们就选择了所谓的"全套"服务。有一个老妇人在窗口收钱，然后给你一把钥匙，你可以把你的衣物锁在一个暂时属于你的小房间里。这个小房间和我们的大众浴室差不多。在浴室的门口，一个老爷爷会给你两个红牌子：一个是用于搓澡的；另一个是用于按摩的。同时，要给你一块和浴巾类似的红白相间的布让你裹在身上。

第二步：进入蒸房。这是一个很有特色的蒸房，用材全是大理石，顶部是圆形的，上面有很多小孔，用于采光和透气。蒸房的中间是一个很大的大理石圆台，估计最多可以同时躺下20个人。圆台温度为40度左右，人躺在上面一会儿便被蒸透。需要说明的是，人不论在任何时候都不能赤裸，即使在后面的搓澡和按摩的时候，那块布也不能离身。

第三步：搓澡。大约20分钟后，一个五六十岁的男士会把你叫过去，把你手中的一个小牌收走，开始为你搓澡。他先是用一盆很热的水浇在你身上，帮你冲净身体。他用的那个金属小盆很不错，既可以盛水，又可以在你躺在石台上的时候给你当枕头。不过，我真不喜欢他用热水浇在我的身上和头上，很不舒服。他接着开始搓澡，再把香皂液涂在你身上，然后让你坐起来，你还没有醒过梦呢，又是一盆热水从头到脚浇了下来。此时，你的毛孔已经全部打开，这个顽皮的老头又把一盆冷水浇在你的头上，我的头皮立即痛了起来。语言不通也没有办法，光喊是不够的。不一会儿，他帮你舒筋。他也不在意我们都是黄土埋了一半，腰腿已经不利落的人了，玩儿命地又按又拉的。我的腰椎不好，而他还很过瘾似的使劲地折腾。我开始觉得这是一种折磨了。

第四步：推油按摩。这道程序结束后，你就要把手中的另一个小牌子交给另外一个老头，并排队等候。大约 30 分钟后，你被安排在有三个床位的按摩房间里做推油按摩。走进这个房间如同走进了"太平间"，暗暗的不说，按摩床躺着的人身上都盖着那块布，房间里的空调还都开着，而我身上还裹着那块湿湿的布。老头按摩的手法还算可以吧，不过房间真的很冷。我真怕冻感冒了，希望这 30 分钟能变成 3 秒钟赶紧结束。

按摩终于结束了，我浑身冻得发抖，于是想去蒸房先蒸蒸，出点汗后再去洗澡，结果看门的老头凶巴巴地硬是让我先去洗澡。在洗澡的时候，由于被折腾了半天，一不注意我的腰椎间盘老毛病又犯了，幸好不是太严重。

洗完澡以后，我没有再去蒸房，而是忍着腰痛匆匆穿好衣服，巴不得早点离开这个古老的澡堂子。虽然是一个小小的体验，但是这个代价有点大了。

▲ 最古老的土耳其浴室

▲ 净身是一种仪式

（三）自杀者的天堂——欧亚大陆桥

人年轻的时候为什么要学习知识？一言以蔽之，就是为了长大以后能够去实践并实现自己的梦想。有些知识是用来谋生的，而有的是为了发展自己的兴趣爱好。年轻时候所学的知识都是一个个"点"，等到成年或者老年的时候，所摄取的知识多了，就自然而然地把所有的"点"按时间串联起来，这就成了"历史"，而按照断面连接起来就成了"地理"。

在中学的世界地理课本中一定提及过"博斯普斯罗"，这是因为这个海峡所处的位置太重要了。它是贯通欧亚大陆的咽喉，具有非常重要的战略意义。它是南欧一些国家的唯一出海口，土耳其可以底气十足地对罗马尼亚和保加利亚这些内陆想发展国际贸易的国家说："哥们儿，想从我这里把货运出去吗？那好，先把钱交来！"这是一个人一生之中一定要来看看和体验的地方。

正是由于它具有不寻常的意义，这里也就成了自杀者的天堂。自从1973

年开通了欧亚大陆桥以后，自杀事件就没有断过。好像能在欧亚大陆的接合部自杀是一件很值得骄傲的事情，自杀者也很有归属感。据土耳其哈利亚特《每日新闻》的资料，截至1996年就有100多人自杀。2009年一个公交司机开着公交车居然在大桥的中间点停下车，下车后直接就要跳桥自杀。幸好一个骑摩托车的哥们儿路过，把他说服，他才没有跳下去。2013年又有一个大老爷们儿从60多米高的桥上跳了下去，居然没死！

欧亚大陆桥似乎有一种魔力，它能使人情不自禁向桥中央走去，然后"幸福"地跳下去。这里俨然成了自杀者的天堂。不过现在想来这里结束生命的人困难了，因为大桥已经被封住了，行人不能走过去，机动车也不让半途停车。

▲ 横跨欧亚大陆的大桥成了自杀者的天堂

浪漫欧洲篇
Romantic Europe

从种种迹象可以看出，土耳其人还是活在他们最昌盛的时代。土耳其的古迹和历史遗迹保留得非常完好，很少看到破坏的痕迹。这说明该国很看重自己过去辉煌的历史。即使皇宫、博物馆、大教堂里的服务人员，当问之有关历史细节的时候都会津津乐道，不管你是否听得懂、是否感兴趣，他们都带着骄傲的神情给你讲很长的时间。在博物馆里，你只要拍下一个镜头，服务人员就立即过来，让你把照片删掉。

土耳其人的性格也具有两面性，既傲慢又谦卑。第一次世界大战，当时还很强大的奥斯曼帝国和德国结盟，最后败北。奥斯曼帝国寿终正寝，国土面积也大幅缩水。从此，土耳其的祖先不再昌盛。如今土耳其经济很不乐观。当提

▲ 东西文化的接合部

▲ 得天独厚的旅游资源

到辉煌的过去，土耳其人值得骄傲，而看看眼下的境遇，土耳其人又不得不低调做人。

以上照片就是在几个历史古迹景点拍的，它们至少反映了奥斯曼帝国当时的昌盛和奢华。单从这点来看，土耳其人有其该骄傲的地方。不过历史终究是历史，过去终将过去，你现在的表现就是未来的历史。

土耳其要做的事情还很多，要走的路还很长。

四、用耳朵品黑啤酒的爱尔兰人

（一）人文之城，浪漫之都

爱尔兰是一个国家。我指出这点非常有必要。前两天有人问我："爱尔兰不是英国的吗？"还有人居然问我："爱尔兰在哪里？"这要是让爱尔兰人听到了，不揍你才怪！你不知道爱尔兰在哪里没关系，可是千万别说人家是英国的。

的确，你如果去爱尔兰的话根本看不出和英国有什么区别。表面上看，爱尔兰的发达程度还是不及英国。虽然爱尔兰有自己的爱尔兰语，但是能使用这种语言的人基本都是老人了。据说一个亚裔学者刻苦学习爱尔兰语，梦想有一天能踏上这个美丽的国度并能用爱尔兰语和当地人交流。这一天终于盼来了，他来到爱尔兰，晚上去酒吧，用爱尔兰语和服务人员们交流，结果没有一个人知道他在说什么。他自叹学业不精，学了数年的爱尔兰语，爱尔兰人竟然听不懂。这时一位老人走了过来，用爱尔兰语激动地对他说："我可找到能和我用爱尔兰语交流的人了。"具有讽刺味道的是，能说爱尔兰语的却是外国人。

为了鼓励更多的英国游客去爱尔兰旅游，几年前两国签署了一个协议，即持有英国访问签证的游客可以去爱尔兰短期旅游。这一利好消息弥补了很多人原来只能去英国一个国家旅游的遗憾，因为英国不是《申根协定》的国家，持有英国签证的游客原来只能去英国，而现在也可以去爱尔兰了。

从地理上看，两个国家距离非常近，乘船只要3个小时就可以了。两个国

远方的诱惑——遇见最美的风景和自己
Passions for Seeing the World

▲ 都柏林的亮点很多

家都是岛国，气候条件也非常相似。正是因为两个国家都是岛国，所以才敢签署免签的协议，因为你要想去另外一个国家总是要出关卡的。

爱尔兰总人口为400多万人。如果你还判断不好400多万人是多大的概念，我可以形象地告诉你爱尔兰整个国家的人口只有北京的五分之一。山东省烟台市区人口也差不多700万人。我们一提到英国仿佛总是听到爱尔兰三个字，不过你可能没有注意说的都是"北爱尔兰"。大英帝国的铁蹄几乎踏遍整个世界，它的邻国爱尔兰也未能幸免。20世纪，爱尔兰独立战争赢得了六分之五的地盘，而北爱尔兰就留给了英国。

别看爱尔兰国家小，可是它却有很多光彩照人的亮点。

爱尔兰的首都都柏林有文学之都之称，这是因为历史上爱尔兰人有四位文学巨匠获得过诺贝尔文学奖。著名的萧伯纳就不用说了，我很小的时候，就记得他和一个美女的对话。一个女士看重了他的才华，就想嫁给他，她说："萧伯纳先生，如果我们结合了，我们的孩子有我的外表又有你的智商，那该是多美妙的一件事呀。"萧伯纳回答道："如果长得像我，智商像你的话，岂不糟透了。"另外，还有那个玩世不恭、46岁就离开人世的文学天才奥斯卡·王尔德更是爱尔兰人的骄傲。

爱尔兰对世界音乐和舞蹈的贡献也是巨大的。《大河之舞》风靡全世界，而爱尔兰的音乐和民歌也是人人皆知，如恩雅乐队、范·莫里森、黑色47及Sinéad O'Connor等。就在一个小时前，我刚看完一场爱尔兰音乐和舞蹈表演，那犹如高山流水般的音乐和富有激情的《大河之舞》演员的表演，每时每刻都敲打你的神经，把一阵阵愉悦的快感传给你。

▲ 世界百强大学——都柏林圣三一大学

爱尔兰的饮食也是出了名的。最值得一提的就是举世闻名的黑啤酒。对于一个喜欢音乐的人来讲，来到爱尔兰没有观看《大河之舞》就等于没有来这个国家；对于一个喜欢酒文化的人士来讲，没有去（吉尼斯）黑皮酒厂，也就等于没有来爱尔兰。

一下飞机我就喜欢上了这个小却伟大的国家，我曾经体验过很多国家的机场，然而印象最深的就是爱尔兰机场。因为这个机场能为乘客着想，把外面人能走的通道都改成了玻璃通道，不管刮风下雨，你都可以去你想去的地方。市区里大部分的公交车都有即时显示牌，告诉你下一趟车大约几分钟到，这样方便你安排自己的事情。

爱尔兰人非常热情。接我去酒店的免费班车司机，给我介绍了许多鲜为人知的东西。以前我的错觉是爱尔兰的语言是英语，其实我错了，爱尔兰有自己的语言，即使现在有的学校还要求学生必须学习爱尔兰语。在一个公交车站，我向一个女士打听乘车路线，她也热心地给我介绍了很多关于都柏林的交通和旅游的信息。我认真地听她介绍，同时打量着她，这是一位典型的爱尔兰女孩子，皮肤很白，身材姣好，似乎很适合跳《大河之舞》。那些舞蹈演员腿都是细细长长的，而腰板又挺又直。爱尔兰女孩子都很谦和、内敛，似乎都有很好的修养。后来我才知道她在 Ryanair 航空公司做空姐。

爱尔兰首都都柏林也是一个浪漫的地方。一个不浪漫的地方是不可能孕育出这么多文学巨匠的。无论你漫步在市中心的丽妃河岸，还是穿梭于有故事的大街小巷，或者坐在三一学院红色秋叶树下的长椅上，你都会体验到这种浪漫。晚上电视又播放了一遍由哈里森·福特主演的《汉诺瓦街》，那是"二战"时期的一次偶然的机会，飞行员哈里森认识了女主人公，并约好一周后还在这个街角见面。哈里森如期而至，可是未见女主人，地上已经扔满了他的烟头，正在他绝望的时候，前面闪出了美丽的女主角。这是该影片中的一个故事情节。其实，都柏林的很多街角都和这部电影那么神似。

（二）用耳朵品黑啤酒

在爱尔兰，可以和文学、音乐相媲美的就是世界著名的吉尼斯黑啤酒了，英文就是 GUINNESS。这款黑啤酒目前中国知晓的人并不是很多，可是我说了你可别生气，全世界除了华人，听说过吉尼斯黑啤酒的人一定大大超过知道茅台酒的人。牛皮不是吹出来的，吉尼斯黑啤酒能够发展到今天与它鲜明的特色是分不开的（学管理的人可以好好学习一下）。

第一个特色：吉尼斯黑啤酒的爱尔兰的水质。黑啤酒是由四大要素组成的，即大麦、啤酒花、水、酵母。这四个要素是任何一个啤酒生产商都必须具备的，而最大的不同之处就是水质，吉尼斯黑啤酒所选用的水全部是从附近的威克洛山运过来的，这座山的水质非常好，因此决定了它的特殊性。事实上，酿造黑啤酒的技术起源于英格兰，后来才传入爱尔兰，由于有了这特殊的水源，吉尼斯黑啤酒才一举成名。

第二个特色：吉尼斯黑啤酒的主人们的那种精神和信念。按照吉尼斯人的说法，他们的黑啤酒的组成还有第五个要素，那就是创始人阿瑟·吉尼斯的激情和必胜的信念。因为阿瑟让这种信念和激情一代代地传了下来。为了能让吉尼斯人永远保有这个信仰，250年前他就和当时的地主签了9000年的租赁合同！这种决心和案例在世界上绝无仅有。尽管每年的租金只有45英镑，可这在当初也许就是天文数字。

第三个特色：品用吉尼斯黑啤酒的程序。一般来讲，我们品酒只是观其色，闻其香，品其味。吉尼斯黑啤酒的品尝又多出了"听其音，触其觉"两道程序。"听其音"就是要把刚倒在杯中的黑啤酒贴到耳朵上仔细听，典型的优质黑啤酒会有特殊的嘶嘶声响，它会逐渐把酒唤醒；"触其觉"就是要体验它的温度，优质酒永远都为6～9度。因此，用"听"和"触"来品吉尼斯黑啤酒也成了它有别于其他酒类的特点。

第四个特色：这个吉尼斯黑啤酒和我们知道的《吉尼斯世界纪录大全》是有渊源的。1955年，吉尼斯的老板为了证明一种鸟飞得比另外一种鸟更快而和别人争论得面红耳赤，最后也没有结果。为了证明自己，更为了能促销他的啤酒，他就用自己的公司出版了《世界之最》一书。这样一来在酒吧里，人们就可以边喝酒边探讨问题，消费者也有兴趣，啤酒也就销售得更快了。后来，他找到了牛津大学短跑队的一对孪生兄弟，一起广泛收集资料，最后在1955年终于成就了《吉尼斯世界纪录大全》。迄今为止，虽然这本书的知名度远远超过了黑啤酒，但是人们一提到《吉尼斯世界纪录大全》必然就会想到吉尼斯啤酒，这两者可谓相得益彰。

第五个特色：吉尼斯黑啤酒的产量。该酒厂每年要用去10万吨大麦，年产9亿升啤酒，并销往世界50多个国家。如果每个瓶子装一升酒，3个啤酒瓶子首尾连起来是1米的话，那么9亿升啤酒就可以装满3亿个瓶子，而它们连起来就是30万公里，可以绕地球8圈了。

第六个特色：恐怕就是这个吉尼斯黑啤酒博物馆了，即"吉尼斯仓库"（Guinness Storehouse）。吉尼斯经理人员指出，要让"吉尼斯仓库"成为喜欢泡吧和泡俱乐部的年轻人的去处。吉尼斯仓库建在一幢几乎有100年历史的大楼内。这是一幢砖结构建筑，有7层高，风格颇为宏伟，原来是该公司的一座发酵车间。吉尼斯仓库的设计外表传统、内部现代，犹如一颗外边裹着巧克力、里边填着奶油的糖。外部是砖墙，内部是现代化的玻璃与钢结构，照明则采用自然采光与人造灯光相结合。吉尼斯仓库的形状有点像一只一品脱玻璃杯。最顶部是圆形酒馆"重力吧"（Gravity Bar）。到了晚上，"重力吧"发出迷人的白

152 | **远方的诱惑**——遇见最美的风景和自己
Passions for Seeing the World

从上至下：

◀ 吉尼斯黑啤酒酒厂

◀ 品黑啤酒需要五个步骤：听、看、触摸、闻、品尝

◀ 诱人的黑啤酒，参观酒厂后，每人可以免费来一杯

光，就像一杯刚倒出来的吉尼斯啤酒上面浮着的泡沫。每年大约有47万人来此参观，如果门票按每人13欧元计算，那么年收入就差不多600万欧元了。

总之，你如果到了爱尔兰，一定要喝一杯吉尼斯黑啤酒（它味道有点苦，但是却有一种非常清新的感觉），否则就真的白来了。

（三）我们是在月球上吗？

一直驱使我去爱尔兰的还有另外一个原因。多年前我曾经在一个飞机杂志上看到过几张很特别的照片，那是一望无际的灰色荒石，寸草不生，简直就不像我们生存的地球。照片下面的注释是：爱尔兰的 Burren 荒石。我索性把 Burren 这个地方给翻译成"不人"吧，即不适合人居住的地方。

到爱尔兰的第二天我就报了一个一日游的旅游团，行程主要是自然发现之旅，内容包括参观莫赫断崖和"不人"荒石。游人需要早上6：50就出发，晚上9点才能回到市区。14个小时似乎很辛苦，但是和在中国西部旅游相比要舒

▲ 荒原上出现了很多可爱的羊驼

154 | **远方的诱惑**——遇见最美的风景和自己
Passions for Seeing the World

从上至下：

◀ 排着队的断崖

◀ 断崖上的青苔

◀ 我们是在月球上吗？

浪漫欧洲篇 155
Romantic Europe

▲ 天居然放晴了，尽管只有十几分钟

服多了。记得有一次从成都出发去亚丁，早上 5 点出发，一路颠簸，在极其缺氧的情况下，晚上 10 点才走了三分之一的路程。这次爱尔兰的断崖和荒石之旅，一路上司机绝对不会亏待自己，至少休息了 8 次，游客也跟着买点咖啡，上上厕所，美哉，美哉。我们的大车一共有 60 个游客，而只有司机一人服务，他又是司机又是导游。一路上哼着小曲，时不时还讲讲他年轻时候的艳遇故事，这使旅程也变得更轻松愉快了。

不过爱尔兰有一点绝对是短板，那就是无常的岛国气候。清晨开出都柏林一小时，太阳就出来了，好一个蓝蓝的天空白云飘。司机说："前几天我遇到的都是雨雾天气，而你们今天真走运，估计可以清楚地看到断崖了。"我应该是最得意的了，我背了一个包，里面都是相机和镜头，如果都是雨雾天气，那岂不白来一趟！

在到断崖的时候，不知道是谁让老天不高兴了，它阴下了脸，接着把风和雨劈头盖脸地砸了下来。当时的风速很快，几乎可以把人吹倒，而雨点也像鞭子一样抽在身上，幸好断崖边上有 1 米多高的围墙，我赶紧蹲了下来，因为从海面高速刮过来的风雨正好在矮墙下面留出了一条 50 多厘米宽的无雨地带。

当风速减了，我赶紧冲到断崖边上，冒雨拍下了断崖在雨雾中的照片。正当我郁闷的时候，大风居然把天空刮出了一条缝隙，微弱的太阳此时也凑了过来。我立即抓住这珍贵的几分钟拍下了对我来讲永恒的照片。特别是海面上映出了彩虹，而它只存在了几秒钟，尽管照片的效果不怎么如意，但是想想出现彩虹的概率那么低，而当时全中国也只有我一个人在那里拍下此景，这张照片就尤其显得珍贵了。那个导游司机说得没错，今天我们很走运，特别是我！

我们同去的游客中，居然还有北京的老乡，而他老婆居然和我是同一个大院的。他的名字我已经记不住了，不过我在有限的阳光下给他拍了一张照片，断崖上面的阳光也毫不吝啬地扑在了他的脸上。

（四）爱尔兰旅游管理经验借鉴

当我把这个问题提出来后，我才发现自己给自己上了一个套，因为这个问题太复杂了。如果真的要认真研究，即使100万字的长篇大论也不一定能写清楚。

从一个经常旅游的人的角度来讲，这是可以做横向比较的。以我个人的直觉，如果给爱尔兰旅游业打分，那么我会打90分。如果你一定让我说出一二三来，那么我就按"党八股"的形式列出以下几个方面吧。

第一，意识上以游客为本。经营旅游业是件非常复杂的系统工程，它需要综合全面的考虑，特别是要站在游客的角度考虑，哪些地方可以吸引游客。这不仅是单纯的旅游点开发问题，还要全盘考虑游客的饮食、住宿、交通等。到了爱尔兰，你会觉得一切都那么自然，你甚至想主动花钱享受旅游服务。

第二，管理体系的合理性。都柏林有好几个城市旅游信息中心，这些中心都提供各式各样的旅游服务。例如，该市推出的"随上随下"（Hop-on Hop-off）的双层旅游车服务就是最好的例子。它围绕着市中心设立了20多个站，每站都是景点。每10分钟一趟车，游客凭票可以随时上车，随时下车。车票也不贵，一天只要10几欧元，而且是买一天的票可以用两天，晚上还可以免费游览夜景。如果你再买该公司的其他旅游线路，那么该公司还会再优惠。我就是买了"随上随下"旅游车票，再加上去机场单程大巴，以及去断崖和荒石一日游，总共的费用才60欧元，相当于人民币400多元，很划算。

第三，热情和激情。爱尔兰人是非常热情而又富有激情的民族。

▲《大河之舞》是爱尔兰的国舞

▲ 热情好客的爱尔兰人

不管你向任何一个爱尔兰人询问道路或者一些问题，他们都会热情地为你解答。这说明爱尔兰人非常爱自己的国家，他们为自己是爱尔兰人而感到骄傲。因此，他们的热情和激情是发自内心的。所以要推广一个国家或者一个地方的旅游业，首先就要使人民爱自己的国家和所在的地区，只有这样，外面的游客过来才能有一种回家的感觉。旅游工作者的训练虽然重要，但是如果他们心中一直为自己的国家和地区而骄傲，这种服务就是主动和发自内心的。我们目前的旅游业最需要的就是培养爱国和爱自己的家乡的热情。

第四，收费规范透明。我们到爱尔兰和国外很多地方旅游都会发现，导游是从来不拿购物回扣的，所以也不会带着你去购物。我发现爱尔兰的导游根本不用拉回扣，我们一个大车60人，每个人的费用是40欧元，全车的收入就是2400欧元。司机是兼导游的，我想他的收入一定不菲。路上，司机告诉大家谁要是想买爱尔兰音乐的话，可以去他朋友开的店买，提到他的名字就可以优惠。仅此而已。

外出旅游本来就是放松和修身养性的，这种方式可以让人玩得愉快，值得提倡和借鉴。

五、我在葡萄牙有个好朋友，他的名字叫李刚

（一）到了葡萄牙，才知道"活"与"生活"的区别

我在法国波尔多预订了五天的酒店，住了三天后，葡萄牙的朋友打电话让我过去找他。我和他有10多年的交情了，怎么也应该去看看他。

于是，我就买了一张到里斯本的机票，一个多小时后，犹如乾坤大挪移，自己已经稳稳地站在里斯本的机场了。在等朋友的车来接我的时候，我发现，第一，这个国家很干净，气候很好，蓝天白云任你翱翔；第二，似乎葡萄牙人都很谦和，既不像英国人那么保守，也不像法国人那样放荡不羁；第三，这里的生活水平似乎不错，机场的出租车是一水的奔驰；第四，吃的很便宜。我们到一家酒馆吃饭，是自助餐。品种多达30多种，最重要的是那里的海鲜和鱼都是深海捕捞的，没有半点污染。再有，质量上乘的干红和干白葡萄酒随便喝。我们吃完以后，我抢着去付钱，我的哥们儿说："有什么可抢的？我们每个人才8欧元。"我一听就惊呆了，在国内这个标准怎么也要你200元，可是这里才8欧元，相当于60多元。朋友还告诉我，这里午餐都是这水平，有的地方还更便宜呢。

在路边我们看到了一个妇女在阳伞下卖樱桃。我们一问价格，才4欧元两公斤！4欧元就是30多元，却可以买4斤，也就是说8元左右一斤吧。

从机场到朋友家大约有100多千米，路两旁都是蓝天白云下绿油油的田野和森林，有点像夏季坝上的味道。看着这一路的美景，开着车窗大口地呼吸着

▲ 葡萄牙人很热爱生活，喜欢用花装点自己的住房

新鲜空气，再看看远处葡萄牙人居住的错落有致的一栋栋小楼，我真的感觉自己这辈子白活了！

这两天的所见所闻，也印证了我对葡萄牙的判断。因为在我心中从来就没有把葡萄牙当成一回事儿，然而我在这里却遇到了我人生太多的"第一次"。

（二）我的朋友叫李刚

我没有和你开玩笑，我这位葡萄牙的朋友叫李刚。

其实很多看过我的《阿金文集》的人都会记得那篇《给你一百美金》的文章，里面把100美元给了伦敦地铁里拉手风琴的中国女孩的那位先生就是我的这位朋友。我们怎么说也有10多年的交情了，但是由于他居住在遥远的葡萄牙，去一次很不方便。这次正好借着去法国办事的机会，我也可以去看看他和他的老窝了。

没到他家之前，我猜想他家和大部分华侨家庭一样，能有一个独栋的别墅就不错了。我还特意做好了准备，到了他家要亲自下厨做饭，帮他分担家务，因为他夫人回国了，家里就剩下他带着两个女儿。

我坐在他的大奔驰车里，不一会儿就到了LEIRIA城市，他又开了几分钟，我们便到了一个大院前，只见他拿出了一个遥控器，又按了一下，就见眼前大院的大门自动地打开了，李刚说："到了，这就是我家。"我一下子愣了，这哪里是别墅，分明就是一个豪宅！

车子徐徐爬上一个几十米的坡就停下了，我下车后看见的是一个硕大的院子。走进豪宅，穿过足有200平方米的大厅，就到了我的房间。这是一间装修得和五星级酒店差不多的房间，设施豪华而简约。这和我在波尔多住的酒店有天壤之别。

主人告诉我，他家整个占地面积有5000多平方米，房子的建筑面积约1000平方米。单从面积来讲，估计这已经算是我住过的最奢华的豪宅了。一会儿一个外国女人过来，给我端来了咖啡。我心想，他老婆不在，他就敢找一个外国妞呀。他看出了我的心思，就说："你可别乱想，这是我们请的乌克兰

▲ 李刚的豪宅

远方的诱惑——遇见最美的风景和自己
Passions for Seeing the World

▲ 后院的游泳池

保姆，做饭、打扫卫生、洗衣服都是她的事情。你有要洗的衣服就给她洗吧。"我原来还想帮他做饭呢，这下用不上我了。

　　一会儿，我们又到了后院，那里有一个游泳池，我可以想象在炎热的夏季脱光了泡进去会是多么惬意。他家的大院后面就是一片松林，高大的榆树在蓝天的映衬下分外挺拔。看看人家日子过的，我这许多年岂不白活了？！

　　说起李刚，他的发家史很有特点。30多年前，会说法语的他在北京饭店工作，就结识了当时来中国访问的葡萄牙大使。他们成了朋友，后来李刚就来了葡萄牙。他是一个做生意聪明过人的人，第一桶金就是从做雨伞开始的。多年前，葡萄牙人的雨伞加工成本很高，李刚就和雨伞厂家的老板商量，由他来承包制作。他上任的第一件事就是把生产线停了，工人的工资却照发。他的伞全部在中国加工，这样还有很多的利润。后来，他就把不少葡萄牙雨伞生产商打败了。

　　这还是不足为奇的，大家熟知的北京张裕爱斐堡葡萄酒庄就有李刚的贡献。

（三）适合度蜜月的小镇

李刚带我去了一个小镇，镇的旁边就是大海。刚走近海角的时候，我就被这儿的景色惊呆了。只见一排排乳白色的海浪，正一次次地涌向白色的海滩。大西洋就像一个顽皮的孩子，不断地向大地母亲索取拥抱。

那海水，在平静的时候，蓝得是那么深邃、祥和；一旦受到风的怂恿，就会变成白色的长龙，席卷海岸。

我从没有见过这样的海浪，白得像棉絮，让人不敢相信它曾经是蓝色的。

听着海浪击拍海岸的声音，我转到了海角的另一侧，站在悬崖峭壁之上，望着脚下的万丈深渊，我的腿禁不住颤抖起来，但是仍然被眼前的美景所打动。一望无际的大海边，有那么几块礁石，海水不厌其烦地击打着礁石，有时把礁石整个覆盖起来，然后又顽皮地落下来，那还来不及落下的水一串串的，构成了水帘。

望着这摄人心魄的美景，我觉得画家都是多余的，摄影同样也会玷污了它的本色。

大海的边上就是娜萨瑞（Nazare）小镇。这是一个海边城市，距离葡萄牙首都里斯本北部只有 60 千米，如果走高速路不到一个小时就可以抵达，不过走沿海的那条路更有玩味的余地。这条道路基本没有什么车，两边都是高高的松树，而左边的大海也时刻不离你的视线。沿路都是耀眼夺目的小花。

娜萨瑞小镇是一个旅游度假城市，小镇面向广阔的大西洋，人站在最高处，可以看到大海很远，很远。海岸线拉得很长，都是细细的沙滩。虽然是初夏，但一些等不及的男男女女已经半裸或全裸地躺在沙滩上享受太阳浴了。

▲ 摄人心魄的海浪

远方的诱惑——遇见最美的风景和自己
Passions for Seeing the World

从上至下：

◀ 不远处的城堡

◀ 适合度蜜月的小镇

　　小镇不大，但是其教堂却很突出。这是一个无论从外面还是里面都很考究的教堂，而且让人免费参观。当你步入教堂，看到圣母马利亚在金碧辉煌的背景中默默地望着你的时候，你会突然萌发出一种难以言状的敬仰。西方的一些很有名的大教堂我已经去过了，如罗马大教堂、圣彼得大教堂、科隆大教堂、比利时大教堂、约克大教堂等，给人的感觉都是干净、肃静、高雅、神圣的。

小镇的街道两旁是卖各种特产的小店，如果有时间挑选一些小礼品送给朋友是非常不错的。

总之，我太喜欢这个小镇了，那绵延数里的黄金海岸，那鹰击长空的海景，那一个个玻璃房中格调优雅的餐厅，那一座座小楼……如果有朋友准备到欧洲度蜜月，我不建议参加诸如十日游八个国家的旅行团。我倒是建议来这个小镇，静下心来好好体验对方的感觉和思想，小镇确实是个不错的地方。

▲ 葡萄牙足球俱乐部的旗帜

来葡萄牙的时间只有五天，但是却给我留下了深刻的印象。也许是因为我哥们儿李刚在这里已经打下了天下的缘故，我才能更深入地了解这个国家百姓的真实生活和生存条件。特别是这里方便的生活条件、价格低廉的美食、保护得非常好的大自然环境，这些都让我感到惊讶。在这里，我也有了太多的第一次。

第一次住上了这样大的"豪宅"，第一次拍到漫山遍野的小花，第一次看到了那么壮丽的海浪，第一次亲历马术赛场……

尽管如此，葡萄牙依然是我人生旅途中的一个驿站，我还要接着旅行，因为世界的其他地方对我来讲还有更多的第一次。

六、丹麦 | 重新拾回美好的过去

很久很久以前，海底有一座城堡，里面住着几条美人鱼，她们都十分美丽，尤其是最小的公主，她有着粉色的鱼尾和浓密的金发，比姐姐们都漂亮。在她十五岁生日那天，她到海边玩耍，恰好碰上了遇难的王子，小美人鱼奋不顾身地把王子救到了岸上，并在海里静静地等待王子的苏醒。此时，一个人类公主也恰巧路过此地，在她的照料下，王子苏醒了。感激的王子以为是这个公主救了他，于是就准备和她结婚。

小美人鱼伤心死了，她决定找巫师帮忙，让巫师把她变成普通人，她要到陆地上去看看王子。巫师说："那是可以的，可交换条件就是你不能再说话了，而且如果王子和公主结婚了，你就会化成泡泡而消失。"小美人鱼去意已决，巫师就点化了她，使她如愿以偿地来到英俊王子的身旁。小美人鱼尽管不能说话，但是也开心极了。直到有一天，她知道明天王子就要和公主结婚了。姐姐们告诉她，如果把王子杀了，她还能回到从前，否则她就要成为泡泡。

看着自己心爱的王子，美人鱼怎么也下不去手。天慢慢地亮了，小美人鱼渐渐化成色彩斑斓的泡泡，消失在天空中。

这就是丹麦著名作家安徒生笔下关于美人鱼的童话故事。而今，小美人鱼已经从泡泡又回到了人间，不同的是她已经变成了一尊永久的塑像，静坐在哥本哈根的海边，等待着她心中的王子再次出现。

这个故事是纯美的，而位于北欧的丹麦首都哥本哈根也犹如这个童话故事般纯美，并给人一种清澈、一望到底的感觉。我一踏上这片土地，大脑就立即调动所有不同时间和地区的数据，供我分析和比较。分析和比较的结果是我好像经历了穿越，一下子回到了30年前的中国。

哥本哈根城市规模不大，人口不足70万，晚上街道行人寥寥无几。整个城市并没有什么高楼大厦，北欧航空公司的SAS总部大楼异常抢眼。和我们30年前雷同的地方还远不止这些呢。

从机场去哥本哈根市中心的方式有很多。乘公共交通工具是能够与当地人直接接触的最佳方式。我们选择了乘有轨交通METRO去市中心。上车之后，我便问旁边的一位先生我们是否坐对车了，他立即非常热情地告诉我是对的，并告知到了东站还要倒一次车才可以。他说他和我们是同一个方向，会给我们引路的。初来一个陌生的国度，能够遇到这样热心人士的帮助简直就是中了大奖。接着，我们就聊了起来，让我们不可思议的是周围的几个丹麦人也都参与了我们的聊天，即使没有参与的人我们也从他们的眼神中看出他们是非常好客的，愿意和我们交谈。这令我想起了20世纪80年代前后的中国，那个时候我们只要一上火车，就会和同路的人毫无戒备地聊天，有什么好东西还会拿出来和大家分享。

在丹麦这个国家，我仿佛又回到了那个时代，一人有难，大家帮忙，每个人都以助人而快乐。庆幸的是在万里之外的异国他乡，我居然找回了这种感觉。

开始我们以为是运气好，后来发现大部分丹麦人都很和蔼好客，并且基本上都懂英语，最重要的是不少人对中国都有一定的了解，可见这个国家的教育程度和水平是很高的。回机场的时候，我还真坐错了方向，一个60岁左右的妇女一直嘱咐着我，生怕我再坐错。在去机场的方向我们一直在等车，车到了之后，我让她先上，她居然告诉我她家就在这站，她是为了让我别再坐错车才陪我等车的，这令我感激不已。

让我有回到30年前的中国的第二个感觉是丹麦是一个自行车王国，大部

▲ 在人们的心中，美人鱼就是丹麦

远方的诱惑——遇见最美的风景和自己
Passions for Seeing the World

▲ 保护得很好的建筑见证着不同时期的建筑风格

分人上下班及平时出行都用自行车作为代步工具。如果你来到丹麦看到那么多人还骑着单车，便以为人家还很落后，那你就大错特错了。丹麦的人均 GDP 可达 6 万美元。对于一辆 5 系的宝马只卖 3 万美元的国度，买一辆豪车开根本不在话下。大部分人选择单车出行是事出有因的，它和该国的国民受教育程度及自身的素质有关。记得很久以前，在国外上学的孩子问我每年能坐多少次飞机，大约飞多少千米，我就得意地告诉了他。他拿着计算器算了一下告诉我，我每年乘飞机的污染值超过了 90%，所以应该减少出行。他这么一说，我还真感到脸红。

保护环境，降低污染，是每个公民的责任。当下，有些人发了财，有了钱，就开豪车，还认为可以随意挥霍浪费，笑话别人，这本身就是一种自私的行为。"钱是自己的，而资源是社会的"，每个人都有义务保护我们赖以生存的社会。当然丹麦人选择骑单车也和市政完善是分不开的，哥本哈根每条道路都设有自行车专用道，骑单车出行既健康又安全、方便。不少交通岔路口都有出租自行车的地方，每个单车居然还有导航设备，你只要塞上一些硬币，按时还车就行。

去了丹麦，我们是多么想回到过去那个没有什么污染，上学、买菜还可以

▲ 作画人本身就是一幅画

双手脱把，无忧无虑快乐骑单车的年代啊。遗憾的是，我们在短期内是回不去了，骑车和环境污染本身就是一对相依为命的矛盾，越有污染，就越想开车，而开车的人越多，环境污染就越厉害。为了体验回到那个时代的感觉，我们选择了骑单车游哥本哈根，从南到北，从东到西，都留下了我们的印记。

短短的丹麦之行很快就结束了，人虽已离它而去，心绪却不曾甚至不愿离开。朴实无华的丹麦、蓝天白云的环境、热情好客的人们、矮矮的建筑、红绿灯下等待过路的众多单车骑手等都是我们20世纪80年代的"特产"，如今都已悄然远去。丹麦实际上是20世纪80年代中国的一个升级版，也是我们学习的榜样。从现在开始，我们就努力找回逝去的过往，还为时不晚。

七、拉脱维亚 | 美女再多和你也没有关系

真不知道该如何介绍这个位于北欧又曾属于苏联的小国——拉脱维亚。

关于这个国家，我们知道得太少。我问同去的朋友："你说全中国能有多少人知道拉脱维亚的首都叫作里加？"朋友回答道："能有百分之一就不错了。"我和他的估计差不多，由于距离遥远，国家又小，我们很少会去关注它。近日，不知道为什么，一些媒体时不时推出关于拉脱维亚的文章，而且主要在两个话题上下功夫：一个是拉脱维亚美女遍地皆是；另一个是它是一个"剩女"之国。这么宣传的动机是出于推广去该国旅游，还是提高阅读率，抑或是背后的经济利益驱使，都不是我想讨论的内容。在这里，我只是把眼中的拉脱维亚尽量做一个还原。

正如宣传的那样，拉脱维亚的确是一个剩女之国，据统计该国的女人要多于男人8%，而这部分女人就是潜在的剩女。为什么女人会多呢？多数人认为，和俄罗斯一样，拉脱维亚女人多于男人主要是和两次世界大战中不少男人战死疆场有关。但是从这些年的新生婴儿性别比例来看，女婴儿本来就高于男婴儿，于是有人就认为这可能和该国所处的地理环境有关，即环境适合女性婴儿的成活和生长。英国BBC电台曾对拉脱维亚不少女性做过采访，从女性的角度，她们觉得拉脱维亚男人生活习惯不好，喜欢冒险和酗酒，而这提高了男性的死亡率。自从拉脱维亚进入欧盟以后，这个原来完全属于计划经济体制的国家，面临着要和欧盟国家在诸多方面接轨。作为家中主要经济收入支柱的男人要面临学习新事物和技能，以及处理来自欧盟国家的压力和竞争，有些男人难

▲ 打烊后的商业街

以适应这种新的挑战而自暴自弃，整日饮酒，而有的心智脆弱的男人干脆就选择了自杀。

女多男少也成了拉脱维亚的一个社会负担。不少女人委曲求全下嫁给条件远不如自己的本国男人，而有的干脆选择远嫁西欧其他国家，也有的做了第三者。于是有人就提出了我们中国正好是男多女少，两个国家可以推动这方面的合作，中国男人可以到拉脱维亚去娶那里的女人做老婆，这种互补岂不两全其美？！但是只有去过这个国家后才能体会到人家拉脱维亚女多男少和我们半毛钱关系都没有。

首先，拉脱维亚全国人口只有200万人，还不如我们很多县城大。女人只有100万人，其中18岁到35岁的女人最多20万人，如果再减去已婚或者有配偶的女人，能够找到1万单身剩女就不错了。再看看我们国家，剩男大军怎么也要几百万人，两个国家本来就不是一个数量级的。

即使是一个数量级的，拉脱维亚女人和中国男人也扯不到一起。拉脱维亚虽然是一个小国，但整体受教育程度和人的基本素质普遍都很高，特别是该国的女性平均身高是 1.70 米，称得上是世界最高女人之国了。当时中国男人平均身高只有 1.67 米，加之语言、种族、风俗习惯等差异，中国男人大批量地娶拉脱维亚女人为妻也就是个炒作的概念和不现实的神话。因为一个男人要想娶拉脱维亚女人为妻，不但要是高富帅，还既要懂英语或者拉脱维亚语，又要有一定的修养。如果真是这么个男人，还愁找不到中国女人吗！

但是也不得不承认，拉脱维亚女人整体来讲确实很美。如果从审美的角度来看，所谓一个美女应该是外表和内心素养的结合。从外表来看，拉脱维亚女人基本都有高挑的身材，光腿长就可以占到身长的七分之四，另外还有白白的皮肤，仅这两点就可以称之为美女了。由于这里男少女多，女人竞争心理很强，因此每个女人都会精心装扮自己，提高自己的竞争力。在初秋时节，拉脱维亚女人已经穿上了典雅的秋装，再配上得体的围巾，凸显出她们高贵而脱俗。著名美学大师朱光潜认为，所谓"美"就是静观的结果而非需求的使然。庸俗地理解，凡是能称之为美的人或者事物，就只能毫无私心和私欲地欣赏。在拉脱维亚，你可能会突破这种关于美的定义。

拉脱维亚给你呈现的不仅是美女的视觉享受，在其他方面也会把美展现给你。我们住的酒店虽然是一家才开业的新酒店，却位于里加老城区。老城区商业发达，距离市中心仅有 5 分钟的路程。新酒店的服务生英语不错，每问必答，同时解答得非常详尽。当问及附近哪里有特色的餐厅的时候，他果断地推荐了酒店后面的一个小餐厅，名字叫作"Tam Labam Bus Augt"。我们按照他给的线路图，几分钟就到了这家餐厅。这是一家装修很有特色的餐厅，一进来便感到主人的精心布置和服务，房间不是很大，中间有一个大吧台，周围都是餐桌。酒店都是女性服务员，她们在拉脱维亚也许不算出众，但是按国人的标准个个都很养眼。我们的外衣被一个服务员存进了衣帽间。坐下来之后，点了前菜和主食。不一会儿，一个服务员就过来在我们每个人面前放了一张油质的 A3 大小的纸张。我们以为是餐巾，但又不确定。这个时候，优雅的服务员拿着一盒东西过来，接着她拿出一个勺子将盒子中的红色像染料一样的东西轻轻地涂抹在纸上，一会儿又把绿色和黄色等也涂抹在纸上，就这几个不经意的动作却成就了一幅五彩斑斓的抽象画。然后她端来了面包，我们这才明白这是一道开胃菜，油质纸上的颜色其实就是各种味道的调味酱，用面包蘸着吃，绝对是美和艺术的享受。临走的时候，女服务员过去帮我们取外衣，我问她能找到我的衣服吗，她幽默地说："我看哪件好就拿哪件给你。"

拉脱维亚得天独厚的地理位置又赋予了这个国家美丽的大自然。它北面和西面是著名的波罗的海，东面和俄罗斯接壤。海拔不高，但是森林和河流的覆盖率能占百分之七十以上，整个国家由一片片的绿色和进入秋季已经泛黄的各种植被组合而成。在距离里加市不到一个小时的车程，有一个叫锡古尔达的地方，这里有一个图拉伊达城堡（Turaida Castle），建于1214年，防御工事的建设和发展持续到17世纪，之后遭一场大火严重损坏后不再重建并逐渐变成废墟。现在它的内部已成为博物馆，它的塔楼陈列着从地底挖掘出的与城堡相关的历史文物。塔顶因古时具有防御的功能，在360度都有开的小口，因此人们从这里可以俯瞰城堡四周。如今这个塔楼早已成为观光客欣赏四周风景的最好地点，俯瞰城堡，一个可以和新疆喀纳斯湖相媲的美景尽收眼底。

另一个不要错过的美景就是里加的制高点——Radisson Blue 大酒

▲ 拉脱维亚的女人们

店的天际线最高层。从这里人们可以俯瞰整个城市，若在夜晚，里加更显美丽。这里还有美酒、美食，当然还有众多的美人可供欣赏。天晴时，美丽的里加古城中那些有高有低、错落有致的教堂，办公和居民建筑物的红色屋顶由绿树和弯弯曲曲的河流陪衬，更彰显了拉脱维亚首都里加的古朴和美丽。

在去拉脱维亚之前，我和朋友说："这个由拉脱维亚、爱沙尼亚、立陶宛组成的小区域不会给我们留下什么深刻的印象，一生中来一次足矣。"然而离开这个区域还没有几天，一种再去的心绪已经悄悄地涌向心头了。

▲ 城市一角

八、乌克兰 | 和你想的不一样

乌克兰地大物博。从面积上看，它是英国的 2.5 倍，物产、矿藏丰富，尤其是铁矿、锰矿的储量都居世界前列。另外，它所处的位置一直都是"兵家必争之地"，它北面是白俄罗斯，西面是波兰、匈牙利，西南是罗马尼亚，东部是俄罗斯。南面就是黑海，这也是俄罗斯从西南出海的必经之路。

我们去了几个东欧国家，反而是乌克兰给我们留下了深刻的印象。

第一，它是一个艺术之都。无论在大街小巷还是教堂民房，我们都可以看到乌克兰人对艺术的崇拜和追求。最令我感动的是乌克兰的街道上摆满了古代、近代和现代的艺术品，不少乌克兰人也前来欣赏和购买。都说盛世收藏，而处于动荡时代的乌克兰人现在还有这种雅兴，只能说明这个国家的民众有着很深的艺术修养。

第二，美女永远是乌克兰永恒的主题。说起这点，我们不得不承认这个

▲ 心情复杂的乌克兰人

远方的诱惑——遇见最美的风景和自己
Passions for Seeing the World

▲ 街道两侧都是书画摊位 　　▲ 喜欢拍照的女孩子

▲ 阅读是提高修养的好习惯 　　▲ 不仅需要和平，还需要浪漫

事实，由于战争，使这个国家女性所占比例一直居高不下。你可以说，拉脱维亚、爱沙尼亚也是这样子的，但是那两个小国的人口加起来也只有几百万人，不值一提。乌克兰人口达到4600万人，女性人口就有2000多万人。她们都懂得如何装点自己，把自己打扮得很漂亮，这一定与她们对艺术和美的追求是分不开的。

行走在大街上，你所见到的女性可能百分之七十都是很顺眼的，而在非常发达也是乌克兰人的梦想之地英国，大街上能有百分之三十看着顺眼就不错了。

第三，动荡之国永远憧憬和平。乌克兰人更渴望和平，那些街上的艺术品、那些穿着很刻意的女性、那些古典的教堂和蓝天，无一不说明乌克兰人对和平的追求和向往。

　　第四，乌克兰人依然保持着质朴的习俗。在这么"动荡"的社会，任何一个国家可能都会失去做人的良知和水准，因此漫天要价甚至欺诈，因为活命才是最重要的。乌克兰并没有这么做，当你走进街边的小商店，店主不会因为你是外国人就多要钱，酒店的餐饮服务也非常到位，我们所在酒店的早餐全麦面包是我吃过的最好的面包。

九、西班牙 | 爱吃生肉的圣塞巴斯蒂安

（一）不吃生肉就别来这儿了

虽然西班牙圣塞巴斯蒂安这个小城读起来比较绕口，拼写也不一定每次都能写对，可是它对于我们国人来讲可能并不陌生。经常关注电影的朋友一定听说过圣塞巴斯蒂安电影节。这个电影节是西班牙最重要、最著名的电影节，在国际上也有一席之地。很多知名艺人和著名电影都在此获过大奖。

说起红酒和火腿，西班牙人一定津津乐道，因为这两样都是他们的国宝。尽管红酒不能与周边的法国和意大利相提并论，但是西班牙火腿可是世界最知名的了。它就像我们国家的烤鸭一样，在国际上享有极高的声誉，重要的宴会、聚会、婚礼等场合会有大厨专门操刀，当场演示切肉刀法，以显示此宴会的档次。圣塞巴斯蒂安小城就聚集了西班牙众多顶级厨师，每天都会呈现给人们最美的美味。难怪当我和别人说要去圣塞巴斯蒂安的时候，人家都会告诉我一定要在那里喝红酒、吃火腿，否则就等于没去。

为啥西班牙火腿那么有名呢？这主要是最早的时候，比利牛斯山脉适合生长橡树，那里的猪特别爱吃掉在地上的橡树果，地上的吃完了，有些身体好还聪明的猪就开始打树上橡树果的主意，它们潜心苦练，终于有一天可以站起来够到一些树上比较低的橡树果了。久而久之，它们的后腿就日益发达，肉质也越来越好。后来人们发现这里的猪肉很好吃，特别是后腿上的肉更好吃，就把前腿和后腿都风干起来，想吃的时候就切下来一块加工吃。有的时候，切肉者

浪漫欧洲篇
Romantic Europe

▲ 风情万种的西班牙小镇

▶ 火腿占据了三分之二的店铺

等不及了，看到切下来的肉很可爱，顿时垂涎三尺，还没有加工就给吃了。他们发现这种吃法居然比做熟了还好吃，于是就索性生吃了。再到后来，这里的肉和吃法越来越有名，便开始了商业运作。现在那种靠吃纯天然橡树果的猪已经不多见了，取而代之的是人们提前半年或几个月就给这些猪只吃橡树果，之后再屠宰，这样饲养的猪就更纯、更好吃了。

火腿的价格和质量差别也很大，一般是前腿不如后腿肉多，也不如后腿肉贵。猪腿风干脱水之后需要窖藏，时间长的一般都比较贵，有的要好几百欧元才能买一公斤。好的火腿能切成特别薄的片，颜色居然还是鲜红的，周边再有一圈白色相衬，放到嘴里酥酥的、滑滑的，还有几分淡淡的咸味。

一想到这些，口水都快流出来了。当天晚上，我拿着相机穿梭在古城部分的大街小巷。这里到处都是酒吧、餐馆，无一不是以售火腿为主，而那里的客人似乎也只做一件事情——贪婪地吃着西班牙火腿。我也不例外，去几个小店都品尝了一下。以前一听说吃生肉，打死也不会吃的。自从认识了它，特别是这次直接地走近它，感受这里的氛围，我觉得我好像已经爱上它了，甚至有点不能自拔，即使回到英国，我还重复着在西班牙的日子——每天一定要喝上几杯红酒，更重要的是再吃上几片纯正的西班牙火腿。

（二）和金钱总有关系的国家

由于出来得匆忙，我几乎没有做任何准备，因此路上发生了一些始料不及的小事。和欧洲很多国家相比，英国绝大部分的高速公路都不收费。这在法国和西班牙就行不通。高速公路都是收费的，咱法语和西班牙语都一窍不通，到了收费站就傻眼了，那么多车，还都开得很快，需要在最短的时间内判断在哪条通道缴费。根据经验，我看上面的符号估计是用卡支付和现金支付。况且我根本就没带零钱现金，只能进入刷卡的通道，当我把国际信用卡插进去的时候，一点反应也没有，又换了一张还是没有反应，这可把我急坏了，后面的车已经排起了长队，好在法国和西班牙人的素质还凑合，没有按喇叭的，否则我更着急了。幸好，我还有一张英国的现金卡，赶紧拿出来插进去，居然支付成功了。我深深地舒了一口气，但没有开多久，收费站又出现了，还要插卡付

▲ 你们在看什么？

费。我突然想起这卡里已经没有多少钱了，就赶紧停在路边，给朋友发短信让他帮助往卡里充了钱。

从波尔多到圣塞巴斯蒂安也就是200多公里，结果一共付了7次过路费。我们有时候还抱怨国内高速公路收费多，和欧洲大陆相比我们也该满足了。

记得20年前，我去葡萄牙开会，那个时候欧洲还没有大同，去每个国家都需要签证。我是乘火车从伦敦先到巴黎，然后换乘去西班牙的火车，最后抵达里斯本。西班牙和法国的铁路轨距不一样，将要进入西班牙的时候，火车就要调整轨距，需要花1~2个小时的时间。这期间，西班牙警察也要上火车核实每个乘客的身份，还要拿走乘客的护照，检查护照和签证并加盖入境的章。我的护照外面有一个夹子，出发前我就把仅有的30美元夹在里面了。我的护照很快就被送回来了，入境章也盖好了。但我发现30美元没有了。我立刻问旁边的一位美国乘客，他说："他也许以为这是你给他的小费，用来贿赂他呢！"天哪，我说护照怎么回来得那么快呢。我签证手续齐全也不用贿赂他呀。更何况30美元在那个年代还是很值钱的。

我每次去西班牙，似乎和钱都有关系。

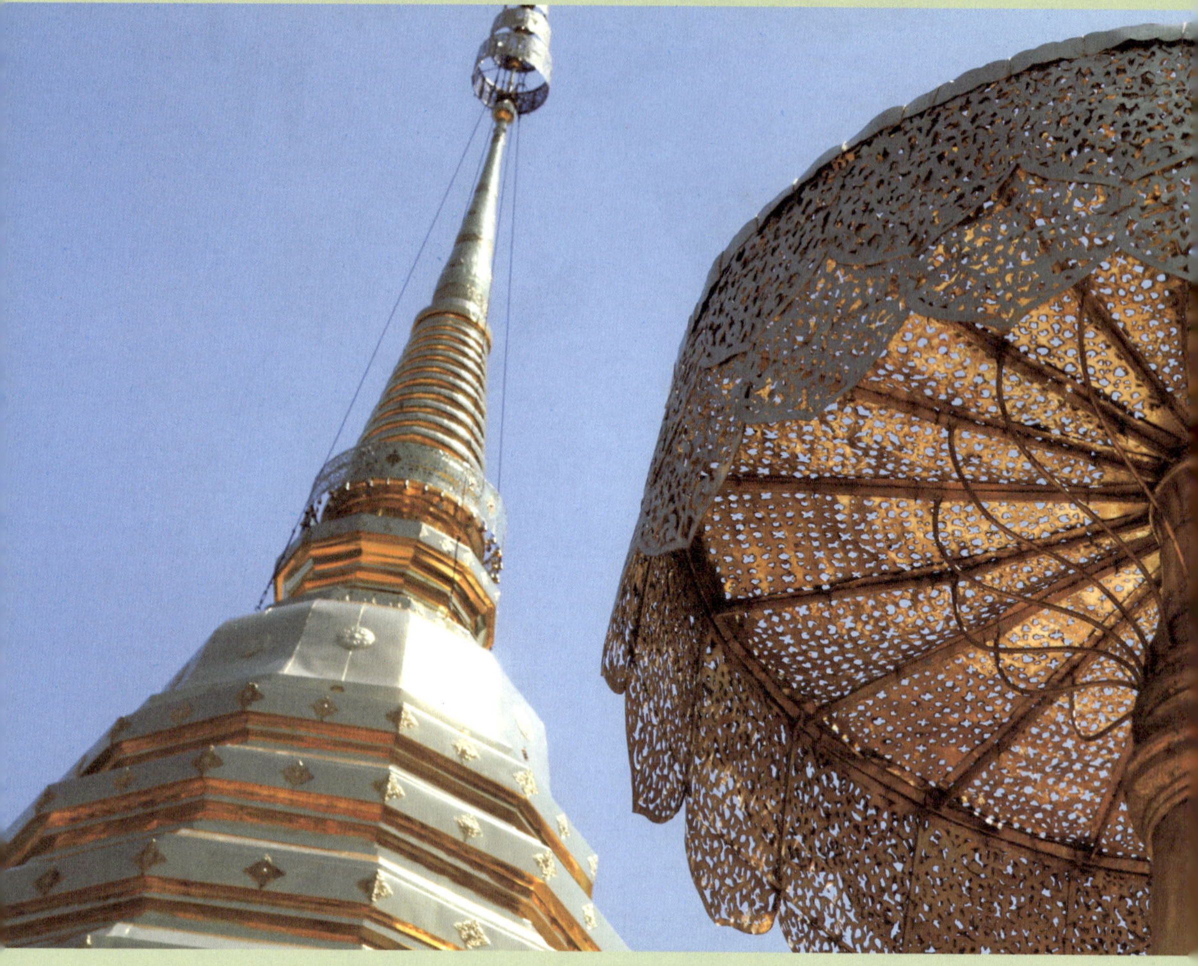

Exotic Appeals in Asia

亚洲风情篇

这就和马斯洛的"五个需求层次理论"一样：当你解决了温饱，就想着安全；有了安全的满足，就需要有归属感；有了归属感，就还想要被人尊重，被人看得起；而最高境界就是自我价值的实现了。

一、泰国 | 芭提雅不是天堂

（一）男人的生活方式

和大多数人的想法不一样，我们来泰国主要是享受这里的气温优势。在北京还需要穿着棉衣的时候，这里就可以穿短衣短裤了，在绿蓝色调的泰国，你可以尽情地呼吸。应德国威能公司的邀请，我们一行 20 人（19 男 1 女）来到泰国参加高尔夫比赛。比赛是次要的，生活方式才是最重要的。

在泰国，你可以欣赏到蓝色，因为泰国南部都是蓝色的大海和椰林；你也可以欣赏到大片的绿色，这是因为泰国四季皆如夏，各种花草很容易成活。

（二）芭提雅不是天堂

芭提雅是泰国南部的一个滨海小城。这里常年是夏季，昼夜温差不大，是理想的度假天堂。

单从表面上看，芭提雅是一个非常特别的地方。这里很平和，每个人似乎都很礼貌和友善。不论你是富翁还是百姓，不管你是亚洲人还是欧洲人，在这里似乎都能和平共处，相安无事。和煦的暖风，蓝色的大海，浪漫的椰子树和芭蕉树，幽会的情人，绿色的高尔夫球场，数不胜数的舞女和酒吧女，每个人都能享受到芭提雅带给你的快乐。

芭提雅给人提供了另类的娱乐，她的光鲜外表为没有去过的人提供了许多遐想空间，这里同时成了很多人度假和享乐的天堂。然而我们更深层地思考芭

亚洲风情篇
Exotic Appeals in Asia

◀ 日日都可以纸醉金迷，夜夜都可以歌舞升平

▶ 四处兜售小商品的小贩

提雅现象，也许会发现这里并不是每个人的天堂。享乐者和被享乐者本身就是一把"双刃剑"，一方得到的享受越多，另一方受的苦难就越深。

芭提雅并不是天堂。

（三）清迈——活着就要有信仰

清迈，这座美丽的小城拥有 300～400 个庙宇，几乎所有的人都信佛。每天这些庙宇都会接纳来自世界各地和当地虔诚的信徒。当一个人有了烦恼的时候，信徒们会向佛倾诉苦衷；当他们有难的时候，会祈求佛的帮助；当他们遇到喜事的时候，会认为这是佛的保佑或心灵修来的正果……至于佛是否存在已经不重要了，重要的是人们可以平衡自己，释怀自己，生活会有方向。信佛最基本的表现形式就是与人为善，凭良心做事，崇尚世界的因果关系和轮回。

我一个朋友曾经想在泰国的一个小店配一副比较昂贵的眼镜，小店的主人告诉他："我们这里比较贵，你最好去前面的大眼镜店配吧。"也许有些人会认

远方的诱惑——遇见最美的风景和自己
Passions for Seeing the World

▲ 自然景观和人文景观基本做到了天人合一

为这个小店店主比较愚钝，自己差人跑一趟不就可以了吗？！泰国大部分的收费基本都符合市场经济规律，宰客现象至少我还没有遇到。

（四）清迈——邓丽君的最爱

吸引我去清迈的原因除想验证一下电影《泰囧》的景地外，还有一个重要的原因就是清迈小城曾经是著名歌唱家邓丽君的最爱。20世纪八九十年代后出生的国人可能对邓丽君

亚洲风情篇
Exotic Appeals in Asia

◀ 虔诚的女子

◀ 佛在心中

没有什么印象，而20世纪六七十年代甚至50年代出生的人基本都是听着邓丽君的歌声过来的。

20世纪80年代中国改革开放了，邓丽君的歌声像和煦的春风吹进了神州大地，听惯了红歌的人们突然听到这么温柔的歌曲才明白，我们其实都不是永远坚强。我们既然是人，那么就有感情、有悲伤，就需要在痛苦悲伤的时候被人抚慰。由此，邓丽君的歌声一下子走进了每个人的心里。可以说三四十年前，凡是家里有录音机的必然就有邓丽君的录音带，一点都不夸张。

远方的诱惑——遇见最美的风景和自己
Passions for Seeing the World

虽然我不是邓丽君的歌迷,但还是经常被她那几首柔情的歌曲所打动。来到泰国清迈,必然要去看看邓丽君曾经住过的地方。可以说,清迈是邓丽君最喜爱的小城之一,因为这里气候温和,空气很好,再加上此地是著名的佛教圣地,故她每次身体疲惫的时候都会来此地休养。

我一大早就来到了邓丽君每次来清迈都要住的酒店——梅平酒店。出乎我的意料,原来这是一个高层的现代酒店,并不是我想象中的那种低层的、靠着河边环境优美的酒店。梅平酒店位于小城中心地带,大约有20层高,后面有一个非常美丽、精致的花园。我猜想这里也是她生前经常来散步的地方吧。我找到了一个工作人员,和他了解了一些邓丽君的情况。这个工作人员中文说得很不错,他告诉我,邓丽君曾经住在1502房间。目前这个套房已经没有人居住了,被改成了一个咖啡屋,每天都接待来自世界各地的邓丽君的歌迷。价格也不便宜,每个人700泰铢,包括简餐和咖啡。

我又向他了解了邓丽君去世时候的情景,他也大致介绍了一下,和网上说的基本吻合。1995年5月8日17时30分,邓丽君在泰国清迈的医院被宣布不

▲ 街心的阳伞给平静的小城添加了活力色彩

▲ 邓丽君生前常驻的梅平酒店　　　　　　　▲ 酒店对面的小店，邓丽君可曾光顾过？

治身亡，据当时的报道，邓丽君是因为哮喘突发导致急性心脏病猝死的。

互联网资料显示，邓丽君小姐的身体状况一直都不是很好，因为工作过度劳累，1994年冬天，邓丽君小姐得了感冒一直没有好，后来发展成哮喘，而且因为当时的男友保罗爱抽烟，对邓丽君的病情更加不利。据称，邓丽君死亡之后，其家人一直对保罗没有好好照顾邓丽君小姐而心存埋怨，更称当时年轻的保罗连邓丽君的急救用药都没有带在身边。

我们没有去1502房间，因为总会给我们一种悲情的感觉。

二、韩国 | 济州岛点个卯

男人到了 50 岁就和女人到了更年期一样，比任何时候都有危机感。

50 岁的男人发现自己的体力明显不如以前了，弯腰都费劲，行动也不便。

50 岁的男人更需要努力工作，因为他们深知马上就要退休，需要积累更多的钱，那是为了以后 20 年或 30 年能够衣食无忧地生活。

50 岁的男人马上就要退出历史舞台，让位给更年轻的一代，心理正处于矛盾和转折阶段。他们要学会接受不再风光和不再前呼后拥的辉煌的现实。

50 岁的男人正处于人生中的最危险期，有项调查结果显示，男人在这个阶段是最容易"夭折"的，但是一旦越过了这个阶段，便步入一马平川，再活 30 年也不成问题。

然而从人的生物规律来看，50 岁的男人应该心态放平，因势利导，顺其自然地生活。常言道：50 岁之前是用身体换钱，而 50 岁之后就要用钱买身体了。所以，50 岁的爷们儿，您已经过了一生中的巅峰时刻，别再有远大理想了，别再玩命工作了，否则您累得一下子玩完了，要钱有什么用！50 岁以前是为别人活着的，50 岁以后就要发展自己的兴趣爱好，真正地为自己活了。

"三十而立，四十不惑，五十知天命"，这话一点也不假，50 岁了你还什么都想不开，那真的白活了。

昨天朋友打电话问我："我们计划明天去济州岛打两天球，你去不去？"我起初还在犹豫，后来一想，都这把年纪了，能出去走走，说明你的身体还行；能打球，证明你还能挣扎着守着青春；能摄影和写日记，表明你还有良好的心态。我告诉他："我去。"人这辈子能有几次和好哥们儿一起云游的机会？！

我们能够那么自由地走来走去，真的要感谢交通技术的革命。我从决定去济州岛到登上飞机也就不到一天的时间，而飞到济州岛也就两个小时。

济州岛位于东海的东部，隶属韩国。岛的面积不大，估计还没有海南岛的三分之一大，人口也就几十万人。由于该岛处于温热带，即使冬季，它的最低温度也有10摄氏度左右，因此成了韩国本土人士打球的天堂。岛上据说有20多家球场，其中最好的球场就是位列世界第49名的九桥高尔夫球场，据说在亚洲只有这一家进入了世界前100名。

岛上据说还有"三多"和"三无"。其中，"三多"就是石头多、台风多、美女多。石头多是因为这里以前是座火山，火山爆发后，岩浆凝固就形成了各式各样的石头。由于石头巨多，岛上的人行横道都是用打磨好的火山岩石铺的。济州是个岛屿，也是台风经常光顾的地方，据说每年的夏季都会有十多次强台风登陆济州。为了减少台风的破坏，在济州，你是很难见到高楼大厦的。美女多是因为很早以前，男人都出海打鱼或远离家乡，能活着回来的很少，女人就相对多了。但我们在那里并没有见到很多美女，打扮得花枝招展的韩国老太太倒是见了不少。

▲ 体验了世界排名第49位的高尔夫球场

远方的诱惑——遇见最美的风景和自己
Passions for Seeing the World

▲ 在等待客人的出租车

"三无"可不是三无人员，它是指岛上无乞丐、无偷盗、无大门。家家夜不闭户，非常安全。

济州岛的居民吃的以海鲜为主，岛屿周围几乎看不见海水养殖场，所以我们判断这里的海鲜基本上都是野生的。

吃过汉拿山烤肉吧？韩国海拔1900米的最高峰——汉拿山就在本岛。岛上的小黑猪很有名，如果你到济州没有吃上烤小黑猪肉，就算白来了。我们的导游很不错，带我们去的都是她经常吃饭的地方，因此价格相对不贵。这几年人民币的汇率越来越高，反倒便宜了经常出国的人群，很多国人出国后腰板也能挺得直直的了。我们五个人吃的海鲜和生鱼片折合人民币也就几百元。

通过这两天的观察，我发觉韩国人具备以下五个特点。

第一，看起来很谦卑。韩国人不管什么时候都能做到客客气气的，很有礼貌。

第二，纪律性很强，但是也很死板。韩国人说几点出发就几点出发，做事认真也很统一，这让我觉得他们很刻板。这也许就是岛国文化。韩国地方狭小，

亚洲风情篇

Exotic Appeals in Asia

▲ 夕阳之下，小游艇和海水被涂成了淡淡的紫色

资源又稀缺，如果每个人不牺牲个人的自由，韩国是很难达到整体强大的。

第三，很齐心。几乎所有韩国人都开自己国家生产的车。我们在一个停车平台上看到的车辆，基本上都是起亚、现代、大宇等品牌的。韩国导游小姐说，韩国人都很骄傲开自己国家的车，如果你开其他国家的豪华车，别人会看不起你的。我看到了一款和奔驰很像的车辆，导游告诉我这是现代公司和奔驰合资生产的，把名字改成了"双龙"，这样在韩国就有人敢买了。我心想如果北京奔驰也改了名字的话，不知道结果会怎么样？！

第四，表情很夸张。一点小事就把眼睛睁得大大的，而笑的时候整张脸就像一朵盛开的花。

第五，韩国人之间似乎都能做到相敬如宾，这点很难得。

因为我和韩国人接触得不多，所以我的看法可能比较肤浅。总的来讲，我对济州岛的印象一般，也许是济州的建筑风格过于平淡，也许是整个济州岛没有什么特色，也许是济州距离我们太近而文化差异不大。反正，这个地方如果没有什么特殊情况，我估计不会再来第二次了。

三、越南 | 美女球童的爱与恨

人这辈子一定要有一些爱好。既可以自娱自乐，又可以交很多的朋友，最重要的是能使这一生活得充实和有意义。

应德国一个公司的邀请，我加入了他们公司的打球行列。去年参加了三亚的活动，而这次我又来到了祖国的边陲城市——南宁，打了两天高尔夫以后，又驱车南下，居然打到了越南。

与其说我们去了越南，倒不如说更像是去了中国的一个县级市。由于时间有限，我们只去了越南的芒市。芒市就是一个小镇，与中国的东兴市一水之隔。横跨此河的是一座约50米长的东兴口岸大桥，过了桥的中线，你就到越南了。虽然两国只有一水之隔，但仔细观察你会发现，河岸南北的建筑风格、人的风貌，还有经济发展水平还是有不少差别的。

尽管在芒市的时间只有三天的光景，不过我们还是能通过小小的芒市，对越南这个比较神秘的国家管中窥豹，可见一斑。

即使走50米就能到另一个国家，那也要办理签证。办理到越南的签证很容易，到了口岸，我们把护照交给当地的地陪，他把护照收走以后，不到半小时就把签证办完了。问题是我们这个团队中，还有不少美籍华人，拿的是美国护照。据说越南人最恨美国人了，美国护照还不如中国护照好用。还有两个人居然连护照都没有带，没护照你还想出国？其实也不用担心，一切都在安排之中。

过了东兴口岸就是芒市。这个小城市的建筑和中国的建筑还是有不少区别

亚洲风情篇　195
Exotic Appeals in Asia

▲ 一座 50 米长的桥见证了中越两个国家

▲ 商店里居然还有卖头盔的

▲ 每天往中国多跑几趟，就会有生意

的。首先，芒市建筑色调喜欢用黄色和红色；其次，建在路口的建筑都有点像三角形。也许越南这个国家历史上经历了很多被侵略和长期被占领的过程，所以很多建筑的风格也就留下了法国和美国的痕迹。

越南的交通基本处于无序状态，在一座小桥上，各种各样的车辆蜂拥而上，没有先后，勇者总能占得先机。据说芒市在越南已经算是一个经济比较发达的地区了，可以想象越南其他地方也不会比这里好多少。

这里的人都习惯开摩托车，所以大街上到处都是骑摩托车和卖摩托车的商店。不少商店里都有中英文标价，售货员也都会讲中越两国语言。越南常年无冬季，所以水果很丰富。

芒市高尔夫球场距离芒市中心只有20分钟的车程，球场位于海边，草养护得很好。在这里打球很便宜，如果打完了一场，再加打一场只需200元。

这里的球童都是20岁左右的小女孩。她们都会讲中文，而且很温顺。一个球童看我没站稳，还要帮我脱鞋。越南的经济发展水平比中国还是低一些的，而球童服务一场球的小费就是100元，有时候一天可以服务两场，那么就是200元。相对于其他行业来讲，她们的收入还是很不错的。所以她们提供的服务比较周到，外表端正。

三天越南行很快就结束了，当走过那座桥的那一刻，我又回头望了望对面的越南，发自心底地道了一声"再见"。

四、老挝 | 幸福的需求很低

在全国人民都在进行旅游乾坤大挪移的时代，绝大部分国人的旅游目的地还是会选择那些红得发紫的发达国家，即使选了东南亚，也主要是去新马泰这些国家。老挝这个地方，绝对不是国人心中的旅游胜地。旅游也要讲机会成本的，在时间和财富都有限的情况下，选择这个地方就意味着去不了那个地方了。

和中国相比，老挝是一个地广人稀的国家，其人口只有600多万人，而面积竟达24万平方公里，平均每平方公里只有26人。从人口数量来看，老挝也就相当于中国的一个地级市。老挝自然资源还算丰富，但它的国民生产总值却低得可怜，全国只有100多亿美元，折合人民币也就800多亿元。

中国人来到了老挝，才发现自己原来很富有。在万象逗留了三日，我们只看到了一辆路虎汽车，其余都是普通家庭车或者不起眼的杂牌车。老挝基本没有什么高速公路，道路失修严重，坑洼不少，车一经过，尘土飞扬。如果在雨季，情况就会更糟糕。街上基本没有大牌商店，由于气候的原因，规模巨大的夜市倒是这里的一道风景线。西方餐饮很难打入老挝，狡猾的麦当劳死活也不愿意在这里安家落户。去过老挝的国人都会有不同程度的自豪感，都会为我们国家在短短几十年内发生的天翻地覆的变化而骄傲。但是，仅仅自豪、骄傲和有优越感是永远不够的，还要看到现象后面的本质。我认为，有以下几个方面，需要好好思考一下。

谈到这个问题，我们还是需要把马斯洛五个需求层次的理论搬出来用用。

| 远方的诱惑——遇见最美的风景和自己
Passions for Seeing the World

他把人的需求分为五个层次：第一层就是吃喝拉撒睡和性的基本需求，也就是活着的基本需求。第二层次是当这些基本的生理需求得到满足以后，人就需要安全的需求了，比如是否能有长久的饭票，是否有保险，是否安全等。这些问题都解决了，就产生了第三层次的需求，也就是社交的需求。例如，参加社团、和朋友聚会等。时间长了，人们发现还需要得到别人的尊重，需要别人认可自己的价值，因而就有了第四层次的需求，即需要别人尊重的需求。最后也是最高的需求，即自我实现的需求。我们每个人都有自己的一生，在一生中，你可以苟且偷安地活着，也可以利用你一生中的每一分钟把上天赋予你的潜

亚洲风情篇　199
Exotic Appeals in Asia

从左至右：

◀ 一派祥和

◀ 琅勃拉邦最突出的一座大宅院

◀ 湄公河畔

从左至右：

◀ 必去的热闹夜市

◀ 相对来讲，老挝还是一块净土

◀ 天还没亮，僧人们就开始化缘了

能挖出来，服务于全社会。

在老挝，人们基本完成了第一层次的需要，吃饭、居住都不是什么大的问题，特别是这个国家处于热带、亚热带地区，没有四季之分，只有旱季和雨季之差。老挝人随便搭一个棚子就可以居住，气候也利于动植物生长，饿了可以吃水果，但是不少老挝人还喜欢吃各种随时都可以逮到的昆虫和爬行动物。因此，他们是在较低层面上满足了第一层次的需求。人只要没有贪欲，有了这些就会幸福。

对于老挝人，第二层次的需求也不是问题。我在老挝的日子里，白天都有蓝天相伴，夜晚还可以仰头数数星星。第一天到达万象的时候，清晨我还起了个大早到湄公河拍日出，后来发现这里每天都能看到日出的美景。

在老挝，百姓多信佛、不功利，很少有坑蒙拐骗的。有一次在摊上买东西，我付费的时候，由于不认识老挝币就多给了不少，结果人家把多付的如数退给我了。吃饭的时候，我问过当地的导游，在老挝是否担心食品有添加剂，是否会吃到黑心食品。他告诉我他们从来不担心，因为做这些事情会遭到报应的、会遭雷劈的。的确，老挝人爱生吃蔬菜，就连豇豆都生吃。要是有大量农药残留，还天天这么吃，老挝人早就完蛋了。

从第三层次来看，老挝人还是很乐观的。他们比较幽默，也愿意和我们交朋友。由于语言不通，我们必须通过翻译软件来交流，即使这样大家也都很开心。总的感觉，老挝人过得很幸福，他们不盲目追逐名利、不攀比、不讲面子，对物质的渴望程度也不高。大家都很讲诚信而不用担心上当受骗，不用担心雾霾、污染的水源、黑心的食品。

幸福，是人的一种感觉。它和经济发达与否、兜里钱多钱少的关系真的不大。

五、缅甸 | GDP 和幸福感没有多大关系

各国收入多少，百姓过得是否舒心，每个国家不尽相同。大致可以分为以下几类：

第一类是高收入高幸福感，北欧国家基本属于这类。

第二类是高收入低幸福感，中东一些国家是典型代表。

第三类是低收入高幸福感，东南亚一些国家是典型代表。

第四类是低收入低幸福感，非洲的大部分国家属于这类。

几周前我去了亚洲最不发达的国家之一——缅甸。去之前我还有几分担心，怕那里还有战争或暴乱，百姓还处于水深火热之中。我甚至要求和同去的哥们儿住在一个房间，恐有什么不测。到了之后，几天的经历打消了我的多虑。

缅甸是一个有信仰的国度，百姓不张扬、不霸道、不攀比，人人相敬如宾。行车途中，哪怕道路再拥堵，也没有车鸣笛，没有车急得和猴一样上蹿下跳，胡乱超车。

原本以为仰光是一个破烂不堪的城市，当我登高远望，居然发现这是一座很美的城市。这里没有所谓的高楼大厦，没有热火朝天的建筑工地，大片的民房掩映在绿色的植被之中，最引人注目的是闪着金光的大金塔和寺庙。

缅甸国土很大，相当于3个英国或者中国青海省的面积。但它的GDP少得可怜，只有4000多亿元人民币，也就比中国最大的县——昆山多了不到1000亿元，而它的人口却有6000万人，所以缅甸的人均月收入也就几百元。不过

▲ 在缅甸，有很多卧佛

由于物价很低，他们生活也算说得过去。一个在高尔夫球场卖小吃的，他的每碗米线才卖7元人民币，这是我见过的球场最便宜的食品了。他的月收入也就1000多元，但是他每天还要挥杆打打球。看来，幸福程度和GDP的多少没有直接的关系。

六、柬埔寨 | 没去过吴哥窟就等于没去过柬埔寨

我总想象着自己也能拍出一张清晨第一束阳光下的吴哥窟，那庞大古老的建筑群上面萦绕着几朵红云，而初晨的阳光把整个群落涂成金色。如果能拍到这样的照片，那么简直美极了。

然而，现实和理想总是有那么大的差距。

第一天早晨5：30起床后，我便赶往吴哥窟，路上看到了少有的红霞，到了吴哥窟时太阳已经高高悬起，没有了感觉。我发誓第二天一定要拍到晨霞下的吴哥窟，于是，凌晨4点就奔向景区。吴哥窟景区分为两个部分：第一部分是进入外面的园区，早晨5点开放；第二个部分是进入吴哥窟建筑群里，通常早晨6点才允许进入。

我是早晨5点第一批进来的。吴哥窟公园的正面是一个湖，正门面向西北，所以早起的太阳会从后面出来，而在正面，只能拍到逆光。于是，我决定绕到后面去拍一张与众不同的照片。此时天还是全黑状态，我摸索着走向这座拥有800年历史的巨型寺庙群。看看寺庙没有把门的，犹豫了一下还是走了进去。我打开手机手电筒，光亮只能覆盖两平方米大小的地方，而之外仅隐约可见柱子和残缺的雕像。突然，几只鸟飞了起来，我一身的鸡皮疙瘩都鼓起来了。

说实在的，什么叫害怕？现在我都明白了。吴哥窟有上万平方米，我小心翼翼地往前摸索着，突然，不远处传来了歌声。在这黑咕隆咚的古庙里居然能有歌声？经过800多年的洗礼，这里什么事情没有发生过？什么灵魂没有造访

204 | **远方的诱惑**——遇见最美的风景和自己
Passions for Seeing the World

▲ 充满神秘感的吴哥窟

从上至下：

◀ 正好赶上了雨天

◀ 兴趣盎然的游客

过?难道今天居然让我穿越历史,遇到过去的灵魂?歌声越来越大,居然好像是邓丽君的《甜蜜蜜》,还可以听到脚步声。我这才明白,他一定是彻夜守庙之人,就和守墓之人一样,基本过着颠倒黑白的日子。估计他看到我了,便过来看个究竟。可我根本没敢看他,就走上了吴哥窟的第二层天台。

由于前一天来过,我知道这个天台很大,在这上面还有更高一层的庙宇。平台上面依然什么也看不清,空荡荡的,只能看到整个庙宇的大致轮廓。原以为在这空旷的平台上会感觉好一些,没想到这里死一般的寂静,恐惧感再一次升腾。好在天已经从黑暗变成灰色,又从灰色变成深蓝——天快亮了。我打开小视频,录下了当时的情形,心里不断祈祷"天快亮吧,天快亮吧"。

我想找一个摄影的最佳位置,但是要穿过几十米的草地。要知道,这草地平时是没有什么人走的。我一踏上这片草地就后悔了。柬埔寨湿度很大,草上全是露水,还有围着你双腿盘旋的蚊子(没穿长裤)。更可怕的是,草里面会不会有蛇和大蜘蛛之类的呢?

我找好了位置,等着第一缕阳光的驾到。天已经亮了,偶尔还可以看见游客。想想马上就要拍到与众不同的美图了,一丝得意感飘上心头。我又等了一会儿,天已经大亮了,却没有看见一丝的阳光,相反是浓浓的厚云。我依然没有放弃,万一太阳不小心从云中钻出来了呢?!可现实就是那么残酷,我感到有水滴在了我的身上,接着越来越密集。居然下雨了,我连雨具也没有带,只能湿身了。我看了一下天气预报,上午是中雨到大雨。于是我彻底死心,灰头土脸地打道回府。

摄影不易,每一张照片其实都有它鲜为人知的故事。

七、迪拜 | 没钱，寸步难行

中东国家包括阿联酋的迪拜一直都不在我的视线中。其实中东国与国之间的差别还是很大的，土耳其不是沙特，伊拉克也不等于阿联酋。即使国情不一样，但中东地区经济最发达的阿联酋的迪拜给我的印象也是固定的——豪车、沙漠王子、七星级酒店、帆船酒店、购物中心等，而这些对我没有任何吸引力。

然而计划真的赶不上变化，能让我有来迪拜一游的念头并最终能成为现实，还要感谢签证的松绑和合适的航班。现在来阿联酋不用签证了，你只要带上护照，来一次说走就走的旅行立即就可以兑现。我本来打算直接去英国的，一个可以在迪拜转机的信息便成就了这次行程。

经过9个小时的飞行，我终于抵达迪拜。让你感到最大的差异就是气温的不同，当国内大部分地区的温度还在零摄氏度挣扎的时候，迪拜却如国内初夏一般，白天基本为18～25℃，而真到了炎热的夏季，这里温度可以攀升至50℃以上，直接进入烧烤模式。

我曾经去过所谓免签的济州岛，也要排队许久填报有关信息。第一次来阿联酋，我怀着同样的忐忑之心排队出关，移民官只是看了一眼，便在护照上"咔"地盖了章，然后说了一声"你好"，就把护照交给了我。可以说，这是我这么多年"行走江湖"出关最顺利的一次。方便、务实、开放，欢迎外国友人，这是迪拜给我的第一印象。

"出门靠朋友"这句老话一点不假。烟台的一个朋友在迪拜有业务，他安

亚洲风情篇　207
Exotic Appeals in Asia

排司机去机场接我，并把我送到了酒店。因此，我对迪拜的最初了解都是来自和司机的交流。接我的司机一副阿拉伯人的装扮，他头上围着白的头巾，身着大长袍，肤色为棕黑，还留着八字胡。人也热情，还时不时地冒出几句中文。

交谈中，我可以看出他对中国是真心的羡慕和崇拜。他说中国这些年发展得特别快，他们都有去中国的念头。迪拜的工资虽然相对比较高，每月可以在人民币一万元左右，但是房子和生活费用都很高。阿联酋又是一个

▲ 阿拉伯人也喜欢谈情说爱

沙漠小国，发展机会很有限。即使这样，也难不倒中国人来这里发展的精神。现在中国同胞在这里的人越来越多，如果包括游客在内至少能有百分之二十以上。

在迪拜，国人留下的印象还是不错的。司机说，中国人很勤奋，从来不惹是生非，只要能有生意做，能挣钱就行。按司机的标准，来到阿联酋定居和旅游的中国人都是良民，都能感受到阿联酋人的热情而被接受。他希望中国能够更强大。在海外，听到别人这么赞誉中国，我由衷地感到自豪。又聊了一会儿，我才知道，原来这位老兄来自巴基斯坦。巴基斯坦就不必说了，那才是中国真正的铁兄弟。他说他对中国的看法可以代表很多人。大概阿联酋人也是这么想的，只不过程度不一样罢了。

我选择的第一站就是去帆船酒店看看，豪华、奢侈是迪拜的一大特色，是必须要体验的，否则就等于没来。原来这里并不是随便能进来的，门卫告诉我，想进去必须有预约。预约费用是30美元，也就是最低消费，同时可以拍照。看到黄金拍照时间逐渐逼近，不远处的帆船酒店已经披上了金色的阳光，我也顾不上别的了，交了钱就进入了帆船酒店的领地。酒店外表并没有什么特别之处，倒是与周围环境的搭配相得益彰，犹如一条蓝色的帆船在海中行进。酒店前面的停车场格外引人注目，几辆超豪华的劳斯莱斯轿车一字排开。此时，又有一辆车牌为数字"5"的劳斯莱斯停在大厅前面，它的前面还停着一

辆悍马。据说车号是个位数的，车的主人都不一般。果不其然，车刚停下，就有几个人小跑着过去开门，一个阿拉伯王子般帅气的男子从车上下来，这情景只有在电影里才能看见，也只有亲身体验才相信这是真的。

我乘电梯到了29层，走进了空中酒吧。彬彬有礼的服务员拿来了酒水和小吃的单子，我一看上面的价格基本没有低于30美元的，一想到此生也许就来此地一次，就一咬牙点了一杯鸡尾酒和一份牛肉干。我结账的时候看到世界最贵的酒店的酒吧并没有乱收费，总的费用不足60美元，也就是400多元人民币。真心感谢祖国的强大，我们也能像发达国家的人一样开始有钱了，如果退到20年前这事儿根本想都不敢想。

我的朋友在迪拜生意做得不错，但是春节期间他在国内，没有在迪拜。我刚到迪拜，他就发来短信，表示没能在迪拜亲自陪伴有点不好意思。我和他说，你有这一份心我已经很满足了，况且我也是游侠，语言没有什么问题，再加上满世界地跑，适应能力是很强的。他回短信说："第二天下午3点会有人接你出去转转的。"

接我的车子开得很霸道，那是一台大马力的丰田"陆地巡洋舰"。我一上车，司机就飞一样地开了起来。有时候他把油门踩到最大，有时候玩一个急刹车，有时候与其他车的超车距离还不足5厘米。这哪里是公司的司机，分明就是一个玩车的玩儿主！我也不敢说话，心里只是想为什么朋友聘用了这么一个司机，要是在国内早就被解雇了。过了一会儿，我还是主动和他聊了起来，才知道原来朋友给我报了一个沙漠旅游团，司机还要接另外两个法国人。一个多小时之后，我们到达了起伏较大的沙漠边缘。不一会儿，大约30辆清一色的丰田SUV聚拢过来，然后集合出发。我这才明白他为什么要死命地催我，如果晚了，就要耽误其他人的时间。但是为什么他要以近似野蛮的方式开车，我依然不得其解。

我还在想这个问题的时候，就看到所有司机都下了车，也让车上的人都下来。我问司机下去干什么？他又是粗暴地回复："Go to the hill's top, take pictures."我看了看周围，就这么几个小沙丘，照什么相，真以为我没有见过沙漠吗？我想起了去宁夏的时候看到那一望无际的金色沙漠一直连到天际，那才叫真正的沙漠呢。于是，我就下车在一旁玩手机了。这个时候，我发现所

亚洲风情篇　209
Exotic Appeals in Asia

▲ 著名的帆船酒店，上顶层必须交 30 美元

▲ 帆船酒店内部装饰得金碧辉煌

有司机都在给自己的车轮子放气。后来我才明白，在沙漠开车，车胎一定不能充满气，否则车就要陷到沙漠里了。大约一刻钟以后，所有司机都在招呼自己的客人回到车上，马上又要出发了。非常有趣的是很多司机都会说几句中文，他们大声招呼大家："走了，走了。"中国游客反而对他们用英文说："Let's go！"

　　一个庞大的车队开始浩浩荡荡地向沙漠深处进军。这时，我才发现在沙漠坐车的感觉真不一样。沙漠基本没有平的地方，大风会把沙子雕塑成一个个的小沙丘，有的沙丘可以高达十几米。沙丘的"脊梁"是最硬的也是比较好走的地方。一旦离开这个所谓的脊梁，就会感到沙子是如此的松软，有时候站立都困难，沙子可以埋过膝盖。我们就要在这个地方穿行，前面的沙丘似乎特意给我们设置了各种困难，而司机就是要面对挑战，征服这些困难。这个过程既惊险又危险。我们的车就在一个很高的沙丘脊背上行驶，突然司机瞬间停下了，车子便呈现45度的倾斜，然后就沿着坡度侧滑下去。这个动作是我们始料不及的，都以为车要翻了，后排的法国女人吓得大叫，趴到了男友的身上。刚缓

亚洲风情篇　211
Exotic Appeals in Asia

▲ 开始了冲沙之旅

过来，司机又突然来一个加速，冲到沙丘顶上，接着又滑下来。由于沙子很难控制，司机也绷紧神经一会儿左，一会儿右，一会儿上，一会儿下。如果没有高超的驾驶技术、良好的体魄和反应，他是绝对不能驾驭沙漠的。看着司机这么集中注意力，反应这么快，而且还那么消耗体力，我终于明白了他为什么在市区接我的时候，开车那么猛。原来他是在沙漠专门玩车的，这是职业习惯呀。大约过了一个小时，所有车子都停在了一个空地上，只见司机们都下车用一个特殊装置给车胎再充上气，然后将车开到一个营地，我们就在那里吃饭和欣赏阿拉伯艺人的歌舞表演。

回去的路上我和司机聊了很多，我们也很投机。他告诉我，他没有事先告诉我们要干什么就是要给我们一个惊喜。阿联酋算是亚洲的一个发达国家了，阿联酋人做事都要遵守法律和规则。他除有普通的驾照外，还要学习一段时间才能获得在沙漠开车的许可证，并不是每个人都能随意在沙漠开车的。

阿联酋是一个很聪明的国家，不仅给中国提供免费签证的政策，也在执行中实行宽松政策。司机告诉我，现在游客大部分都来自中国，他们带来了现金并给阿联酋提供了众多的就业机会。就拿这次冲沙之旅来讲，中国游客就占了百分之八十。欧美游客看到都是中国游客，自己一下子变得很小众，特别是司机和导游都用中文互动着，他们更没有了自信。这个导游公司的老板还娶了一个中国女人做老婆，说到这里，司机好像很羡慕他。

八、印度尼西亚 | 阿贡火山去哪儿了

　　我是在听到了巴厘岛阿贡火山即将喷发的消息之后，才更坚定了去那里的决心。能遇到火山爆发可谓千载难逢，能欣赏到火山爆发的壮观景象更是三生有幸。

　　两周前，巴厘岛的阿贡火山附近地区每日地震多达500多次，种种迹象表明，阿贡火山随时爆发。大使馆也发文劝阻大家不要去巴厘岛，因为火山爆发带来的灾难是无穷的。50多年前阿贡火山就爆发过，火山岩浆上喷4000米，局部地区大气受到严重破坏和污染，1000多人因此丧生。第二年人们发现，火山附近的土壤异常肥沃，种什么长什么，因而又把大量居民吸引回来。阿贡火山的爆发周期约50年，等到居民都安定了，它就再来一次破坏，之后居民再次移居过来。如此一来，便如阿贡山神一直在和人们开着玩笑。

　　我如期到达了巴厘岛。经过打听才知道这几天阿贡火山附近的情况十分稳定，火山爆发的迹象也烟消云散，很多居民和游客又回到了阿贡火山附近。得知这个情况，我多少有点不甘心，无奈之下，只能开始了一段"被动"的常规旅游。

　　坦率地讲，巴厘岛旅游资源是非常丰富的。它有美丽的火山，静如处子，动如脱兔；它有数以千计的岛屿，俯瞰是一颗颗镶嵌在蓝色海洋中的珍珠，横看便是一个个浪花簇拥中的绿色植物园；它有一望无际的颗粒细腻的米黄色沙滩，均匀地分布在巴厘岛的周围，每日都与北部的太平洋、南部的印度洋做伴戏耍；它有品种多样的热带水果和咖啡，躺在沙滩的椰树下，品味着色彩丰富

214 | 远方的诱惑——遇见最美的风景和自己
Passions for Seeing the World

▲ 空中的云仿佛是一只腾飞的龙

▲ 没有搞明白这是什么象征 　　▲ 玩蛇者

▶ 三姐妹

的水果及公豆咖啡，你一定会觉得身在天堂，人生最大的享受莫过于此。

巴厘岛的开发已经有几十年了，从某种意义上来说，我国也许还没有任何一个地方的开发程度达到了巴厘岛的水平。特别是世界最著名的酒店集团都在此落户，酒店的设施和服务均已达到非常高的水平。有言道：来巴厘岛，第一是住酒店，第二是Spa，第三才是景观。这么说是有道理的。

这也是一个非常现实的国家，对钱的崇拜和屈服不亚于世界上任何国家。钱的多少和笑脸的大小是成正比的。在一个小市里，有多个摊位在卖巴厘岛文化衫，我就随意在一个摊位买了一件，当我要把包装袋扔到旁边摊位的垃圾桶的时候，摊主居然不让扔，我以为是个例，便走到了另外一家，结果依然不让扔。无奈之下，我又回到了买衣服的摊位，这个摊主微笑着接过了"垃圾"。这种事情在中国几乎不会发生，因为中国人相比之下更大气一些，即使不大气，也还要讲面子的。

带着几分没有看到火山爆发的遗憾，我回来了。就在我整理照片的时候，有人告诉我阿贡山今天又有情况了，火山口的热气上升了几百米，而岩浆距离火山口只有几公里了。看这迹象，阿贡火山真要爆发了。巴厘岛人大多数信奉印度教，这是源于他们认为巴厘岛的群山是诸神的神座，而阿贡火山最不稳，因此便在岛上建了很多寺庙用以稳定神座。主庙普拉伯沙吉就建在阿贡火山上，不知道这次迟迟不来的火山爆发是什么样子，是什么来头，而主庙这次真能将其镇住吗？

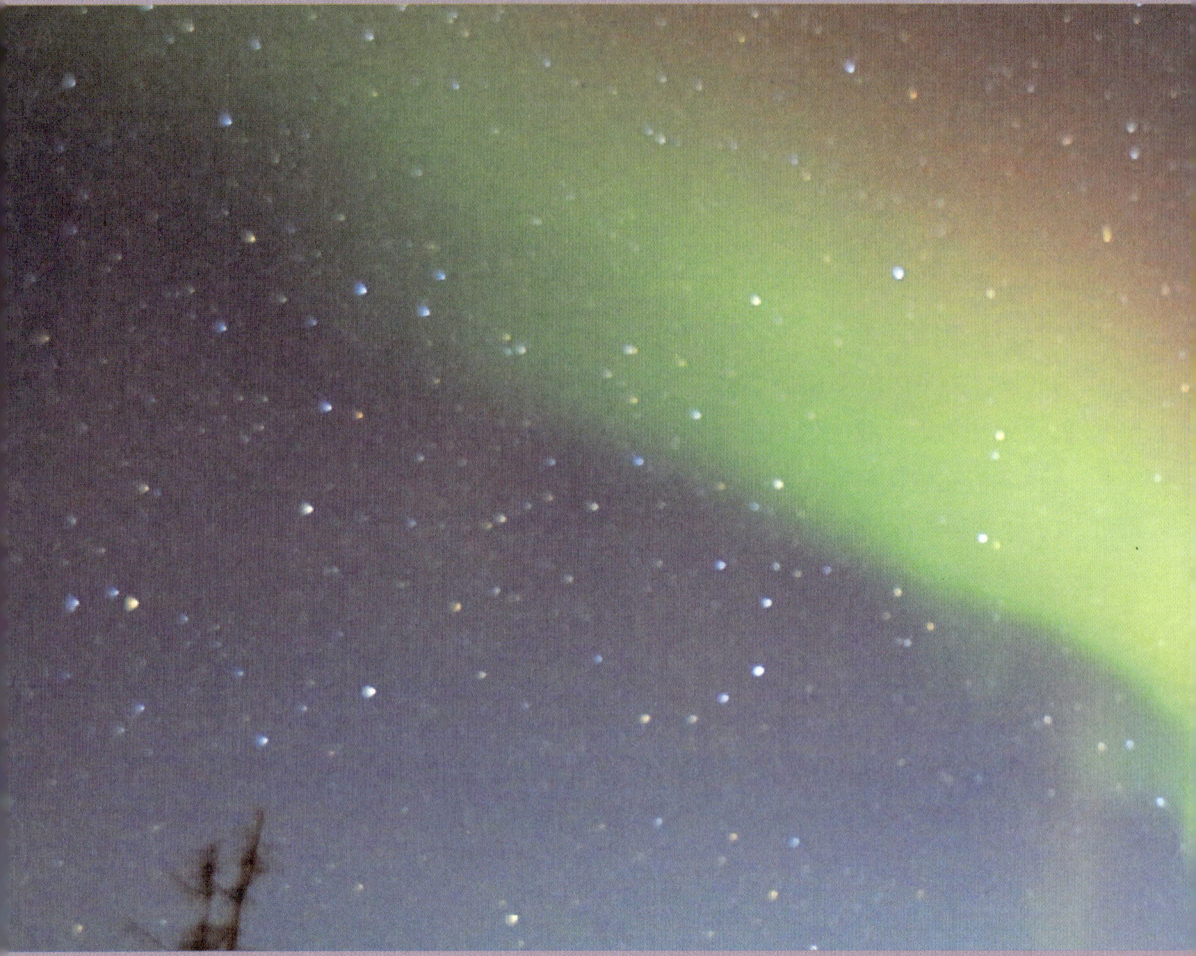

Fascinating World of the North America

妖娆北美篇

巨大的绿色光带变化莫测,好像知道我们的到来而特意安排了一场表演。一会儿呈现火炬的样子,一会儿变成巨龙,一会儿又像仙女下凡。借用"谁持彩练当空舞"的诗句来形容,一点也不过分。

一、加拿大 | 黄刀镇的极光

（一）首次进入加拿大

国内近日杂事较多，按理说真不该这个时候出访北美。可是就在一个月前，摄影癫狂级的老顺子大哥对我说："金老弟，听说3月初在加拿大北极圈内的一个小镇会出现很强的北极光，要不你陪我走一趟？"他是试探性问的，而我却很认真。这位大哥可是我20多年的好朋友，如今人家开口，我怎么也不能说个"不"字。再说了，这也是我向他学习摄影的一个绝好机会，于是，我就答应了。

对加拿大，我还真的很陌生。早年在英国读完博士，一大批中国公派留学毕业生在英国找不到合适的工作就移民到了加拿大。我很幸运，刚读完博士就在英国找到一份高级讲师的工作，因此就没有去加拿大。

几年前我萌发了去加拿大走走的念头，脑袋一发热，就办好了加拿大两年多次往返的签证，而那一年加拿大暴发了禽流感之类的流行病，因此我就取消了行程，并一推再推直到签证失效也没有去。

这次我既然已经下定决心，就不会再改。如今加拿大对中国放松了签证的限制，我5天之内便拿到了5年多次往返的签证。我和我的朋友设计了访问加拿大的行程，最先要去华人最多的温哥华，再飞向位于北极圈边缘的黄刀镇拍极光，接着去风景如画的卡尔加里和班夫，最后去东部的魁北克和多伦多。

在温哥华停留不足两日，我们便乘飞机直奔加拿大北部的黄刀镇。温哥华好似一个华人世界，走下飞机中国风扑面而来。机场的指示牌基本都是英文、法文和中文三种文字。走出关口即可看见中国银行和中国国航的大幅广告。加之热情有加的中国朋友前来接机，多少有点从北京到了广州的感觉。

（二）谁是大地的雕刻师？

从温哥华到北极圈上的黄刀镇是没有直达飞机的，需要在中途的卡尔加里或者埃德蒙顿转一下飞机，整个航程需要 4 个小时。在飞往埃德蒙顿的途中，我看到了飞机下面有如波浪般的云海及一座座壮观的雪山，后悔没有在登机前先把相机拿出来，否则一定把这些美景记录下来。

为了不再后悔，在埃德蒙顿中转飞机的时候，我毫不犹豫地把相机拿了出来，准备随时拍照。

飞机在埃德蒙顿做了短暂的停留，就在这短短的 20 分钟，我发现这个航空公司也许为了节约人工费用，飞机的清扫全部是由两个帅哥飞行员和两个美女空姐完成的。

▲ 靠近北极圈的黄刀镇，街上几乎没有行人

飞机起飞不久，透过飞机的窗户可以清晰地看到广袤的大地被神奇的雕塑师雕刻得有模有样。有时大地上的河流似银蛇在狂舞；有时冰上的裂纹犹如行走的巨人；有时地上的山峦像一部部战车正向预定的方向推进……这就是无形力量的伟大壮举，看到这些，有谁还会怀疑世界上没有超人的力量存在呢？

这次我没有遗憾，因为相机已经把一些巨大的杰作记录下来了。一个多小时以后，下面的大地又展现出了一个不规则的图形。我身边坐着的是一位年近60岁的黄刀人，他告诉我底下是一个很大的湖，这个湖叫作"奴隶湖"，看到这个湖，也就快到黄刀镇了。

黄刀镇，这个连名字都很奇怪的地方给了我们无限的遐想。它为什么叫作"黄刀镇"？这个已经到了北极圈的高寒地区为啥还有人居住？他们靠什么为生？我们来这里就是为了看极光的，看到极光容易吗？它是什么颜色，白色还是绿色？……这一连串问题的答案都要在接下来的几天逐一给出。

（三）很有武侠小说味道的黄刀镇

说起黄刀镇，让人很容易联想到旧时中国西部边陲的小镇，那里风沙弥漫，整日充满着神秘、恐怖和血腥。

我们去的黄刀镇是加拿大西北区中北部的一个小镇。有人说很久以前有一个头领在此地总是佩戴一把黄色的刀，后来就以"黄刀"命名此地，英文就是"YELLOW KNIFE"。也有人说"黄刀镇"来源于最早来这里做黄铜生意的印第安人。不论哪种说法，我相信和其他边缘城市一样，黄刀镇也曾经有过杀气腾腾的日子，因为这里最初就是金矿的开采地。在一个法律尚不健全而又有淘金冲动的时代，来自各方的人士在此抢地盘和杀戮是不可避免的。

如今黄刀镇已经步入文明社会。2004年，由于开采和治理的成本日益增高，最后一个采金矿也关闭了。然而随着钻石矿的发现，矿石的开采和加工又成了这个地方的支柱产业。随着采矿业和居民的需要，天然气也发展起来了。因此，采矿、天然气及旅游业成了这个小镇赖以生存的支柱。

这里的旅游业更具生命力，主要原因是这个小镇与北极圈近在咫尺，来自世界各地的北极探险爱好者们都要事先到这里培训，学习在困难条件下如何生存等知识。另一个值得说的就是黄刀镇是世界上观赏北极光为数不多的天堂之地。日本人最先看到了这个商机,在这里系统地经营极光村,每天都要接待近千名的游客,而主要客源就是日本人。近几年,似乎越来越多的中国人也加入了这个行列,我相信不出 10 年,中国人的脚印一定会把小小的黄刀镇淹没的。

黄刀镇人口不足两万人。当朋友告诉我们这个小镇就是西北区省会的时候,我们的大牙差点笑掉。两万人还不如我们国家一所中专学校的学生人数多,还敢称为省会!这都是国情不同造成的。加拿大的面积比我国面积大,而人口还不如中国的零头。

当我们走出飞机的时候,冷空气扑面而来,鼻孔似乎一下子僵硬了。当天的最高温度是零下 20 摄氏度。和我同去的老大哥有着丰富的经验,还没下飞机时他就表情严肃地告诫我:"我要告诉你两个注意事项,你必须记住!第一,你的面部一定不要贴在冰冷的相机上;第二,你的手千万不要摸严寒下的任何金属。"他指指自己的鼻子接着说:"这就是上次我去一个非常寒冷的地方摄影,在聚焦的时候鼻子贴在了冰冷的相机上,结果一层皮就掉了。现在疤痕还在。"我听了以后不寒而栗,血的教训呀。

朋友把我们接到了一个小餐馆就餐,并告知晚上开车带我们去看极光。她

▲ 机场很小,走出飞机,鼻子似乎就凝固了

远方的诱惑——遇见最美的风景和自己
Passions for Seeing the World

▲ 黄刀镇上为数不多的餐厅

是一个很率性的女孩子，开着一辆沾满泥的 SUV。道路上都是积雪和滑滑的冰，可是她车开得依然很快。她说，前段时间国内有一组人来这里看极光，等了 4 天都没有看到。她希望我们这次能有好运。

我们回到了酒店，她说晚上来接我们。此时的我们心情有些激动，首先我们都没有经历过这么寒冷的天气，天气预报说晚上零下 34 摄氏度，而我们感觉像零下 43 摄氏度。于是，我们把所有衣服都拿出来了。其次，我们两个人都没有亲眼见过极光。它是什么颜色的？怎么出现？什么时候出现？持续多长时间？

一切都是猜测、预想和希望，而这些都会在几个小时后见分晓。

（四）极光为我狂舞

究竟什么是极光？极光又是怎样形成的呢？

我查了一些资料，才知道极光就是一种物理和化学共同作用的现象，产生极光的原因是来自大气外的高能粒子（电子和质子）撞击高层大气中的原子的

妖娆北美篇

Fascinating World of the North America

作用。这种相互作用常发生在地球磁极周围区域。作为太阳风一部分的荷电粒子在到达地球附近时，被地球磁场俘获，并朝向磁极下落。它们与氧和氮的原子碰撞，击走电子，使之成为激发态的离子，这些离子发射不同波长的辐射，产生出红、绿或蓝等色的极光特征色彩。在太阳创造的诸如光和热等形式的能量中，有一种能量被称为"太阳风"。这是一束可以覆盖地球的强大的带电亚原子颗粒流，该太阳风在地球上空环绕地球流动，以大约每秒400公里的速度撞击地球磁场，磁场使该颗粒流偏向地磁极，从而导致带电颗粒与地球上层大气发生化学反应，形成极光。在南极地区形成的叫作南极光，在北极地区同样可看到这一现象，称为北极光。

这么介绍的确有些复杂。通常，极光多发于季节交替的时候，在每个地点出现的频率和时间也不一样，加拿大黄刀镇的北极村出现极光概率最高的月份就是每年的9～10月及次年的3月。我的理解就是天气热会带来大量的氧离子，而天气冷又会产生氮离子，两者相交时最活跃，然后在与太阳风碰撞后首先流向两极而产生极光。

极光的颜色多是绿色，有时候还可以看到红色和紫色，而后者是非常罕见的。极光出现的时候可以根据其强弱程度分为五级，最强的是第五级，而最弱的是第一级。一般来讲，人们能看到极光已经不错了，而看到第五级就太幸运了。

为了能够看到极光，我们决定在黄刀镇停留四天。第一天自己踩点，撞一下运气，如果碰到了就拍，碰不到就再等三天。后面三天，我们加入了日本人开办的极光村之旅项目。加入这个项目就犹如每天晚上上夜班一样，晚上8点多钟极光村的大巴就来接游客，40分钟左右到达极光村，大约夜里1点钟大巴往回返，到市区的时候基本就是凌晨2点了。由于极光的出现具有极大的不确定性，有的游客还想多拍一会儿的话可以选择再多停留两个小时，那么回市区的时候就要4点多了。

第一天晚上8点30分，我们在黄刀镇的朋友过来接我们了。当时的温度是零下28摄氏度，而夜里会降到零下32摄氏度。我们把能穿的衣服都穿上了，我的同伴顺子大哥是一个摄影老手。他问我："你带雪地靴子了吗？"

我摇摇头。他就说："那就等着把脚指头冻掉吧！那么头套带了吗？"

"头套？头套是什么？"我很迷茫。

"头套就是保护你整个脸的必备工具。它可以把你的嘴和鼻子都遮起来，除保暖外，还可以不让你的鼻子直接粘到相机或者金属上面。"我想起了他说过他的鼻子就曾经被粘掉一层皮的惨象，不禁打了个冷战。

"我估计你也没有带。这个拿去吧，我早就给你准备好了。"他边说边扔过来一个专业头套。老大哥想得就是周到，我立即接了过来，戴到头上试试，还真暖和。不过大白天的最好别戴着它去银行，否则把你当成强盗绝对是很有可能的。

老大哥接着问："你带防风雪裤了吗？"我告诉他这个可以有，说着拿出来一条在英国打折店买的 TOG24 的防风雪裤。他点点头说："这个还差不多。"我把雪裤套在了保暖裤外面，觉得有了它什么样的风雪都能对付了。

接着我们就开始穿上衣。我穿了一件毛线衣、一件毛背心、一件羽绒服、一件冲锋衣内衣、一件防风外套，穿起来和北极熊似的。为了防止冻脚，我穿了三双袜子。老哥看了看说："这也不行的。"顺手扔过来一个发热鞋垫，说："垫在鞋里面吧。"我照着他说的做了，脚下立即热烘烘的。

都穿好了以后，我们拿着相机包准备出发。由于还在屋内，全身被厚厚的衣物包着，热得开始出汗。此时的想法就是穿这么多还会冷吗？！

我们在宽阔的湖面上开了 40 分钟后找了一个比较空旷的雪地停了下来。此时已经是晚上 10 点钟，下车的时候一点也不觉得冷，我们在一个极光可能出现的位置支好了三脚架。由于出来得仓促，我发现快门线没有带。老大哥赶紧告诉我，为了防抖，你就设置好光圈、速度等，用自拍模式拍吧。由于我没经验，功课准备不足，多少有些狼狈。

在车外等了半个小时，极光还没有出现。最可怕的事情终于来了，厚厚的衣物在零下 30 摄氏度的气温下根本抵挡不住寒流的侵袭。头套被呼出来的水汽冻得结了一层霜。脚被冻得生痛，想把脚趾剁下来揣在怀里的心都有。手套也不管用了。

正当我想怎么取暖的时候，就听我的朋友喊："你们看，极光出来了，那个白色的就是。"我和老大哥同时抬起头向上看去，空中确实隐约有竖着的一条弱白色的光带。我们两个赶紧进入工作状态，暂时忘记了寒冷。极光也变亮了，偶尔还出现了翠翠的绿色。我们很投入地在雪地上拍了一个多小时，后来都觉得极光也不过如此，根本就没有想象的那么壮观。朋友说："今天的极光很弱，顶多只有二级。"即使这样我们也很庆幸，毕竟第一天就看到了极光。午夜 12 点的时候，极光渐渐消失了，再也没有回来。

随着极光的消失，我们也尝到了在零下 30 摄氏度停留两个小时的滋味。一个字，"冷"！两个字，"真冷"！回到房间，脚趾似乎已经不属于自己了。

▲ 全副武装也抵挡不住零下 40 摄氏度的低温

第二天晚上，我们加入了"极光村"的项目，我又租了雪地靴子和防寒服。晚上 9 点 30 分到极光村的时候，大家都被安排进入一个叫"TEEPEE"的帐篷里，帐篷里提供咖啡、热巧克力、红茶、鱼汤和当地居民常吃的面包。当日的气温也上升到了零下 20 摄氏度，偶尔把手伸出去也不觉得太冷。和第一天相比，这简直就是享福来了。不一会儿，负责我们这个帐篷的人走进来对大家说："极光出来了！"所有人都陆续走了出去。我和老大哥扛着三脚架、背着相机包在后面找到了一个制高点，在那里我们做好了拍摄的充分准备。

一开始，极光似乎很不愿意地淡淡显现出来，过了一会儿变得越来越强，也越来越绿。不一会儿，极光就充满了整个天空，满天的绿光，我们都被这个景象惊呆了。

原本黑色的天空被极光照得亮亮的，一条绿色光带似乎由两个巨人拉着，从天空的这面跨到了另一面，而相机 16 的光圈调到了最大也只能拍到极光的局部。更令人惊讶的是巨大的绿色光带变化莫测，好像知道我们的到来而特意安排了一场表演，一会儿呈现出火炬的样子，一会儿变成巨龙，一会儿又像玉女下凡。借用"谁持彩练当空舞"的诗句来形容一点也不过分。极光又嬉戏无常，犹如调皮的天女与你玩耍，当你想把她的芳容拍下来的那一刻，她立即又变成了另一个姿态。极光没有一天是重复的，每时每刻都在变化，这就是她的魅力。

远方的诱惑——遇见最美的风景和自己
Passions for Seeing the World

▲ 谁持彩练当空舞?

▲ 巨大的极光似乎有一种无形的力量

妖娆北美篇 227
Fascinating World of the North America

▲ 瞬间，一束美丽的极光从森林中升腾起来

▲ 白色的帐篷和绿色的极光相得益彰

我们如此幸运，在第二天就拍下了一幅幅完美的极光图片。在我们将要离开极光村的时候，美丽的极光似乎看透了我们的意图，也悄悄地离去了。临走前，我默默地对极光说："等我，明天我还会来看你的。"

第三天晚上，我们如期而至。不知道是不是由于昨日极光的"表演"没有获得足够的掌声，还是她在哪里受了什么委屈，今天的极光虽然羞答答地出来了，可是规模和变化都很一般，没过一会儿就消失了。我和朋友决定再等她出来，因为有过很多极光在凌晨 1 点以后还出来的先例。为此，我们还补交了延长费，足足等到凌晨 3 点，可极光还是没有出现。我们回到房间已经凌晨 4 点了。虽然有点失落，但是毕竟又看到了极光的芳容。

第四个晚上是我们在黄刀镇停留的最后一个晚上，我们依然来到了极光村。这晚，极光没有让我们失望。她展开衣袖狂舞，似乎要使出浑身解数为我们尽情表演。她似乎知道这将是我们相约的最后一个晚上，于是在空中洒下了无数光线，犹如燃放礼花一样为我们送别。

凌晨 1 点钟的时候，我们不得不跟着大巴车离开了极光村，透过车窗，我们看到了碧绿如翠的极光在为我们做最后的表演，她似乎在用她最优美的舞姿来挽留我们。许久，再回首，她依然在那里，她的舞姿和芳容永远印入了我的脑海，终生不会忘记。

（五）拍摄极光攻略

极光有南极光和北极光之分。由于北极相对容易抵达，因此观赏北极光容易一些。通常能够观赏北极光的国家和地区有北欧国家，俄罗斯、加拿大、丹麦的格陵兰，以及美国的阿拉斯加等地，但是很多地方自然条件恶劣，交通不便，人类难以抵达。在加拿大，只有少数交通比较发达的地方能让游客大规模地去观赏极光，如黄刀镇就是其中之一。

其实，人们到加拿大黄刀镇观赏并拍摄极光并不复杂。对于国人来讲，需要按照以下步骤来准备。

第一，办理加拿大的入境签证。从 2014 年开始，加拿大已经开通了个人旅游签证的办理，并且签证有效期可达 10 年，也就是说在 10 年内你去加拿大不需要另行办理入境签证。在加拿大签证中心官网，你可以下载签证申请表和签证所需要的资料清单，然后去签证中心递交即可。如果资料齐全，最快一周内即可获签。

第二，确定行程。加拿大多个城市都有去黄刀镇的航班，但基本都要从埃德蒙顿或者卡尔加里两市中转。目前国内已经开通了从北京、上海等地直飞温哥华的航线，而海南航空也在 2016 年开通了北京直飞卡尔加里的航线。如果首选温哥华，那么你可以从温哥华飞黄刀镇，中间经停埃德蒙顿或者卡尔加里。如果以后国内到卡尔加里直飞开通的话，去黄刀镇就更容易了。因为卡尔加里是加拿大最著名的旅游区，湖光山色应有尽有，在这里先逗留几天，之后再去黄刀镇，岂不美哉！

第三，选择旅游公司或者自己找地方拍摄。小小的黄刀镇有多家旅游公司组织去极光村观赏极光。据介绍，由华人组织的观赏团，价格比较贵。以日本人为主的极光观光团反而便宜。一般两人三天的住宿和加入极光村之旅的价格在 1600 加元左右。他们组织得很专业，条件也很好。遇到极冷天气的时候，你还可以躲在 TEEPEE 帐篷里烤火炉，喝咖啡、茶、巧克力、鱼汤，还可以吃面包。如果你没有任何经验，或者没有当地资深朋友带着的话，不建议个人找地方拍摄极光。因为在极冷的温度下，如果汽车抛锚或者深夜出现意外，那么死人的事情是会发生的。

第四，带好拍摄的器材。如果你只是旅游，那么随便带一个卡片机就可以了。但即使是卡片机也要功能多一些，如要有夜间拍摄模式等。极光村是不准使用闪光灯的。不要指望用手机拍摄，效果不好。如果你就是想去拍极光，拍一些自己满意的照片保留的话，带一部好的单反相机是必需的，同时要带一个广角镜头，因为极光宏大，普通角度镜头根本不够。三脚架也是必需的，否则不稳的话，照片会虚。最好带一根质量比较好的快门线，这样可以避免手动按快门的抖动。我的快门线四个小时以后冻成了一根棍，被我不小心折断了。电池最好准备两块，严寒的天气电量消耗很快。最后你别忘了在相机里装上储存卡，否则前功尽弃。照了许久后才发现没有装储存卡的先例是有的。

第五，准备防寒的衣服。一双雪地靴子、一条防寒雪裤、一件加厚冲锋衣，还有棉手套、头套、棉帽等都是必不可少的。如果你还觉得不够，那么一

远方的诱惑——遇见最美的风景和自己
Passions for Seeing the World

▲ 温哥华附近的湖景很美丽

定要准备发热鞋垫和发热贴，在出发前贴在手套里、膝盖部位，或垫在鞋里。在零下40摄氏度的条件下站几个小时拍片子，如果没有这些防寒的衣物做保证是绝对不行的。

第六，带一些高热量的小食品。在极其严寒的温度下，人的热量流失很快，此时你可以补充一些巧克力，从而补充身体的热量，不建议多喝流质的东西，如水和咖啡，因为咖啡利尿，容易上厕所。您可以设想一下，在零下40℃～50℃气温下的荒郊野外时不时地上厕所，可太冷了。

第七，不要在树林里走得太深，很可能会遇到熊和狼之类的野兽。在极光村的远处经常可以听到狼嚎的声音，但导游执意说是狗的叫声。即便不是狼，也要注意安全。

总之，这些都是点滴经验，对想在寒冷的条件下长时间拍摄极光的朋友们来说，多少会有些帮助。

（六）狗拉雪橇与做事风格

玩狗拉雪橇应该是年轻人的事情。不过你也别小看那些小老头和小老太太们，人过半百后，经历的事情多了，思想也解放了，玩得也许会更疯。

说真的，我还真不属于那类人，到了年龄还干些什么"反季节"的事儿。诸如蹦极、跳伞、高山滑雪等高危活动从来就和我无缘。

从来到加拿大黄刀镇的第一天，就有人和我提起参加狗拉雪橇的旅游项目，后来又有人陆续向我介绍，我和顺子大哥想了想，最后决定参加。可是我们两人参加的目的是不同的，我没有经历过狗拉雪橇，多少有些好奇。我的朋友是摄影发烧友，他的目的就是想拍几张狗拉雪橇的好片子。你想想，对于摄影爱好者来讲，他如果能拍到一张一群狗张着大嘴、吐着红舌头拉着雪橇在雪地飞奔的情形会是多么惬意。

于是我们整装出发了，我就背了一个相机包，而那位大哥背了四个相机，还有三脚架和哈苏之类的专业机，估计全部重量可达60斤。经过20分钟的车程，我们就到了雪橇场。我也是第一次体验狗拉雪橇，一切都很好奇。我看到工作人员正在给每只狗套上绳索，三只狗拉一个雪橇，而一个雪橇上面可以坐一个人，还可以再站一个人。站在后面的人可控制雪橇的节奏，方法很简单，就是靠踩闸。这个雪橇场地其实就是在湖面上开发的一个大约5公里长度的雪道。夏天是湖水，而冬季就用来跑雪橇。这些狗很懂事，肯卖力，只要你松开闸口，它们就不顾一切地顺着雪道向前跑。

我和大哥加起来应该有小400斤了，再加上他那个装相机的大箱子，怎么也超过450斤了。看到准备好的雪橇，老大哥提起他60多斤重的相机包就要上去，这时候工作人员过来告诉他这个包不能拿上去，以前从来没有这个先例。我也带了一个不大的相机包，当他们告知我的也不能带上去的时候，我发觉我还是一个听话的"老孩子"，立即把相机包交给了工作人员保管。可是我的

▲ 拉雪橇的狗狗

大哥不干了，他对我说："你告诉他们我今天必须带上去。我来这里的目的就是要摄影，否则我来这里干什么？！"

我的理解不一样，我们身在异乡，人家这里就是一个游乐项目，而不是一个专业摄影的活动，他们肯定不会让把那么大的相机箱包带上去的。但我还是和他们管理人员争取了半天，结果人家说："那个雪橇太小，装不下那么多东西。"顺子大哥是个犟脾气，他也不管那么多了，上了雪橇后就把相机箱包抱在了怀里。工作人员也很无奈，只能同意了。

准备完毕，我们开始了。那三只雪橇狗还真行，跑得真快。然而不一会儿遇到了上坡，这几条狗就不行了，我只能下来帮助它们使劲地推。狗也累得不轻，但过了这个坡以后，它们又是一阵狂奔。累了，它们就稍微慢点；渴了，就快速地吃口雪。

大约到了湖的尽头，狗停下来休息。顺子大哥根据多年的经验，认为这是拍摄狗拉雪橇的极好机会，于是他告诉我让这几条狗倒回去跑一圈，他好拍照。这使那个工作人员很为难，他说："我们这里都是往前跑的，不可能向后走。而且一会儿后面再来雪橇，我们就把路给挡住了。"他面带难色，我也心软了。人家毕竟说得有道理。可是我的朋友不这么认为，他说："你告诉他我们一定要拍这个。实在不行，我就在前面等着，然后你们过来的时候就可以拍上了。"我又和那个工作人员解释，他说我们的时间只有半个小时，那样做该超时了。

作为像"汉奸"一样的中间人，我又回过头对顺子大哥说："他们说不行！"顺子大哥是一个性格很急、很暴的人，他一听就急了："这么简单的要求都不行吗？又不耽误他多少时间。"

我说："大哥，那你也别难为我了。"我是一个从来不愿意求人的人，从心里就觉得别让人家为难。可是如果我们妥协了，肯定就拍不了照片了。我的这位大哥不会英语，此时他也不让我翻译了。他把相机箱包拿到工作人员面前，"嚓"的一下打开箱包，里面全是专业的哈苏、617相机。那个工作人员一下子惊呆了，这些都是玩摄影的顶级设备，一般人是玩不了的。他接着就问我："他是做什么工作的？"

我也顺水推舟，告诉他："他是专业摄影师。"

听了以后，这位工作人员还真的很配合。他说："好吧，我帮他。你让他把那个相机箱包放在我的摩托雪橇上。"他是开着摩托雪橇跟在后面保证安全的。接着他说："他也可以坐在我的摩托雪橇上。"

就这样，问题解决了。在剩下的时间里，我朋友双手端着专业相机，倒坐在摩托雪橇上，而那些狗拉着雪橇，由我当这雪橇的把式。他用几个相机轮番地拍这些拉雪橇的狗。我后来也不清楚他拍的结果到底如何，但是那天他是过足瘾了。

从表象看，我似乎在做一个好人。因为在发达的社会，人人都很遵守规矩，或者墨守成规。但有人就不这么想，一切要围绕自己的目标行事，不达目的决不罢休。这件事看似虽小，但是我从中悟出了一些道理，现总结如下。

第一，一个人要想做成一件事情必须有坚强的意志并能将该意志贯彻下去，哪怕当时这种意志是错误的或者是不合时宜的。

第二，一个人要想成功必须有明确的目标，不论遇到什么困难都不要轻易放弃自己已经确定的目标。

第三，为能实现目标，他要不惜一切代价，并采取多种手段直到最终达到目的才罢休。

第四，不要想着做老好人。在这个世界上，任何事情都是一定的，如果你不争取本应该属于你的那一份，那么你最终就会被人家吃掉。

反观自己为什么这些年做事总是虎头蛇尾，难以成事。现在才明白其中原委，那就是自己原本并没有一个明确的目标，当有了目标以后，又没有坚强的意志将其贯彻到底，而即使有了一定程度的意志，也没有有效的手段保证目标得以实现。这么看来自己没做成什么事情是显而易见的。

远方的诱惑——遇见最美的风景和自己
Passions for Seeing the World

▲ 仙境一般，天然的雕刻

妖娆北美篇

Fascinating World of the North America

（七）如画的班夫，如诗的路易斯湖，可歌可泣的尼亚加拉大瀑布

拍摄完极光，离开黄刀镇，我们便来到了加拿大闻名世界的自然保护区。这里是一个童话的世界，人们来到这里仿佛转换了时空，这里没有喧嚣，没有污染，没有杂念，远离尘嚣，每个人都好似神仙。这里简直就是中国的九寨沟、西藏的念青唐古拉山。

人要掌握的知识一定是三维的：第一维是纵向知识，即历史；第二维是横向的，即地理空间；第三维是高度，即专业知识。历史如明镜，反思过去，照亮未来；地理可丰富一个人的阅历和社会知识；而专业知识则是为了生存而必备的。

我很庆幸从小就对地理很感兴趣，所以一直在不断地行走，目的就是能够更多、更近地接触大自然，丰富自己的阅历。

尼亚加拉大瀑布是我在中学地理课上知道的，那个时候想去看看北美的五大湖几乎就是在做白日梦。我要感谢中国这些年的对外开放和科技的进步，使我现在去地球上的任何一个角落都成为可能。

我们离开了卡尔加里便乘机飞往多伦多。我们乘坐的是很晚的航班，经过几个小时的飞行，到了多伦多已经是早晨 5 点了。朋友接上我们后直奔亚尼加拉大瀑布。大约在早晨 7 点的时候，亚尼加拉大瀑布终于展现在眼前了。中学时代的尼亚加拉大瀑布之梦也可以圆上了。

▲ 壮丽的尼亚加拉大瀑布

二、美国｜现实至极的国家

我们最熟悉的国家可能就是美国了。据统计，在美国的华人达300万人，每年有90万人去美国留学。这其中包括了早期去美国修铁路，后又相继开办唐人街、中国餐馆、中国武馆的前辈们，也包括了这几年蜂拥而去美国留学的青少年一代。他们有的祖祖辈辈在美国生活，有的虽然刚去不久，但在去之前就把美国研究得透透的，在他们面前美国就是一个不折不扣的"裸男"，他们也就最有资格对美国和美国人品头论足。

我只去过美国三次，每次都是走马观花，所以没有资格评价美国这个国家。不过，透过一些表象，我多少能管中窥豹，看见一些本质。

（一）纳税的落差

第一次去美国是20年前从英国去的。英国是一个高度发达的文明国家。英国人看病免费，失业可以领救济金，孩子生多了还可以申请补助。所以，你从英国过去，会有很多的不习惯。例如，英国人比较热情，在大街上不管认识与否，都会主动和你打个招呼，甚至寒暄几句。偶尔撞到了别人，人家也会主动和你道歉并一口气能说三个"Sorry"。

相反，美国就不一样。我初次到美国，一下飞机，就看见很多不同肤色的工作人员，又高又壮。他们嘴里嚼着口香糖，对你不屑一顾，一副高高在上的样子，想指望他们对你笑脸相迎，真比登月都难。其实这些形式的东西，没有

象征财富的特朗普大厦

也罢。但是买完东西再加税就令人感到很不舒服了。在欧洲国家，无论你在什么地方购物，税都含在商品里了，所以该是什么价格就是什么价格。有的奥特莱斯商店还可以当场退税。你便有一种失而复得的感觉，很舒服。在美国，所有商品都不含税。标价很有诱惑力，但是在结账时，会加上税，让人觉得很不划算。两种税务管理方式相比，落差很大。

（二）付小费的尴尬

在欧洲的很多服务场所，如酒店、餐厅，那里的服务人员都是有基本工资的。如果他们服务得好，一般客人都会支付一定的小费作为感谢。小费多少没有固定要求。我到了美国才知道，很多餐厅、酒店等服务场所的工作人员是没有基本工资的。他们的收入靠的就是客人的小费。初次到美国，我请几个合作伙伴吃饭。饭后结账金额是120多美元，我们便用信用卡结了账。按照在欧洲的习惯，我又在桌子上慷慨地放了10美元作为小费，接着就送客人走出饭店。就在此时，一个漂亮的女服务员急急忙忙地过来找我，我还以为会有什么好事。结果，她对我大声地说："对不起，你给的小费数量不够。你消费了120美元，你应该给我12美元的小费，可是桌子上只有10美元。"我听了之后，尴尬死了。从那天开始我就记住了，在美国消费一定要按照百分之十的比例付足小费。

那次美国之行，我还报名参加了一个从洛杉矶到拉斯维加斯的旅游团。两天的时间，每人费用只有100多美元。在回来的路上，华人导游对大家说："我们导游和司机都是没有工资的，我们就是靠你们的小费生存的，所以每个人每天必须交20美元，两天就是40美元。"这么一算，整个团一共40人，司机和导游两个人两天就可以赚1600美元，如果一个月跑十次，他们就可以挣一万多美元。团里有从国内来旅游的一家四口，他们四个人就要交160美元。他们和导游吵了起来，说加团的时候根本就没有提及交小费的事情，死活不交。车回到洛杉矶后，还在争执。具体最后他们怎么解决的，我也没有兴趣弄清楚。但是那个客人和导游争得面红耳赤的尴尬场面我终生难忘。

▲ 夏威夷每天都能奉献不同的美景

（三）酒店的精打细算

众所周知，英国的酒店级别是很低的。和我们富丽堂皇的酒店相比，英国同类的酒店就像农村的小草屋，特别是伦敦的酒店更不敢恭维，所谓的五星级酒店的房间也小得可怜。有些老酒店的电梯也只能站一个人。不过，英国酒店最大的特点就是不论是五星级酒店还是那种住完吃完抹嘴就走的BB酒店，它们的陈设和服务都差别不大。即使最破的 HOMESTAY（居家旅馆）也会在你的房间里放上烧水壶、红茶、绿茶、咖啡、黑红方糖、奶包，讲究的主人还会给你送上热巧克力和几块曲奇饼干。

如果你到了美国的酒店就悲催了。20年前那次去洛杉矶的时候，我住进了一个汽车旅馆。它每天的价格也要50美元左右。但房间里什么都没有，就有一台老电视，打开电视除了色情录像就是打斗的电影。我推开后窗一看，窗下的墙根儿坐着一排墨西哥人，他们用各种异样的眼神盯着我，好像一群老虎正在等着我跳下去。去年,我又去了拉斯维加斯,住进了一家所谓的五星级酒店。原以为这样一个高级别的酒店里应该应有尽有,可是走进房间才发现没有热水壶,也没有茶和咖啡,更没有细致入微的热巧克力和曲奇饼干,上网还要另收费。简直失望至极,难以言表。

(四)超市的红酒

不知什么时候,也不知道为什么,我开始喜欢红酒了。我喜欢红酒的原因有两个:第一是每款红酒都有自己的历史和故事,举着高脚杯,品着红酒,听着红酒行家们侃侃而谈,总觉得时间没有白费。第二就是身体的适应和习惯。红酒和牛肉,特别是牛排似乎天生就是孪生兄弟。每当吃牛肉、牛排的时候,必须饮上两杯红酒,这样才能感觉到红酒在胃里一直尽职尽责地分解牛肉粗粗的纤维,这样搭配才觉得舒服。

为此,在国外,每到一地我都会走进超市,选上几款有特点的红酒,再买一些奶酪和午餐牛肉或牛肉干带回酒店,回到酒店向前台要个典雅的高脚红酒杯,打开电视,坐在沙发上,一只手拿着红酒杯,另一只手拿着牛肉和奶酪,边吃边喝,解忧去乏,很是享受。

这次我一人来到了北卡的首府罗利,住进了一家华美达酒店,放下行李,就开车去了附近的一家大型超市。在我的印象里,超市卖酒的部分也是很讲究的,一般会分为新世界和老世界的红酒。"老世界"无非是法国、意大利、西班牙那些国家的红酒,而"新世界"就是智利、澳大利亚、新西兰的红酒。既然来美国了,我更希望品尝一下美国本地的红酒。可是我找了半天也没有找到美国本地的红酒,无奈之下,求助工作人员才在销售饮料的货架找到了美国红酒。这些红酒,不管是赤霞珠、梅乐,还是金粉黛,居然都是统一的包装,和果汁一样,全是用纸盒子包装的!在我心目中,这么神圣、讲究的红酒居然就用纸盒子简单包装了?我被美国人的现实彻底打败了。

回到酒店,我还没有放弃我的"讲究"——去前台要一只高脚红酒杯。酒店前台是一个黑白混血的女生,她对我说:"我们酒店开业十年了,从来就没有提供过高脚红酒杯。"看到我惊讶得下巴都要掉下来了,她从柜台下面拿了

▲ 夏威夷是富人的天堂

两个纸杯递给我说："我们只有这个，你拿去用吧。"我只能接过纸杯，别无选择。

回到房间，我打开了红酒纸盒子，把酒倒入纸杯里，依然把倒满红酒的纸杯举起来，只是彻底告别了那种"讲究"和"优雅"。喝完第一杯，我索性把纸杯子扔了，拿起红酒纸盒，直接对嘴吹了。

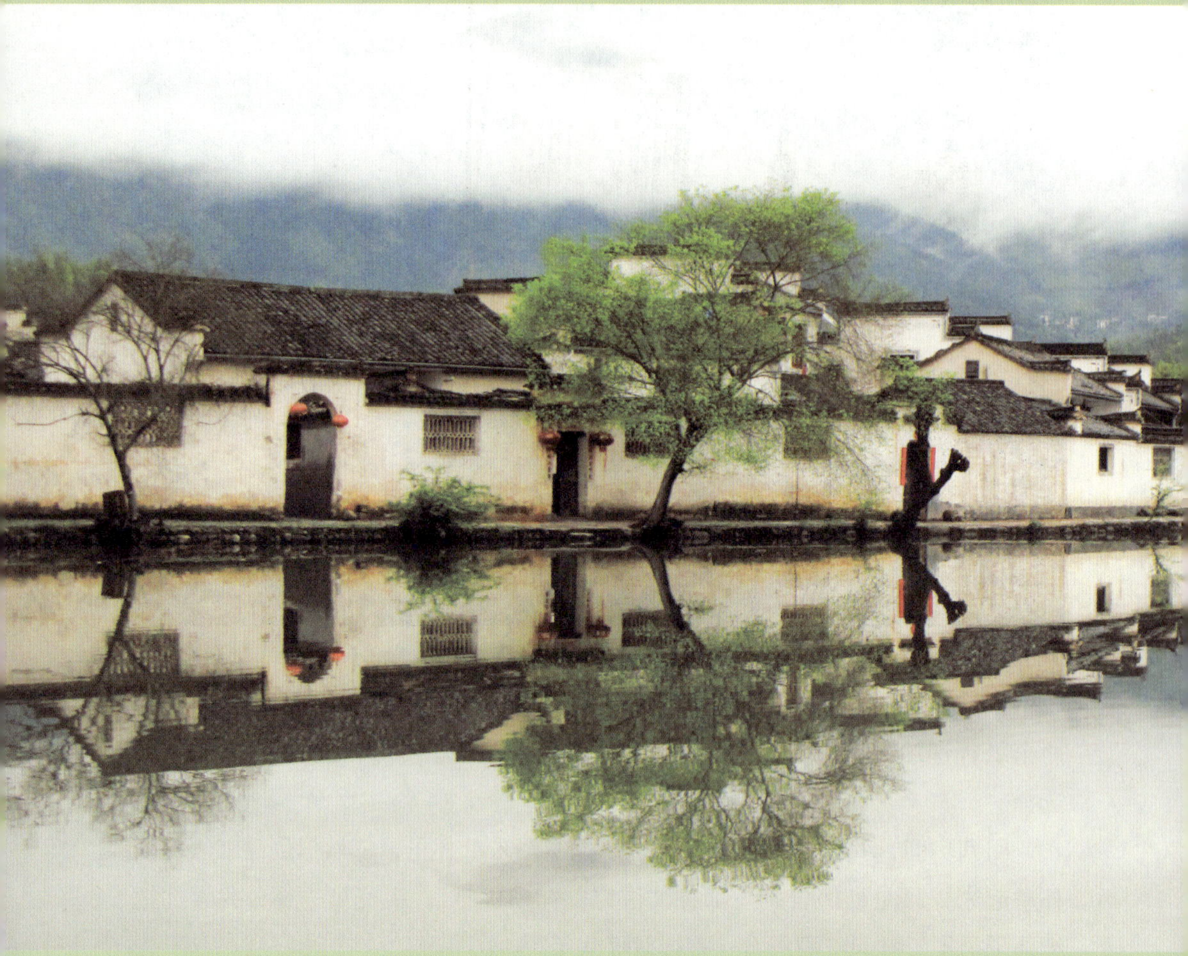

The Most Beautiful China

最美中国篇

西方有很多东西很好、很唯美，但是他们缺少中国文化的多样性，不能入木三分地刻在你的脑子里。况且西方的东西永远是人家的，即使移民过去也不属于中国人！

一、跟拍傣族妹妹的婚礼

（一）酒驾到了山底，彻底断片

提起傣族，我们就会浮想联翩。傣族人把男人叫作"猫哆哩"，女人叫作"骚哆哩"，就连上厕所也自称"去唱歌"。傣族人的泼水节享誉全球，傣族的女孩子个个都身材苗条，A 型的纤细小腰随处可见。傣族的文化习俗时刻都在牵引着游人的脚步，一不留神就勾着我们情不自禁地飞向了七彩云南，接着又沿着孔雀飞的方向奔向傣族的聚集地。

这里首先提一个人，他是朋友介绍的，祖籍四川，人称汪哥。他可是个了不起的人，听他的口气，上可接天庭，下可接地气。他在新疆当过兵，受了伤，不得已转业去深圳做生意，发家之后就把资金投到了云南。由于他投资的地方都处于边远山区的少数民族地带，钱没有怎么赚到，却交了许多少数民族的朋友。从老挝边界香蕉地的傣族村主任，到南糯山的千年茶树王，就没有他不认识的。可以说，他现在已经在云南这片热土扎下了根，成了一个名副其实的云南人。

汪哥是一个性格豪爽、脾气火暴的人，听说我们到了就把电话打了过来，寒暄了两句就说："好了，我知道你们住的酒店了。我下午 5 点过去，带你们去海拔 3500 米处的一个农家乐，那里有会上树的跑山鸡，还有自己池塘养的鱼。你们一定会喜欢的。"不一会儿，汪哥如约而至，开着一辆老款奥迪车，带着往日的风光。他不修边幅，头发也没多少，走起路来有点晃，这可能和他那次受伤有关系，不过那架势倒是有几分总想和别人拼命的感觉。

我们沿着山路开了约半个小时后，到达了一个山坳里。一个张灯结彩的农家院就建在半山腰处。山坳的底部是一个小湖，里面养着不少鱼。我沿着泥土路围着湖边转了一圈，周围安静得要命，隔着一里路说话恨不得都能听见。旁边就是森林，偶尔会被林子里"扑腾，扑腾"的声音吓着，后来才知道这声音就是那些跑山鸡造出来的。

当我还在与大自然静静交流的时候，对面的农家乐就传来了喊我吃饭的声音："金博士，快回来吧，要开饭了。"声音拉得很长。我赶回来后，看见饭桌上有一个巨大的军用水壶，立即充满了好奇。汪哥说这个军用水壶可以装5升的水，是他以前特别好的战友送给他的。但是今天这里装的不是水，而是整整10斤自酿的高度米酒，酒精度数不低于55度。

"金博士……"他刚要说下去，我就先打断了他的话。虽然我们看着年龄差不多，但我还是长他几岁，我对他说："汪老弟，你称我为金博士，那就见外了。如果你认我这个好朋友，那么就叫我'老金'或'金哥'吧。"

"好的，我就叫你金哥了。这是我朋友酿的纯粮食酒，没有任何勾兑。今晚我们几个人就把它干掉吧。"他边说边拍着军用水壶。我是不喝白酒的，可是人家那么热情，怎么也要表示一下。于是，我就爽快地说："行，可以喝一点。"

对了，差一点忘了介绍一起去的哥们儿了。这个人就是老徐，也是我的表弟。我们从英国回来后，又在武汉见了面。谈完了项目以后，他说还没有去过云南呢。我一听差点把大牙笑掉了，这个自称走遍了世界各地的哥们儿居然连中国最美的云南都没有去过，而我去过20多次了，每次去还是那么有激情、有冲动。我告诉他，那就一起去云南，同时我也托朋友介绍了汪哥接待我们。

老徐是个自我保护能力非常强的人，也很自律。他和我截然不同，我属于性情中人，也有几分义气，有时就是牺牲自己也不会扫哥们儿的兴，因而做事也没什么原则。但老徐不是，他不认可的事情就不会去做，哪怕把哥们儿都得罪了。就在今天晚上，当美味鸡汤、野味，还有用柴火灶烧出来的大锅鱼呈上来的时候，老徐也感动了一把，放下了架子，和大家你一杯，我一杯，不知道喝了多少。

远方的诱惑——遇见最美的风景和自己
Passions for Seeing the World

▲ 一个很有特色的农家乐就在半山腰上

汪哥还带来了一位傣族美女,她边吃边给我们介绍傣族的文化。兴奋的时候,美女还端起酒杯,唱起了傣家歌曲,接着说:"岁!岁!岁!"原来这是傣家祝客人吉祥如意,也兼有祝酒的意思。汪哥告诉我们他自己也非常喜欢傣族的文化,而且现在几乎就是傣族的一员,他曾经在一个傣族村寨投资一个项目,由于对村子贡献很大,村民们差一点就把他推到了村主任的位置。

半醉之间,我拍着汪哥的肩膀说:"老弟,我这次来的目的有两个:一个就是让我表弟开开眼,看看我们七彩云南到底有多美;另一个就是我很喜欢傣族文化,想深入了解一下。"此时,他已经喝高了,听我这么一说,和军人一样腾地站起来说:"金哥,这两个要求我都包了。我带你们先去基诺族的寨子看看,然后去拜访千年茶树王。明天正好有一个傣族妹妹结婚,他们是我介绍的,我带你们去参加他们的婚礼,去吃喜酒,去见识一下傣族的婚宴。"听到这里,我太兴奋了,能赶上参加傣族人的婚礼太不容易了。于是我把2.5两的酒杯倒满,也给汪哥斟满,说:"老弟,我敬你一杯。"说完,两人的酒杯一撞,接着一饮而尽。那边的老徐和汪哥的其他朋友还有傣族美女也没有闲着。此时军壶里一大半的酒已经没了。

（二）寻找千年茶树王

第二天我醒了，却一时想不起来自己在哪里。此时，窗外已经蒙蒙亮了。我看看天花板，又看看房间，终于想起来自己是在云南的普洱，但是怎么都回忆不起来昨晚是如何回的房间了，衣服没脱居然就睡了。其实，这家酒店也是汪哥推荐的，这是普洱市最好的酒店，后面还应该有一个湖，据说很美。

想到这里，我立即爬了起来。一种要呕的感觉猛然涌了出来，我强忍着走到窗前，一下子惊呆了。远处是隐约可见的山峦，再往近看是绿色的湖水，水面上有着仙女下凡般的薄雾，而眼前是几棵茂密的大树，从树叶缝隙间观赏湖水更具有画面感。看到美景，难受的感觉也没了，我赶紧擦了一把脸，拿起相机就往外走，争取赶在太阳出来之前走到湖边。

这个湖的名字听起来很亲切也很美，叫作"梅子湖"，是靠拦截梅子河蓄水而成的。人们还沿着湖边修起了4公里长的单向栈道，走到头再原路返回，这样来回就是8公里。这里犹如仙境，水面上蒸腾着的一层薄雾更加重了这种感觉；这里是人工氧吧，我很庆幸能来到这里"换肺"；这里也是养镜头的地方，每转一个弯就是一个小景，绝对让你的镜头尽情地施展它的本领。我边走边拍，一会儿和神经病一样地跑，一会儿又驻足瞭望，不知不觉已经大汗淋漓。

依我看，在酒桌上敢端起酒杯的人酒量都差不多。我的酒量和别人没有什么两样。但是我有一个不容易醉的小秘诀，那就是喝多了以后，一定要狂走，一直走到汗流浃背为止。再一个就是能不呕吐就不呕吐，因为一旦呕吐就刹不住了，胃黏膜都有可能脱落，那样喝一次大酒无异于得了一场急性肝炎或者胃病。我今早这一折腾，出了很多汗，再加上及时补水，酒精就自然而然地被排出去了。

往回走的时候，汪哥的电话打过来了："金哥，我已经到酒店来接你了。"当过兵的人就是守时，才早晨7点多钟，人家就过来了。他告诉我今天的行程安排得很满，我们上午要去南糯山的千年茶树王家看茶树，下午要赶到傣族朋友家里参加婚宴和吃喜酒。

我们一起吃了早餐，然后立即出发。经过几个小时的颠簸，我们终于来到

远方的诱惑——遇见最美的风景和自己
Passions for Seeing the World

▲ 每次来云南都要住在这儿附近的梅子酒店

▲ 汪哥带我们走进了野生茶树林

▲ 树上的采茶老爷爷，已经 70 多岁了

了著名的南糯山。经常喝普洱的朋友可能知道，这里是中国为数不多能够找到野生茶树的地方。我们平常看到的茶树基本都是人工种植的，而南糯山的茶树基本上都是野生的，树龄从 300～800 年不等。由于它们主要生长在海拔 1500 米的山上，因而不会被污染，饮茶之前也不用刻意地去"洗"。

　　我们的汽车在半山腰停了下来。汪哥说大家都下来吧，前面没有大路了，汽车开不上去。于是，我们下了车跟着汪哥，他走哪里，我们就走哪里。这里的海拔应该有 2000 多米了，大家一路都是在爬山，累得气喘吁吁的。我也不知道他为什么带我们到这个地方来，就弱弱地问他："我们现在走这么远的路干什么？"汪哥说："我带你们找那棵最老的茶树，也就是南糯山的茶树王，据说它有 800 多岁了。如果能看到这棵茶树王，大家就会交好运的。"汪哥本来就受过伤，他说话也有点喘了："看完茶树王，我们去见见茶树王的主人，到他家里再品品茶。"

　　汪哥说起来头头是道，我们对他深信不疑，所以一直紧跟着他。看着大家对他那么信任，甚至都有膜拜的味道，汪哥索性把上衣脱了，光着膀子大踏步地在前面领路，还找了一根树枝做手杖。他告诉大家，找一根树枝做手杖有两个好处：一个就是帮助你走山路；另一个就是冬季刚过不久，很多蛇也该出洞觅食了。听到还有蛇，我不禁打了一个冷战。

　　这时路边可见不少灌木般的小树，两三米高。汪哥说这就是茶树，别看只有两米高，树龄也要一二百年了。那些四五米高的茶树恐怕要三五百年了。走着走着，大家突然发现茶树上居然还有东西在动，走近一看原来是茶农在树顶上采茶。如今的年轻人都去城里打工了，诸如采茶、养猪、养鸡的事情就留给老人了。汪哥说你如果见到 80 岁的老人在树上采茶也是不稀奇的。正好前面三四米高的茶树上有一个茶农在采茶，看他身手非常灵活，我便上前问他的年龄，他居然说他今年 73 岁了！

▲ 终于找到了茶树王

我们就这样边走边聊，边走边看，顺着山间小路跟着汪哥不停地走。我记得汪哥出发前和我们说走一个小时就差不多了，怎么现在都走了两个多小时了，还不见茶树王的踪影？！我们开始对汪哥产生了怀疑。结果他自信地说这条路是没有错的，只要再翻过一个山坡就到了。大家也没有说什么，接着跟着他走。

大约又走了20分钟，汪哥说那棵千年茶树王就在附近了。听到这儿，每个人都欢呼不已。于是大家四散开去找茶树王，过了一会儿汪哥喊大家赶紧过来，说是找到茶树王了。我们终于看见了一棵大约有10米高的老茶树，为了怕它倒下去，茶农还特意找了几根木棍支着它。它的品相很好，伟岸挺拔，不愧有茶树王的称号。经过将近3个小时的长途跋涉，终于看见了这个宝物，每个人都欣喜若狂，又是拍照，又是抚摸，都想从那里得到仙气。

不一会儿，有几个茶农走了过来，他们看我们对这棵茶树那么钟爱，很不可思议。我们告诉他，那是因为我们终于找到千年茶树王了。谁知那几个茶农哈哈大笑起来，他们说这根本就不是那棵千年茶树王。说着便指向另一个方向说："你们沿着那条小路再走一会儿就可以看见了。"我们大家那个丧气劲儿就别提了，汪哥在我们心中的形象也跌到了谷底。茶农似乎看出了我们的心思，对我们说："其实这棵茶树也有六七百年的历史了。它的形象很好，产茶率也高，一点都不亚于那棵茶树王的。"我们这才找到了一些平衡。

靠着茶农的引路，我们终于找到了那棵千年老茶树。它枝叶茂密，虽然没有那么挺拔，但是也有10米高了。由于看的人多了，为了保护它，老茶树的四周还被围起了铁丝网。我们想摸摸它也够不着，只能在铁丝网外面拍了又拍。老茶树的旁边还搭起了一个小木屋，人们累了可以进去喝点咖啡和饮料。

汪哥说他还是好多年前来的这里，把我们引错路了实在不好意思。我倒不这么看，我们平时也没有时间锻炼，有这么好的机会多走走、多吸几口天然氧气有什么不好呢？汪哥说他已经和茶树王的主人联系好了，一会儿就到他家去做客。

茶树王的主人家距离茶树也不远，步行也就20几分钟。步入他的家就好似进了茶叶加工厂，左边的二层楼其实就是小茶厂。楼下主人用来挑拣茶叶，去次求优，之后再炒茶，炒完之后就放在楼上晒干。如果想压成饼的话，茶在炒完之后就可以压成茶饼，再烘干。我问茶树王的主人，茶叶怎样可以变成熟茶呢？他告诉我可以采取两种方法：第一种就是自然发酵。随着时间的增长，茶叶也会氧化，之后就慢慢地变"熟"了。第二种是人工发酵，采取相应工艺在最短的时间内把茶叶变熟。主人还告诉我，这个茶叶品质很好，如果用人工发酵使之变熟，就会糟蹋这茶叶。难

▲ 主人家自己晒的茶

怪南糯山茶那么有名，据说很久以前马帮来这里就主要是换茶的。

我又问："这个茶树是你家祖上传下来的吗？"茶王告诉我他的运气好，以前包产到户分给他家的。我庆幸当时他没有大脑一发热就开荒种粮，也没有把老茶树砍了去炼钢铁。

主人还用上好的老茶树茶招待我们。他说这是今年的新茶，别看是新茶，也可以泡上十几泡。不过一定要讲究泡茶的方法。在洗完茶后（有人直接略去这一步），第一泡只需用开水冲上5秒即可，第二泡10秒即可，第三泡15秒，以此类推。当然这也不是绝对的，要根据个人的口味来决定泡茶时间的长短。

临行前，我们每人买了两斤老树茶品尝。后来都分给了朋友和家人，他们都觉得这个茶很不错，喝起来苦中带一缕清香，拿到鼻前细闻之，那种特有的茶香沁人肺腑。如果要让我总结一下，我感觉同样都是老树茶，熟的老树普洱就像甘醇的红酒，年龄越长，回味越深；生的普洱就像干白葡萄酒，颜色晶莹剔透，口味也清香有加。

这时已经下午4点多了，爬了几个小时的山，又喝了刮油的普洱茶，现在每个人都是饥肠辘辘的。汪哥也看出了大家的心思，说："弟兄们，我们现在就直奔傣家寨，喝喜酒去。"他还说是他撮合的这对新人，整个傣族村都很感激他，也非常欢迎他和他的客人一起来参加婚礼。

傣族人和汉族人不一样，喜酒可以先在女方家里吃，再到男方家里操办喜事、吃婚宴。婚宴一般沿街摆开，可以吃上三天三夜。我的好奇心越来越重了。婚宴到底吃什么？婚礼有仪式吗？新娘要穿什么服饰？她漂亮吗？她是否也有 A4 的小腰？还有许多问题需要一会儿逐一揭晓。

（三）新娘不是美丽的玉滴

离开千年茶树王的家后，我们就直奔傣族村寨。不知道怎么了，我们大家都觉得车开得太慢。一是大家真的饿了，开不动车了。二是西双版纳到处都在盖房子修路，车确实开不起来。汪哥哼着小曲慢悠悠地开着车，也不告诉我们到底要去哪个傣族村。三是我们的心情都太急迫。首次参加傣族的婚礼，我们真想早点看到傣家的新郎和新娘，还有参加婚礼的帅哥和细腰傣妹，心早已经飞过去了。

我不清楚女人在一起的时候聊的是否是男人，反正几个大老爷们儿在一起聊的话题经常是女人。汪哥是个有故事的人，提起过去的辉煌经历就口若悬河。

他问大家："为什么把女孩子的细腰说成 A4 呢？"汪哥这方面是没有什么研究的，因为他根本不可能知道 A4 是什么。倒是我们这些所谓的老学者一猜就能猜出来。我对汪哥和老徐说："我也不知道我猜的是否对。我感觉 A4 是我们常用的复印纸的一个规格，标准的 A4 纸宽是 20 厘米，长是 30 厘米。拥有 A4 腰的女人，她的腰看起来就和 A4 复印纸的宽一样，不超过 20 厘米。"老徐说我说得有道理，还说这肯定是白领女人发明的。我补充说一定是女秘书发明的这个说法，因为她们经常抱着 A4 纸去复印，没事儿就拿 A4 纸和自己的腰做比较。

这个时候，我们的肚子也开始"咕噜噜"地叫了。为了驱散我们的饥饿感，汪哥告诉我们要去的地方是曼纳麻傣族村，听着名字好像很遥远，其实它距离西双版纳的景洪市很近。现在由于修路，开车过去要两个多小时，等路修好了，估计一个小时也用不了。由于绕路行走，我们也看到了平常看不到的边疆特有的景色，如大片的橡胶树林，还有成片成片的香蕉地。那些一串串的香蕉都被蓝色的或者白色的塑料袋子套着，估计是为了防虫或者加快生长速度吧。我们还看见了小时候在地理课上学过的澜沧江，如今它就在眼前，真有点小小的激动。

不过比我还要激动的一定是汪哥，当汽车下了主路，转到了一条小路的时候，看着汪哥两只放光的眼睛我就知道快到了。这里是他熟悉的地方，是他投资的地方，他为这个村子做过贡献，还差点当了村主任。当然我们不知道他是否在这里有过艳遇。反正他那放光的眼神儿说明了他和这个地方的情感一定是不一般的。

沿着汪哥的目光，我们终于进了真实的傣族村子。整个村子的房子基本都是木制的小二楼，上面的青瓦经过雨水多年的冲刷已经变了颜色，灰中透着黑。它们都被各种树木环抱与掩映，村子整体色调就是绿色和灰黑相间，非常得体自然。倒是偶尔冒出的几座用砖瓦水泥盖出来的白色楼房看上去很刺眼，极不协调。

"我们今天去的是新婚女方的家。"汪哥告诉我们，"这几天她们家要摆三天的酒席，凡是村里的人都可以过来吃饭，如果是远方的朋友就更加受欢迎了。"

"傣族也需要给份子钱吗？"我问。汪哥说要给的，然后我们每个人出了一百元放在了一个红色纸袋子里。

我们进村后拐了两个路口就到了汪哥朋友的家。只见这家的院外院内都摆满了酒席桌。我大概数了一下，估计有 30 多桌。看着我惊讶的表情，汪哥说："男方家里一般摆得更多呢。"我还真想看看男方家是怎么摆的酒席，不知道是否能有这个机会了。

我总觉得和少数民族的人交朋友一定要做到以下三点：首先，你要尊重他们的文化和习俗。以

▲ 途中参加了傣族泼水活动

前我到一个彝族村，一个朋友告诉我曾经有一个汉族的男生把一个彝族女生给欺负了，结果被她的两个哥哥生生地把腿打断了。其次，为人要真诚。汉族人见多识广，比少数民族的人知道得多一些，但是也绝对不能欺骗他们，否则后果不堪设想。最后，要练就一身和少数民族同吃同睡、什么都不计较的本领。只有这样，才能和少数民族兄弟打成一片。

以上这几点汪哥都做到了。他一进院子就把份子钱给了新娘的妈妈，然后和新娘的爸爸来一个熊抱，并把我们一一介绍给新娘一家。我们都是远方的客人，受到了隆重的接待。我们被安排在主桌，桌子上摆着各式傣菜，一大桌子。围着桌子坐的都是村里辈位很高的村民、长辈及有头有脸的人。恰好村主任就在这桌上。我们坐下后，村主任拿了一大塑料瓶的高度黄色米酒给大家斟上。据说这酒是从缅甸搞来的。顺便说一句，这个村子距离缅甸很近，直线距离开车也就一小时，所以家里常有缅甸的产品也不奇怪。

由于是喜酒，我礼貌地喝了一口，但无论是味道还是色泽都不是那么回事儿，我就再也没有喝。桌上摆着丰盛的傣家饭菜，好像也不合我的胃口，色香味都和我想象的不一样。我只吃了几口很筋道的米饭就放下了筷子。我吃饭其实真的很简单，一碗粥、一盘凉菜即可。只要是原生态的蔬菜，不用加工我都吃。当我看到满桌的饭菜都被加工成黑色的、墨绿色的、腌制的食物，我自然就没有了胃口。更主要的是我想趁机多拍几张照片，这个大好机会一定不能错过。此时的汪哥正在大口地喝酒、大口地吃肉，我对他佩服得五体投地。他太接地气了，难怪有那么多交心的少数民族朋友。如果我和他比赛野外求生，不用说首先躺枪的肯定是我。

写到这里，我又要隆重推出一位傣族美女了。她就坐在我和老徐的旁边，村主任说她是村里最能干的傣妹，上过大学，当过老师，所以刻意安排她陪我们吃饭。说话间，我也仔细观察了她，她身穿很得体的傣族服装，色彩搭配和设计与她都很般配。她的腰也许不能达到 A4，但是已经很不错了。她很健谈，属于既有少数民族气质又兼有大家闺秀特质的女生。闲谈之间，我发觉老徐似乎对她产生了浓厚的兴趣……

（四）参加傣族婚礼

我看大家都在吃着、喝着，兴奋的时候便"捉对厮杀"，不是两个两个地喝酒，就是一起聊天，于是我站起身来，拿起相机，在新娘家的各个角落、婚宴的里里外外，把参加婚宴的男男女女该拍的都拍了下来。

在版纳，即使2月过去也是很热的。因而这里也是北方人冬季的天堂。每到冬季来这里的游客络绎不绝。这里海拔较高，特别是思茅，海拔在1500米左右，气候温和湿润。这里工业基础薄弱，物价也很便宜，几元钱就可以买一大碗米线。如果吃得太多，不妨再喝几杯驰名中外的普洱茶，既刮油又健康。如今去西双版纳和思茅都有从昆明直飞的飞机，交通很方便。如果有一天我打算买一个冬季度假房的话，那么西双版纳或思茅一定是我的首选。

我上蹿下跳地一通乱拍，T恤衫几乎都湿透了。我又回到了酒宴，此时老徐和那位傣族美女聊得正酣。我坐下后才知道这位美女是傣族村里很能干的女干部。她看我拿着专业相机还以为我是记者呢。我告诉她，我只是拍着玩，自己也喜欢傣族文化，这次就是和老徐过来采风的。她听到后热情地为我们介绍了很多鲜为人知的习俗。

她边说边指着桌上的菜，告诉我们它们都是什么名字、什么来历。傣族的婚宴菜肴品种很多，主要菜肴包括血百旺、剁生撒撇、烤肉、喃咪蘸水、包烧、炒牛肉、芭蕉叶蒸鱼等。经她这么一介绍，我们也吃得有滋有味起来。

随后，她带我和老徐去她家参观。我们边走边聊。出于好奇心，我也问了她好几个敏感的问题，本来以为她会觉得很尴尬而不愿意回答，没想到她都很大方地逐一作答了。

我问女方和男方在家里谁的地位高？她回答："当然是我们女人的地位高了。这是因为女人在家里是付出最多的，理所应当地位也高。"

我问："你们傣族离婚率高吗？"她说："以前不高，现在也不低了。"这都是现代文明冲击的结果呀！我内心在感叹。

我又问："离婚容易吗？"

她说："还是比较容易的。双方父母有一定的作用，但是最后决定权在我们村主任手中。他会决定怎么离婚及财产的分配。"

256 | **远方的诱惑**——遇见最美的风景和自己
Passions for Seeing the World

▲ 村子里很有文化的玉滴

"那村主任就和我们的法官差不多了。"我说。

"可以这么理解吧。有的时候,如果是男方的错误,而且还是他先提出来的,那就要赔偿女方。"她回答道。

我这时想起了我们汉族,虽然现在社会经济都比较发达了,但是那些传统的旧思想还是很重的。虽然这只是极个别的例子,但男人思想的深处还是有着根深蒂固的残留物的。于是我问:"你们新郎在乎新娘不是处女吗?"我也没有打算她能回复我。结果她说:"我们傣族是不在意结婚时候新娘是否是处女的,我们强调的是真感情,如果没有感情,两个木头人在一起又有什么意思呢?"听到这里,我发现傣族的观念比我们汉族要超前多了。

和别的傣族人家一样,她家也是木制的二层楼。楼上一般住人,而楼下是厨房,还有养鸡和家人活动的地方。她家的院子里种了很多橡胶树,每年都可以割胶,然后卖了赚钱。院子的后面是一个土和砖垒起来的厕所,据说厕所砖墙上有一块砖可以活动,把砖抽出来之后,就能从洞里看到外面。每当发现有人来的时候,里面的人就会引吭高歌,这是在告诉人家:你先别过来,我在上厕所呢。

西双版纳地区每年最好的时候也就是12月到次年的3月,其余时间都热得要命。不知道是出于经济原因还是有别的考虑,有些傣族村民至今不用空调。老徐也纳闷，现在家里安装个抽水马桶并不费事，可是傣族人为什么就不用呢？姑且不管是否有钱安装抽水马桶或空调，当我走进傣族村落的时候，就发现这里其实是最天然的、最符合自然规律的，因为人类的活动很自然地融入大自然的生物链中，日复一日，年复一年正常有序地循环。他们的房子是用树木和竹子在田里盖起来的，即使倒塌，大自然也会接受，不会排斥，而人的粪便也会顺理成章地回归大自然。相反，人类科技的进步貌似能促进社会的

▲ 新娘的头饰一定花了不少工夫

发展，也许还能改善我们的生活质量、方便出行等，但是新科技下的那些水泥和玻璃将是大自然这个生命体永远的痼疾，它们永远不会被大自然所接受，反而会像癌症、肿瘤一样影响大自然正常的循环。

傣族美女还透露了一个重要的信息，那就是新郎的家就在景洪市附近，我告诉她我们明天就在景洪。她说："如果你们明天就在景洪，不如我们一起去新郎家参加婚礼吧。明天的婚礼会更正式、更隆重、更有傣族特色。"这样的好事岂能错过，我和老徐立即接受了邀请。

第二天一早，我们约好了在景洪的一个路口和迎娶新娘的车队会合。不一会儿，十几辆车排成一条龙，向我们缓缓开来。由于还要等别人，车队停了下来。新娘也下车休息，我立即走过去给她和新郎拍照。看到她合体的婚纱及精美的头饰，说亮瞎眼了一点都不夸张。我都怀疑她昨晚没有休息，因为这么复杂的头饰肯定要花费几个小时。

（五）唯美的西方永远比不上我们文化的多样性

那天，新郎新娘的婚车浩浩荡荡地从西双版纳那边开到了郊区的一个傣族村，那就是新郎的家。刚进村寨，我们就听到了噼噼啪啪的鞭炮声，还没有到

新郎的家，就看见整条街道都摆好了酒席桌，长长的，几乎看不到头儿。一走进院子我们就发现凡是有空的地方几乎都摆满了酒席桌，估计一百多张酒席桌是有了。

院子的一个角落就是临时搭起来的厨房，几个灶台都没有闲着，有的煮饭，有的炒菜。炒菜锅巨大，只能用铁锹翻炒，而操铲的大厨居然都是女的。我真佩服傣家女子，人家年轻的时候，有着A4般的小腰，还那么漂亮，为老公脸上贴金；结婚以后，就担负起了家里的一切大小事情，最重要的是家里的钱也主要是女人来挣；等有了孩子，又要自己照顾孩子；再老一些了，身体发福，也变得壮实了，家里大大小小的事情就全揽过来了，像在暴晒下提着铁锹汗流浃背地炒菜的事情自然是女人的事情了。你可能会问：那男人干什么去了？据说，作为猫哆哩的男人只要在结婚前表现好点，走进女方的大门后就算大功告成了。也许是习俗的问题，女人一般不太要求男人是否能挣大钱，甚至是否能挣钱，不知不觉中男人就养成了好吃懒做、整天打牌、无所事事的毛病。有的男人还整天游离于不同傣妹之间，而善良的傣妹们也多是睁一只眼闭一只眼。

在男女双方亲属、朋友的簇拥下，新郎、新娘被推到二楼客厅旁父母的房间。接着就要举行结婚仪式了。仪式一般由德高望重的长老、村主任和家长主持，名门望族还会邀请大佛爷做主持。他们会让小夫妻盘坐在地上，然后用很细的线绳把他们两个圈起来，再让他们双手合十，大佛爷或者长老就开始像念经一样念上半个小时。我发誓我一个字也没有听懂，从新郎、新娘的眼神看，他们也似懂非懂的。之后，大佛爷、长老、村主任、长辈、老人都排起长长的队一一走过去，把一条小绳子系在新郎和新娘的手腕上，这种仪式叫

▲ 男方家的宴席摆了一百多桌

最美中国篇　259
The Most Beautiful China

"拴线"，线的线形、颜色都不同，意义也不相同，不过大致意思就是祝福圆满和驱邪辟邪。这个过程要看有多少长辈参加，如果多的话，就要一个多小时才能结束。

此时，二楼客厅外面坐着十几个娘家过来的傣妹，她们个个貌若天仙，是婚宴中一道最亮丽的风景线。她们大声地唱着歌，

▲ 后厨是露天的

不时齐声大喊："岁，岁，岁！"男方一个管家模样的男士不时地笑着和她们理论着什么，不过每当他还没说完一句话，就会遭到这些傣妹的强烈回击。

我不知道他们到底在干什么，就问陪我们过来的那位傣族美女。她告诉我们之后，我们才恍然大悟。原来，这些傣妹代表女方家里正在向男方"索要"东西，今天她们的目标很明确，就是要够一大卡车的饮料，如矿泉水、王老吉、可乐、红牛之类。男方的代表就是装穷，能少给就少给。一大卡车的饮料是什么概念？怎么也要几百箱吧！我看了看她们的战利品，也就有十几箱，这距离她们的目标还差得很远呀。

我又拍了无数张珍贵的照片，汪哥和老徐一直都在看着我忙活。我看差不多了，就准备和他们一起吃饭，而就在这段时间，所有酒席桌都坐满了人。我们又去了外面的街上，而那里的桌子也都满了。傣族美女让我们跟着她，她带我们去了一个类似开放式仓库的地方，那里还有几张空余酒席桌。于是，我们就坐了下来，和傣族朋友们一起用餐。这个婚宴，要连续摆上三天才算正式结束。

吃完饭，汪哥说下午再带我们去个更有意义和特色的地方。由于时间比较紧，要马上出发。临上车前，我们发现老徐不见了，找了半天才发现他正在和那个傣族美女聊天呢。后来才知道，他们那个时候正在交换彼此的联系方式。

在离开西双版纳之后,有一天我们突然听到老徐情不自禁地说着"岁,岁,岁",他也把我带回了在西双版纳的那些日子。我就问老徐:"你是不是情系傣族了?"老徐说:"不能说是情系傣族。但是那几天所经历的一切就像梦境一样萦绕在脑海,挥之不去。"

我告诉老徐:"其实我也一样。西方有很多东西很好、很唯美,但是它们没有中国文化的多样性,不能像入木三分一样刻在你的脑子里,况且西方的东西永远是人家的,即使移民过去了也是不属于中国人的!"

老徐说他要再去昆明走走,而我为了生存还要赶紧回北京工作,就不能陪他了。我突然又想起了那个美丽的傣族美女,就问:"你和她这两天联系了吗?"老徐说:"联系了,她是一个很大方的女人,昨天还在微信里给我唱了傣族的歌曲。"说着他还放给我听了。

我们就这样暂时分道扬镳了。在回北京的飞机上,我看着窗外起伏的云层,心情难以平静,情不自禁地想起了那位傣族美女在微信里的歌声,委婉、风情、动听。我更想到了那位特点鲜明的汪哥,没有他,我们不可能有这样一个好的机会深入地了解傣族文化。

二、走，跟我去阿尔山

有人说，香山的红叶最壮观；也有人说，单一色调之美要看婺源。

大家说的都有道理。然而，如果你去了祖国北部大兴安岭的阿尔山，就会觉得香山虽美，但过于渺小了；婺源的美虽有规模，却少了立体之感。于是，我们选择了一个鲜为人知的地方，那就是距离北京2000公里的阿尔山。

去阿尔山最方便的可能就是自驾了。首先，阿尔山只是目的地，景色最美的可能是沿途的风光；其次，去阿尔山的其他交通方式尚不健全。

所以我们就选择了自驾的方式。首先，我们从北京开车先到承德、赤峰，然后到达通辽。赤峰到通辽正在修路，我们的车颠得差点散了架，更别提车上的人了。到了通辽要住一晚，第二天我们再启程去乌兰浩特，然后去阿尔山。阿尔山是一个小镇，而去阿尔山景区——森林公园，车还要再开上80公里。这一路都是泥泞的小路，没有路标，我们几乎是摸着走的。

从乌兰浩特去阿尔山市大约有260公里。前一半的路程比较平淡，而后半程沿途的风景令你欲前不能、欲停不能。前两天正好降温，一场大雪把整个山区染成了白色。道路两侧大片大片的白桦林都结上了冰挂，在阳光的照耀下，晶莹剔透，很是喜人。

到阿尔山市必然经过一个温泉小镇。这是一个很整洁的小镇。也许人们最早在这里发现了温泉，随着来泡温泉的人多了，周边便建起了不少楼堂宾馆。

从这个小镇去森林公园景区只有80公里的车程，我们却要开3个小时的车，原因就是道路崎岖不平，异常难走。如果开一辆越野车，情况就会好一些。到了景区的时候，天已经完全黑了，车外的温度降到了零下9摄氏度。远处有一排灯光，原来是山上老乡开的旅社，每家基本上用的都是火炕。一想到那热烘烘的土炕，心自然就热了。房价也不贵，每间100多元，带卫生间，有火炕和火墙。半夜的时候，我们还会被热醒。

翌日，天还没有亮，我们就已经踏上了探索景区不同景点的路，那一幅幅天籁般的画面也就活生生地展现在眼前了。

去阿尔山虽然路途遥远，也非常辛苦，但是一路的风光却令你驻足数次，流连忘返。这些风光的壮丽是我们居住在平原地带的人根本想象不到的；这些风光的宏大，更是让身居热带、亚热带的南方同胞们赞叹不已。

从阿尔山回来，途经乌兰浩特市，我看见了路边有一座气宇轩昂的庙宇。定睛一看，原来是"成吉思汗博物馆"。这可是在中国屈指可数的博物馆，能在这里偶遇，实在难得。我立即对我的朋友说："停车！去看看成吉思汗！"

这是一座高大的博物馆，绿顶白墙。它建在一座山丘上，可以说是该市的地标性建筑物。登到最高顶，你可以俯视全城，将一切尽收眼底。

半山腰处是成吉思汗箴言长廊，记载着成吉思汗的语录。我们走进庙宇，迎面看到的便是成吉思汗的雕像，他虽慈祥、富态，却有着压倒一切的威严。因为他当时率领着蒙古大军，用铁蹄和铁甲征服了世界。从当时的领土看，他的军队直抵西欧和北非，几乎把波兰纳入了自己的疆土；北部渗透到俄罗斯，也许当时他觉得西伯利亚并没有什么宝物，因此北部的疆域只涉及蒙古和俄罗斯的一部分；在东部，他的军队把整个朝鲜半岛几乎踏平了；而在南部，他的铁蹄兵踏入了印度的领地。总之，他的军队侵入的国家多达40多个。

至于当时的疆土面积有多大，没有一个固定的说法。有人说是1200万平方公里，有的资料称是1800万平方公里，也有的说达到2400万平方公里。之所以说法不一与统计的年份和对当时的了解程度不详有很大的关系。例如，成吉思汗军队到过的地方是否就能划为自己的疆域？其实三次西征每次的疆土面积也是不一样的。不过有一点是肯定的，那就是当时的疆域肯定比我们现在的国土面积大得多。据《元史·地理志》记载，元朝的疆域是"北逾阴山，西极流沙，东尽辽左，南越海表""东、南所至不下汉、唐，而西北则过之"，包括了蒙古全境和俄罗斯西伯利亚地区及泰国、缅甸北部的一些地方，面积至少相当于今天中国疆土的两倍。

成吉思汗凭什么可以征服世界？我认为有以下两个原因：第一是他的军队。当时的世界各国没有坦克、飞机、大炮，军用交通工具几乎没有，那么谁拥有了庞大的骑兵部队，谁就掌握了时间，掌握了战争的主动权。当时的成吉思汗帝国是在大草原上，游牧生活和骑马征战是他们的本性，在世界很多地方还没有意识到马匹可以用来打仗的时候，成吉思汗军队的铁蹄已经把它们夷为平地了。第二是成吉思汗好战的性格及对疆土征服欲的驱使才使得他一生都处于战争中，几乎没有停歇过。

不过疆土面积再大也是昙花一现。世界永远是分久必合、合久必分的。记得《射雕英雄传》中，郭靖问大汗："你有无尽的疆土，那么你死后会占用多大的面积？"大汗说："也就是一个棺材大的地方吧。"

如今，人死后也就占用一个小方盒子的面积。所以，人活着的时候还是少贪为上，因为当你两眼永远闭上以后，你生前所挣来的一切就都和你无关了。

三、不寻常的鄂豫渝

（一）拨云驱雨现武当

多年前，我用一年的时间就跑完了四大佛山，逢佛便拜，遇神则敬，后来又陆续去了五岳名山，从北岳恒山到南岳衡山，又从西岳华山到东岳泰山，再到中岳嵩山，无不留下了我的汗水和足迹。之后我又专门拜访了龙虎山、青城山、三清山、黄山。唯一遗憾的就是没有光顾湘鄂一带的名山——武当山。

这次我终于来到了雨中的襄阳。秋天的鄂北也不说把雨水留给明年，却在我们造访的时候下个不停，以至于我们都有了放弃去武当山的念头。但是我们还是如期到了十堰市，到了武当山山下。晚上，朋友用当地高度的武当牌好酒款待了我们。酒过三巡，外面的雨似乎还在有节奏地嘀嘀嗒嗒下个不停。我也不胜酒力，为了第二天能顺利上武当山，也不敢放开喝。此时主人似乎看出了我的心思，就说："这雨是停不了了，明天你们也别上山了，干脆今晚在这里一醉方休吧。"可是我的潜意识告诉我明天一定是个好天。

也许是我的虔诚，凡是我真心想去的地方，都会遇到上天的眷顾。举个例子，我很喜欢英国的剑桥，每次都诚心而至，在我去过的几十次中，似乎遇到的雨天只有为数不多的几次。我的已故好友、著名科学家黄大年的家就在剑桥，他告诉我："老金，你很有福气，我们住在这里十几年了，下雨的天数至少要在60%以上。你真有运气。"

还有一次，我坐了一天一夜的长途车后终于到了梦寐以求的亚丁，走到

▲ 号称"第一山"的武当山

　　雪山山脚下时，同去的朋友都觉得看不到"金山"（夕阳下的金色雪峰）而早早地下山了，而我告诉他们一定会有的，于是我就在海拔4000多米的高原多等了一个多小时，果然功夫不负有心人，"金山"终于出现了。看到这个情景，我的眼泪都掉下来了。

　　这次武当山之行，我相信我们还会有好运的。第二天一早，我们还是按时出发开向了武当山。早上天还是雾蒙蒙的，等到了武当山山脚下，天空的云似乎被一种无形的力量拨开了一条缝隙，蓝天就这样露了出来。车走到半山腰，云已经悄悄地变成了白色，而那蓝蓝的天更是蓝上加蓝。我再一次被感动，上天总是那么善解人意。

　　朋友还特意从单位请来了曾经是导游的美女职员陪同我们。也许是我的知识太肤浅，我很惊讶这个年轻的女孩子居然对道教文化有着那么深的理解。我们边听她的耐心讲解，边欣赏武当山的美景。我从她那里也学到了很多网上根

266 | **远方的诱惑**——遇见最美的风景和自己
Passions for Seeing the World

▲ 走到景区门口，天居然放晴了

▶ 远观"金顶"

本查不到的知识和民间故事。

我也没有太浪费时间，在爬向"金顶"的途中，贪婪地用相机拍着，于是就有了下面的雨后的武当山。

（二）古隆中 PK 卧龙岗，谁才是山寨版

如果稍加留意，你就会发现在中国居然有两个"三顾茅庐"之地：一个位于河南南阳的卧龙岗；另一个在湖北襄阳的"古隆中"。两地都是中国著名的历史文化景区，而景区内均设有草庐、古柏亭、抱膝石、半月台、老龙洞、野云庵、诸葛井、躬耕亭、小虹桥等景点，也都存在 1700 年以上。

那么，哪个是真的，哪个是山寨版的呢？

从存在的理论基础分析，支持南阳卧龙岗的学者认为：这个问题根本不用讨论，人家诸葛亮在《出师表》中就明确写道："臣本布衣，躬耕于南阳。"唐代的大文豪刘禹锡在《陋室铭》中曰："南阳诸葛庐，西蜀子云亭。"诸葛亮就是在南阳躬耕的，"三顾茅庐"的故事就是发生在南阳的卧龙岗。

支持襄阳古隆中的学者认为：当时的南阳很大，现在的襄阳属于南阳的管辖范围，襄阳的古隆中根本就不起眼，无人知道，因此在文献上就用南阳代表了。那么当时的南阳呢？学者们认为当时的南阳叫"宛城"。这听起来似乎也有道理，就像我们现在说自己是北京人，其实也就住在延庆的一个山沟里呢。

比较有说服力的是《三国志》里的《隆中对》，陈寿在《三国志·蜀书·诸葛亮传》中对诸葛亮当时纵谈天下大事的一段记载中认定，"三顾茅庐"就是在古隆中发生的，而刘备、诸葛亮两人具有历史借鉴意义的对话也就称作《隆中对》了。如果《三国志》是正史，而《三国演义》是野史，那么"三顾茅庐"发生在古隆中的可能性就比较大了。不过，从建设历史来看，南阳的卧龙岗最初建于魏晋时期，已经有 1800 多年的历史了；而古隆中建于西晋，距现在有 1700 年的历史了，比南阳晚了 100 年。

这就很有意思了，如果南阳卧龙岗是假的，那么当时的南阳人智商太高了，居然在 1800 年前就知道"三顾茅庐"会成为一个家喻户晓的佳话故事，

远方的诱惑——遇见最美的风景和自己
Passions for Seeing the World

▲ 南阳武侯祠

▲ 襄阳古隆中

▲ 南阳诸葛草庐

▲ 襄阳的"三顾堂"

▲ 南阳武侯祠的牌坊

▲ 襄阳古隆中的牌坊

而且会在1800年后成为一个著名的景区，所以就像当今抢注域名一样赶在襄阳前面修了"草庐"。再者，如果说南阳的卧龙岗是根据罗贯中的《三国演义》中的一句话而来的，那么罗贯中出生于元末，比建卧龙岗的草庐大约晚了1200年。

我本人不是搞历史的，出于兴趣，特意走访了两个地方。南阳卧龙岗低调厚实，而襄阳的古隆中大气工整，但是人工的成分比较多。两个地方都得到了古人和现代名人的认可，南阳的卧龙岗留下了郭沫若先生等名人的脚步，而古隆中更是得到了老一辈领导的青睐，很难分出谁是山寨版的茅庐。有的人干脆说："南阳卧龙岗是诸葛孔明躬耕之地，而襄阳是他研修留学之地。"这样都不得罪。

究竟哪个是真的，哪个是山寨的呢？这事儿还真的只有诸葛亮一人才能给出正确的答案。依我看，我们真没有必要分出个真假和胜负来。因为两者都有很长的历史，本身就是历史文物而需要好好保留起来。就如《笑傲江湖》中《沧海一声笑》的歌词一样："沧海一声笑，滔滔两岸潮，浮沉随浪只记今朝。苍天笑，纷纷世上潮，谁负谁胜出天知晓。江山笑，烟雨遥，涛浪淘尽红尘俗世几多娇。清风笑，竟惹寂寥，豪情还剩了一襟晚照。苍生笑，不再寂寥，豪情仍在痴痴笑笑。"

（三）几乎被遗忘的美景

初到万州，当我走出机场，雨雾中一片灰蒙蒙的，唯有通向市区公路两侧的银杏树叶给这个不起眼的小城增添了几分色彩。据说这还是数年前政府号召重庆各地广种银杏树，才使万州有了今天的魅力。也许雨中的万州很难提起人的精神，更难唤起对万州之美的探求。总之，第一眼的万州是一个人下了飞机就可以转身离开的地方。在我看来，这里既没有人文景观又没有独特的自然风光。

直到第二天好友亲自驾车带我去了甘宁区和一个瀑布所在地，我才知道最初的判断是错误的。先说说甘宁吧。当我看到一个路标指向甘宁的时候，立刻问朋友："此甘宁乃三国甘宁否？"朋友告诉我，此甘宁正是三国时的甘宁。喜欢《三国演义》的我立即来了兴趣。

这里曾经是甘宁的故里，也由于出了这样一个英雄，此地便用"甘宁"命名。据说夷陵大战导致蜀国的刘备驾崩，族人怕受株连，纷纷隐名埋姓，避祸异地他乡。当地人虽敬重甘宁忠勇，也不敢为他张扬，便只在这里偷偷为他垒了个土堆坟，并且不敢竖碑立传。直到1932年，当地教书先生杜介山重新为其垒坟培修建墓后，人们才第一次在其墓前和青龙河新桥桥头处，为他立了两块碑，碑文分别为"大将军甘宁墓"和"吴折冲将军西陵太守甘宁故里"。

▲ 万州也是旅游胜地

然而在那个时期，甘宁墓被毁，两碑被砸。今天，家乡人民为纪念他，正准备在景区内重建甘宁墓，供后人述三国之故事，发思古之幽情。三国时的甘宁距现在已经有2000年的历史了吧，谁还敢说这里没有文化，没有历史？

再说近一点的吧。人言李白也曾经造访此地，并在太白石上作了一个诗谜。后人纷纷猜出完整的诗句，时至今日也没有人能够自圆其说。看官们不妨在此看看这张照片，猜一下这首诗。

令我更为惊讶的是这里居然有一个巨大的瀑布，原名青龙大瀑布，如今被改为"万州大瀑布"。这个瀑布在中国的地理、旅游、教学等领域并没有给予足够的重视，以至于我这个地理爱好者居然也初次领教。腾讯推出的雪珂的《中国最美的26个瀑布》文中居然没有把万州大瀑布列在其中，可见国人目前还没有真正认识万州大瀑布，换言之，我们一直把这么一个有特色的美景给埋没了。依我看，万州大瀑布至少应该排在中国前三名，原因如下。

其一，万州大瀑布规模宏大，即使中国所谓最大的瀑布也望尘莫及。例如，在打帮河流域的白水河段上，河水由北向南，到达黄果树时，河床出现一个大的纵坡裂点形成黄果树瀑布，水流经瀑布后向西绕行一个近似半圆的弧形，弦长 500 米，向西凸出 300 米，由北向南的流向，并形成瀑布。该瀑布宽 101 米、高 77.8 米。

徐霞客描写黄果树瀑布："透陇隙南顾，则路左一溪悬捣，万练飞空，溪上石如莲叶下覆，中剜三门，水由叶上漫顶而下，如鲛绡万幅，横罩门外，直下者不可以丈数计，捣珠崩玉，飞沫反涌，如烟雾腾空，势甚雄厉；所谓'珠帘钩不卷，匹练挂遥峰'，俱不足以拟其壮也。"在他所见的瀑布中，"高峻数倍者有之，而从无此阔而大者"。从那时起，黄果树瀑布就逐渐被人们认为是全国第一大瀑布。也许有了徐霞客的这一段话，才有了黄果树瀑布是中国第一大瀑布的美誉，如果他老人家去了万州大瀑布，不知道该怎么描述了。

万州大瀑布经过专家测算，该瀑布高 64.5 米、宽 151 米，比黄果树瀑布还宽 50 米，其瀑布面积达 9739.5 平方米，绝对是国内最具重量级的瀑布了。经专家鉴定，该瀑布应该是亚洲最大的瀑布。如斯，就更应该得到国人的重视了。

其二，万州大瀑布是兼具人文和自然特点的著名风景名胜区。例如，该地区属于典型的喀斯特地貌，山石陡峭，森林茂密。该瀑布的独特之处不仅因为它的雄伟壮阔，还因为瀑布的走向是呈弓形的，这使得瀑布成为名副其实的水帘洞。沿着瀑布内部的小道前行，从瀑布里面眺望外面的景色，你能感到另有一番滋味。瀑布之下有一约 2000 平方米的石洞，造型奇特，令人神往，是游人坐洞观瀑的绝佳去处。石洞里还修有庙宇，对于来此仙地拜佛祈求的游客绝对是一个好去处。不远处是甘宁将军墓和甘宁的雕像。万州瀑布上游是甘宁水库，它是垂钓、荡舟的好去处。对比中国其他地区的风景名胜，青龙景区在自然景观与人文景观上都毫不逊色。

万州大瀑布之所以被埋没多年，也许和这里的交通一直比较闭塞有关。万州区位于长江两岸，山势险要，来这里一般都要走水路。随着当地经济的不断发展，万州也修通了高速公路，开通了通往各地的航线，极大方便了游客的出行。然而由于其地势较高，又多雨多雾，航班误点是常事。在我准备离开万州的那个早上，9 点出发往机场赶，到了以后才得知机场能见度太低，不能起飞，一直等到下午 2 点飞机都没有起飞。无奈之下，我只能搭乘黑车经过 4 个小时到达重庆机场，然后换乘晚上 10 点的飞机，那天正好又赶上了四川地震，新

远方的诱惑——遇见最美的风景和自己
Passions for Seeing the World

▲ 瀑布水帘后面的佛国

换的航班延误到凌晨 1 点才起飞，到达目的地的时候已经是凌晨 4 点多钟了。由此可见，即使在交通如此发达的今天，来亲睹万州大瀑布的风采也并不容易。

最美中国篇　273
The Most Beautiful China

▲ 号称亚洲最大的瀑布

▲ 如烟雾腾空，势甚雄壮

也许正是因为它一直藏在深闺之中而鲜有人发现，或者是出于交通不便而使之得到了更好的保护，所以这块宝地才没有被更多的人知晓。

四、江南采风

（一）碧螺春与老龙井

1. 明清游洞庭，相识碧螺春

今年的春天来得很迟，三月已过一旬，苏州并没有像人们预期的那样温暖，大街上的人们依然棉衣厚裹，就连往常早已发芽的茶树，至今还缩手缩脚，不肯吐出新芽。

我就是这个时节来到了素有小桥流水之称的苏州，住在了寒山寺的西门。早春的寒冷并没有降低朋友接待我的热情，一大早他们就带我去了太湖东山。太湖上有两个半岛，这里的人却称它们为东山和西山。由于早春晚至，尽管我的眼睛眨都没敢眨一下，在乌云压顶、小雨绸缪的气氛笼罩下，我也没有看出这里的景色真实的魅力。

车子驶入东山以后，一块大的广告牌吸引了我的眼球，上边写道：洞庭山碧螺春茶基地。我立即来了精神："搞错了吧？洞庭山怎么会在这里，碧螺春不是在湖南吗？"朋友说："是你错了。苏州东山洞庭山已经在这里好几亿年了，而碧螺春也是发源于此。"我不禁脸红了，还自称是老师呢。不过搞错了也在情理之中，谁让中国的洞庭湖那么有名呢？我敢保证如果在北京的大街上问100个人，至少有90个人会认为洞庭山就在洞庭湖旁边，所以不知这里是碧螺春茶基地也情有可原。我一直认为品茶是文人墨客、清闲雅士的专利，自

▲ 家庭茶作坊，数代都以炒茶为生　　　　　　▲ 精心严格地挑选茶叶

己粗人一个，从不关心茶文化，即使是现在，我也没有搞清楚乌龙茶和铁观音是什么关系，而龙井和碧螺春又有什么渊源。

朋友说，关于碧螺春还有一段故事呢。清康熙年间，苏州东山洞庭山发现了这种野茶，其味道奇香，采茶姑娘惊讶之际，用苏州当地方言大呼："吓煞人香。"便以此为名。康熙三十八年，康熙帝南巡，发现了这种茶，认为名字不雅，于是就将"碧螺春"之名赐予此茶。

沿着湖边再行驶几百米，道路的两旁便可见众多的茶农。他们自己种茶、采茶、炒茶，然后在路边的店铺里卖茶。带着强烈的好奇心，我们走进了一个茶农的家里。三个妇女正在认真地挑选茶叶，一个老汉在忙着炒茶。热心的女主人告诉我们，今年的春天来得有些晚，她们前几天才开始采茶，我们看到的都是刚冒出来的新芽。顺着她手指的方向，我看到了那些鲜嫩的茶树嫩芽，它们不畏寒冷，在第一时间为我们人类发出了新芽，我不禁为它们的精神所感动。

经过严格的挑选，一些稍微老一点的或者不规则的茶树芽被挑选出来，余下优等的就被放到一个大锅里，由那个身体健壮的老汉在里面翻炒。老汉说："炒茶别看简单，实际上是一门艺术，要手不离茶，茶不离锅，揉中带炒，炒揉结合，连续操作，茸毛不落，卷曲成螺。"他边说边炒，不一会儿，锅中的茶叶由青变暗，20分钟后，慢慢变干，茶叶上面居然还起了一层薄薄的茸毛，甚是可爱。又过了10分钟，茶终于炒成了。碧螺春的品质特点是条索纤细，卷曲成螺，茸毛披覆，银绿隐翠，清香文雅，浓郁甘醇，鲜爽生津，回味绵长。今日一见，果不其然。

女主人用刚炒出来的茶为我们泡了两杯，还没有仔细闻，那种别样的丝丝清香已经渗入鼻中。"买点带回去吧！"主人劝我们，"才1000元一斤，不贵的。如果出了这里就要卖2000元一斤了，到了你们北京就会更贵。前天洞庭山碧螺春茶协会拍卖了第一锅茶，卖出了5万元。"

我仔细盘算了一下，老汉把一大堆茶叶放到锅里，经过半个多小时的翻炒顶多能炒出二两到三两，也就是说，两个多小时才能炒出一斤茶叶，那么老汉每小时可以创造出500元的价值，可是那三个妇女还要花上一个多小时去杂杀青，而从护理茶树到今日的发芽，还需要整整一年的时间啊。这样算来，茶也就不贵了。女主人还说："这碧螺春可是好东西，它清火、解毒、降血脂，是女人最佳的保健品。"真没想到碧螺春竟然还有这样的功效，为了不虚此行，我就买了一些。

第二天，我从无锡机场回北京，在咖啡屋里，我看到了酒单上有卖东山洞庭碧螺春茶的，价格是一杯50元。我不禁问服务员："一斤茶叶可以冲多少杯茶呀？"她说："差不多200杯吧。"那岂不是10000元一斤了？我暗自得意，觉得自己买的碧螺春还是很值的。于是我点了一杯碧螺春茶，服务员随即将热水先倒入高高的玻璃杯中，然后将少许茶叶放入水中，并说："碧螺春就是要这样泡，先放水，再放茶，水温要在80度左右，然后将水倒掉2/3左右，再以沸水冲之，你就可以品它了。"

我眼睛盯着杯中的茶叶，在温水中，那薄薄的一层白毫溶掉了，冲以沸水以后，茶叶全部展开，这时水色已绿如碧玉。我品了一口，清醇的碧螺春已经使我登机回北京的念头变得不再重要了。

2. 西湖龙井别样情

我能找到龙井茶的发源地，那纯属歪打正着。

那天我在西湖旁一个茶屋品茶，一个导游走过来问："你是来杭州旅游的吧？"我下意识地打量了自己一下：我怎么就不像一个杭州市民呢？竟然一眼就让别人看破了。没容我回答，那人接着说："我带你在杭州四处走走吧？保证你满意。"我也算是来杭州无数次了，但还真没有把杭州仔细地看看呢，这次的机会千万别放过了。于是，我就上了他的车。

车子离开西湖有半个小时左右，驶入了上山的公路。弯曲的小路两旁是郁郁葱葱、枝叶茂密的绿色植被，有树，有灌木，有绿草，给人一种曲径通幽的感觉。为什么要来这种远离西湖美景的地方呢？这时导游说："我们马上就要到狮峰山了。"

"狮峰山是什么地方？怎么这么耳熟？去那里干什么？"我问。

"狮峰山就是龙井茶的原产地呀！"听到这里我一下子来了精神。我曾经去过苏州的西山、东山，那是为了找寻碧螺春的清香；我走过了武夷山，那是为了品一口世界最贵的"大红袍"；我不远千里去了安溪，那是想一睹铁观音的风采；我去了位于中国最西南部的普洱，那是为了亲手触摸那一盘盘褐色的茶饼。到杭州找寻龙井茶的芳香，也是我多年的梦想。今天，在我没有任何思想准备的情况下，龙井茶的发源地就要到我的眼前了。

我们到了山上的一个村子里。刚下车，我似乎就已经闻到了龙井茶的清香，更确切地说，是感受到了龙井茶浓浓的氛围。路对面是一座老房子，上面的匾上写着"老龙井宝殿"五个大字；房子旁边有几个人正围坐一起，悠闲地品着茶；眼前有一口井，上面写着较大的"龙"字。我走近再仔细看，"龙"字的右边是一个"老"字，而另一边是一个"井"字，连起来，就是"老龙井"三个字了。

为什么中间的"龙"字那么明显呢？这其实是有来历的。据说当年乾隆皇帝游玩到杭州郊区的山上，倍感口渴，就向一山村老妇讨杯水喝。老妇便请乾隆皇帝在自家门前名曰"老井"的水井打水洗尘，自己去冲茶。乾隆洗完后，端起茶水就喝，只觉清香扑鼻，沁脾爽胃。老妇告知这是门前山上的野茶。乾隆赞叹不已，回京后，当即命杭州知府采摘附近山头的野茶作为一年一度的宫廷供品。几年后，乾隆故地重游，来到当年洗尘的老井旁边，想起自己曾用老井水洗去一身疲惫，便对老井予以册封，挥笔在"老井"中间题了一个"龙"字，从此，这口井的名字就是"老龙井"了，附近的山头就是现在的狮峰山，所产的茶被称为龙井茶。这口井被保存至今，由于中间的"龙"字是后来乾隆所题，稍显大些，所以三个字也就不一样大了。我们来到的村子就是瓮家山村。

一个茶农领着我们走进了她的家中，原来她家就有茶园。由于采茶的时间性非常强，茶农基本都是雇用专门的人员来采茶，再加工为成品茶。这里的大部分居民都是茶农，几乎每家都在出售他们自家的茶叶。

说着，这个茶农就拿出了几种上好的龙井茶，并为我们泡上。这是一个气色非常好的女茶农，虽然她看上去有些风吹日晒的痕迹，但依然掩饰不了江南女子的那种清秀。她动作优雅地一边倒茶，一边和我们讲述龙井茶的故事。因此，我从她那里真学到了不少知识。

龙井茶按产地基本上可以分为狮、龙、云、虎四种，后来又有人加上了梅家坞的茶，这样就有五种了。其中以狮峰山的茶质最好。不管哪个产地的茶，都可以根据不同的采茶时间，分为以下几等。

第一等是"清明"前后采的特、高级茶的原料。这时候的茶叶基本上都是嫩芽，如果要炒出1斤这样的上等茶需要5万多个小嫩芽。

女茶农说："你们现在喝的就是特等茶。"我仔细地端详着杯中的茶叶，便看见了一根根小嫩芽，像小天使般倒立着张开翅膀，将青绿色洒向水中；闻一闻，那一丝丝特有的香郁从鼻中沁入肺腑；品一口，那种甘甜的味道会使人有种绝处逢生的感觉。也正是因为它有这样的特质，这里的茶农才不舍得喝，因为它可以卖出好价钱；卖不完的也不舍得喝，因为他们要送给最要好的朋友。所以，绝大部分人用这种茶拉关系，因而这种茶又被当地人戏称"马屁茶"。

第二等是"谷雨"前后至"立夏"前采的"小三档"，即一芽一、二叶或幼嫩的对夹一、二叶，是高、中级茶的原料。这种茶依然属于上乘的茶，只是其颜色比"马屁茶"稍微暗了一些，但是味道依然甘美，所以这种茶被称为"姑娘茶"，表明它还是很嫩、很受欢迎的。

第三等茶是夏秋茶，一芽一、二叶开采，前期采"小三档"，后期采一芽二、三叶。前期的还算不错，这种茶被称为"大婶茶"；而后期的茶，已经被采过无数次了，所以又被戏称为"老太太茶"了。

由此可见，采茶的时间性和季节性非常强，它是决定茶最后质地的最重要因素，难怪民间有句话，叫"茶叶是个时辰草，早采三天是个宝，迟采三天变成草"。

当然龙井茶的制作工艺也非常复杂。其一是要求师傅们有熟练的制茶手法；其二是要求掌控制茶过程中的温度和火力。一斤龙井茶一般需要3万～5万颗幼嫩芽叶，经过摊放（挥发水分）、炒青（炒干定型）、回潮、回锅、干茶分筛（使成品均匀）、挺长头（修正大一些的茶叶）、归堆（放入布袋中）、收灰（收藏，并用石灰做干燥剂）八道工序，才能生产出上等的西湖龙井茶。

茶农还在娓娓道来那说不完的故事，我杯中的茶叶也还没有完全展开，我已经等不及要买走一些了。一斤"马屁茶"在4000元左右，"姑娘茶"2000元左右，"大婶、老奶奶"茶就便宜很多了。我本来还想和茶农砍砍价，听完这些介绍，便觉得这些茶如此珍贵，也就没有再和茶农讨价还价了。

我们就要离开这里了，沿着龙井路驶出狮峰山，看着道路两侧绿油油的大片茶园，心情无比舒畅，我又想到了茶农讲过的另一个传说。很久以前，有一个叫"龙井"的小村，村里住着一个以卖茶为生的老太太。有一年，茶叶质量不好，卖不出去。一个老叟走进来，说要用五两银子买下放在墙旮旯的破石臼。老太太以为自己财运来了，便爽快地答应了。老叟十分高兴，告诉老太太千万别让人动，一会儿便来拿。好心的老太太便把石臼上的尘土、腐叶等统统扫掉，堆了一堆，埋在自家快死的茶树下边。过了一会儿，老头来了，一看干干净净的石臼，忙问石臼中的杂物哪儿去了。老太太如实相告，老头却懊恼地一跺脚："我花了五两银子，买的就是臼中那些垃圾呀！"说完扬长而去。老太太眼看着到手的银子飞了，郁闷无比。然而几天后，奇迹发生了，那些几乎没有生命的茶树的新枝嫩芽一齐涌出，茶叶又细又润，沏出的茶清香怡人。茶树返老还童的消息像长了翅膀一样传遍了西子湖畔，许多乡亲都来购买茶籽，龙井茶便在西子湖畔开花发芽了，"龙井茶"也由此成名。

我庆幸自己无意中觅到了狮峰山的龙井，品到了龙井茶的芳香；我感激那位老太太返老还童的茶树，它为后人造就了这么好的茶。此时我唯一的想法就是赶紧回到房间，泡上一杯最好的龙井茶。我发现西湖龙井已经暂时让我忘掉了碧螺春、大红袍、铁观音、普洱，我似乎已经移情于西湖龙井了。

（二）中国最美的农村

1. 遍地黄花遍地金，屋映水中波粼粼

很久以前，我在一本画册上看到了一幅照片。那是一气呵成的黄金色调，中间几栋徽派房屋位于其中，远处有隐约可见的峰峦。我立即就被这幅图画迷住了，看了又看，合上画册，闭上双眼，那种久久不能逝去的情怀涌上心来：遍地黄花遍地金，屋映水中波粼粼。我后来才知道这个如梦如幻的地方，就是位于江西北部的婺源。

其实婺源原来是一个隶属安徽的县城（现隶属于江西省上饶市），辖众多村落。据说早期安徽的商人们赚了大钱以后，就来到这里修房子、盖小楼、置办地产，因此这里绝大部分的村落都打下了徽派建筑的烙印。那种白色的墙，灰色的瓦，予人以质朴、坦荡、简约的特征。无论是在金色油菜花开满山野的春季，还是在绿色的夏季，抑或是成熟的秋季，这种灰与白色相间的建筑群落总是能和大自然融合得如此和谐。这里的农民绝不放过任何点缀景色的机会，他们会在小桥流水的村内种上几株果树和花草，开花时节，人们的脸也灿烂

▲ 去的时节不对，油菜花还没有盛开

了。有的村民还会把红红的辣椒晒在簸箕中，也有的会在门前挂上几个红灯笼，那红色的辣椒和灯笼与那成片的灰瓦，还有白色的墙共同勾画出了一个美丽的乡村。

我在去之前并没有做什么准备，只希望能在路上遇上更多的新鲜事情，以便使这次旅行更有意思。从景德镇到婺源大约有两个小时的车程。婺源车站有不少类似五羊牌的私家车，他们争先恐后地要拉你去各村看看。我的车主既是司机又是导游，在他的带领下，我去了思溪，据说《聊斋志异》就是在那里拍的。村口有一座老桥，那里好像是村民的活动中心，桥上有打牌的中年人，有打瞌睡的老头、老太太，还有摆摊的小贩。就连狗也在那里凑热闹，居然肆无忌惮地在桥上呼呼大睡。

距离思溪不远的地方有一个非常有特色的景点，那就是宋代建的彩虹廊桥。此桥全长140多米，应该是我国历史最悠久、最科学、保存最完好的木桥。据说，这里雨后西边的山脊多有彩虹出现，与美丽的桥遥相呼应，所以称为"彩虹桥"。也有人说这座桥就像一道彩虹，由此得名。当地的百姓们称经常走过此桥，好运也会不断地出现。和我国其他地方的廊桥不同的是，这座桥并不华丽，根本就没有那些雕梁画栋的图画。那是因为建桥伊始人们认为木桥是需要经常修复的，如果搞一些不实用的刻字和画，根本就保存不下来。另外，为了缓冲河水对桥的冲击，桥墩也造成半船形的，用以分流。同时，桥墩和桥墩的间距也不一样，水流急的地方，桥墩间距就大。另外，距离桥墩50米处人们还修建了石坝，从而起到抬高水面，保护桥墩的作用。可以说，这座千年木桥也体现了中国人的智慧，是世界上不多见的文化遗产。廊桥的对面是一个水车磨坊，大大的水车、错落有致的石坝，还有这座千年古桥，令人觉得这不是现实，而是一个梦境。

从司机的谈话里，我多次听到了"Li Keng"这个地方。后来我知道了，这里有两个村子，同音不同字，一个是"李坑"，另一个是"理坑"。我先去了理坑，村口已经有不少的村民站在那里，他们都是自发的导游。一个村民带我们进了村，原来这个村里还真有不少故事。"理坑"原名"理源"，就是理学渊源的意思。理坑的确出了不少官宦、进士和学士。据资料记载，这小小的村子居然有36人曾任七品以上官职，16人为进士，90余人为学士，由此可见村子的显赫。村子里的小巷很不错，那天天空下着蒙蒙细雨，朦胧中，窄窄的巷子几乎看不到头。一些来写生的学生打着伞在那里写生。那种幽静，那种色调，那种古代与现代的结合令人难以忘怀。也许因为婺源是朱熹的故里，所以这里自古以来就以读书为本，崇尚"读朱子之书，服朱子之教，秉朱子之礼"。

从理坑到李坑开车约一个小时，然而这里竟是另外一种风情。村子的中间是一条小河，小河的上面架满了小桥，小河的两侧则是林林总总的徽派民房。如果把你的眼睛蒙上，当你突然在村子中央睁开眼的时候，你会觉得这是苏州，因为小桥流水就是这个村的特色。然而，这个村子和苏州还有很多不同的特质。这里的民风很朴实，因为这里就是他们几百年繁衍生息的地方；这里的一切都显得粗放一些，不像苏州同里等地已经成为旅游之地。可以说李坑是为旅游而生，而苏州—同里—周庄一带已经是为生而旅游了。这里仍旧保持着旧时侯的传统：清晨，鸡刚打鸣，村里的妇女们已经早早地起来，到河边又是搓又是捶地洗衣服了；傍晚时分，一些卖酒的小店点亮了红红的灯笼，把酒推介给来往的行人。好奇之下，我走进了红灯笼底下的酒铺，卖酒的是一位清秀的姑娘，她说："你都品尝一下吧，喜欢了再买，米酒都是自己家酿造的。"在城市待惯了的人听到这些话还真感动，小村的人真是朴实，大家到这里都有一种到家的感觉。我也不客气，就把几种酒都品尝了一下，有杨梅酒，有药酒，当然还有米酒了。我选了三种，各要了半斤，准备回小酒店和朋友们分享。

我住的酒店就是一个村民的家，一共有五间客房，每间客房也就 80 元，房间里还有卫生间和空调，够奢侈的了。我拎着酒回到了酒店，房东早已炖好了热腾腾的土鸡汤，还有当地的特色菜，如粉蒸南瓜、红色鲤鱼等，其味道之甜美，至今回味无穷。

我在婺源只停留了两天，这里的景色、人文、风土民情已经深深地刻在我的记忆里了。临走时，房东告诉我，这里最好看的还是每年的 4 月，到那时节，金色的油菜花都开了。我脑中又闪现出了那张久违的画片：那满山遍野的金色油菜花，那白墙黛瓦的民房，那一簇簇的红杜鹃。如果有一天我解甲归田的话，我会选择定居婺源；如果命运还要让我马不停蹄地奔走，那么婺源的 4 月必定还是我的一个驿站。

最美中国篇
The Most Beautiful China

▲ 一步一景

▲ 村口拉木头的小车，一直没有弄明白原动力在哪儿

▲ 很多学艺术的学生来此地写生

▲ 虽然家里都有自来水了，但是每家的妇女们还是习惯在旁边的小河中洗衣物

▲ 胡同里的小客栈很有意境

2. 体验宏村与齐云山

我是一个忘性很大的人，如果我能把一个人或一件事记上 24 个小时，那就说明它们已经在我的大脑里自动地刻上了印记，如数年前皖南的经历让我至今难以忘怀。那是一个美如画卷的乡村，那里有纯朴的山民和美丽的村女，那里有中国最美的山和最甜的水。

其实，皖南本身就是一幅由山、水、植被、人文等组成的画，无论谁来到这里，都会感叹它的美丽，都会如梦一般地陶醉于其中。

我们是从苏州凭着直觉自驾奔向古老的宏村的。苏州距离宏村并不很远，约有 5 个小时的车程。那天天气很不好，一直下着中雨，窗外飞过一座座山、一个个灰色的城市。难道宏村也如枯燥的城市一样苍白乏味吗？快到黄山的时候，天突然放晴了，道路两旁居然有了生机，先是越来越多的绿色植被，接着就是如镜的河水，最后居然出现了一片片令人陶醉的黄色菜花。白色的雾、绿色的植被、黄色的花及委婉的流水构成了一幅难以觅到的美景。难怪这里有"中国最美丽的乡村画廊"之称，因为车每前进一米就是一幅新的图画，每走一百米就又是另一番景色。

到了宏村，天色已黑。听村民们说晚上 9 点以后进入村子是免费的，于是我们找了一个土家菜馆，点了一份炖土鸡汤、一份河鱼、一份野菜，津津有味地大口吃了起来。店主是个好心人，他把家里自酿的白酒贡献出来，那香甜的味道居然让我们每个人干掉了半斤。

我们饭后拖着懒散的步子，理直气壮地就要冲进村子。带着红袖标的门卫拦住了我们："村里任何时候都要票的。你们要想进去的话，必须花 80 元。"当我们回到酒店，告知老板，他又说："早 5 点 30 分以前去可以免票。"次日，我们定了早上 5 点的闹钟，果真免费进了宏村，否则就要花掉 80 大洋了。

走进村子，当看见足有 800 年历史的灰墙黛瓦的建筑，当看见充满倒影的小河，当看见山、水、房组成的景色，我们方知这是中国最具有代表性的徽派建筑村落，也是中国最美丽的乡村之一。

有人告诉我，宏村其实是一头"牛"的化身，牛的图腾。远处的山是巨大的牛头，那棵树是牛角，古老的房屋群落便是牛身，绕村落而过的四周小桥则

最美中国篇　285
The Most Beautiful China

▲ 池中的栈桥

远方的诱惑——遇见最美的风景和自己
Passions for Seeing the World

▲ 据说这样能带来好运

▲ 新鲜的笋，又甜又脆

是牛的四个蹄子。初看不太像，驻足而望则越看越像。难怪有人云："山为牛头树为角，桥为四蹄屋为身。"我很庆幸能来此地一游，更羡慕世世代代在这里安居乐业的宏村人。

距离宏村半个小时的车程有一座山，名叫齐云山。这是宏村村民推荐给我们的，理由很简单：清静。黄山虽然距离宏村只有50多公里，但是登黄山的人多如牛毛。显然，去黄山不如去一个清静的地方。我个人也觉得一个美好的东西和地方，如果观赏的人太多了，就不属于你了，只有游人少的地方才能真正属于你。我们改变了去黄山的想法，爬上了不足1000米高的齐云山。

齐云山也是拥有很长历史的老山。山上有40多户人家，午饭时四处炊烟袅袅；家家户户夜不闭门，白天更是大开家门迎接远方的客人。我们的导游就是老山的住户，她领我们走进了她家，那个中午用他们家最好的腊肉做的一锅腊肉竹笋，是我迄今吃过的最好吃的竹笋。

齐云山是道家的道场，与江西龙虎山、湖北武当山、四川鹤鸣山并称中国四大道教圣地。正因为如此，道教文化充斥着山上的各个角落。和佛教不同，道教更倾向于个人的修身养性。在一块摩崖石上还刻着慈禧写的"寿"字，此字高99厘米、宽66厘米。

下山的时候遇到了一位女挑夫，她每天要挑100多斤的东西爬到山顶。30

多年如一日，从未间断，她的事迹也由此刊登在了诸多的媒体上。她告诉我们，她每天挑一趟东西只能挣15元。我们试了一下她的扁担，根本无法挑起来。这样的艰辛打动了我的朋友，他从兜里掏出了一些钱，硬是塞到了女挑夫的手里。

走到了山下，我们已经累得筋疲力尽。旁边停着一辆面包车，我以为是私家包车，便问："你能送我们去停车场吗？我们给你钱。"司机是个文静的女生，她毫不犹豫地说："可以。"到了停车场，当我把准备好的车费交给女司机的时候，她笑着说："我不要钱。"这里是何等朴实的民风，我们都不敢相信这是真的。她接着说："我在等人，反正也没有事情，就送你们一趟。"我记下了她的电话号码。如果她将来有求于我们的话，我们一定会鼎力相助的。

宏村的行程虽然很短，我们却遇到了很多美好的事情，看到了美好的世界。这个世界的真善美，你在宏村和齐云山都能找到。

（三）最富有韵味的名园

早春二月，我突然心血来潮，有了走一走江南的感觉。于是，我按捺不住内心的狂躁就直奔"八怪"曾经出没的地方了。可是就连几岁的孩子也会吟诵那两句酒仙的诗："故人西辞黄鹤楼，烟花三月下扬州"，似乎在说：游扬州二月是不合适的，三月才是最好的时节。

不过我的二月扬州却是另一番景色。扬州的早春犹如多情的少女，在暖冬的催情下，已经显得迫不及待了。瘦西湖的柳树开始发芽了，地上的小草也绿了，不少女孩子已经悄悄地换上了色彩艳丽的春装。自我感觉：下扬州，二月也说得过去。

二月也罢，三月也罢，其实都没有走出春天的影子。然而当我走进那个小小的名园以后，方知在这个园子里，春天才刚刚开始。这个园子就是一百多年前由发迹的大盐商为了讨好北方来的皇帝们，而模仿京城的园林修建的独具匠心的园子——个园。

园子的主人是酷爱竹子的，由于竹叶的形状似汉字的"个"字，故称此园为"个园"。这也反映了主人的品性，竹子有体直、节贞、虚心的特点，喜欢竹子的人必然虚怀若谷，刚直不阿。就连苏东坡也颇喜爱竹子，他曾写道："宁可食无肉，不可居无竹。无肉令人瘦，无竹令人俗。"

走进个园，你就会发现这里已经有了春的足迹。铺满碎石的小路两侧是高高的竹子，前方的花台子上居然还有似竹笋形状的石头，欲破土而出。种种迹象意味着春天仿佛真的来了。原来春天是可以造出来的。进入个园，你就进入一年的伊始。我忽然有一种走进新的时空的感觉。

我穿过了一个个庭院，不时驻足于反映"福禄寿"理念的各式房屋、门庭、高墙、灰瓦间，之后来到了一个走廊前，发现它一头窄一头宽：从窄处走向另一头，则表示路越走越宽，而走相反的方向就是聚财的意思了。

走出小巷，小路两侧各种形状的石头吸引了我的眼球，我仔细一看，原来是各种天然造型的石头，有龙，有狮子，还有牛，听说在这里可以找到12个生肖的石头，我的形象思维实在不怎么样，没有找到几个。倒是这种竹石相融的小景给人一种雨林的感觉。走出小景，迎面的四面厅上悬挂着"宜雨轩"的匾额。到了这里才知道我们已经走进了夏季，从厅中朝南而望，到处是绿意盎然，近处是青竹、丛桂，透过围墙上四个水磨石砌的漏窗和月洞门，还可以看到我们刚才路过的竹石小景。如果这还不能让你想象到夏天的景象，你再向前走，便可看见太湖石的假山和水池了。水中的太湖石造型各异，有青蛙鸣雨，还有用一块块的石头堆起来的小山，远远看去，有一种雨水落池的幻觉。走到夏山之山，立于鹤亭之中，这里俨然一派夏日景色。鹤亭的东面有一棵盘根错节的紫藤，寓意着紫气东来。

接着就要走一个长廊了，据说这个不足50米的长廊号称世界上最长的长廊。因为站在上面你会看到春季、夏季、秋季和冬季，你等于走过了四季。走了一年，难道还不长吗？

长廊的尽头就是秋季了。这个季节是用粗犷的石头堆起来的小山和亭子表现出来的。石头的颜色主要是石头的本色，或黄色，或褚黄色，或赤色。从山上走下来，会有左、中、右三条道路，走左侧，你会发现根本行不通；走右边的那条路，你会转了一圈后，又回到原地；只有中间的路才能抵达目的地，这也反映了某种儒家中庸的伦理思想。

走过秋天便是冬天，园子的主人用形、色、声把冬景表现得惟妙惟肖。首先是选石材，而具备形如雪、色如银的石头只能从安徽的宣城开采，由于它具备了以上两个特点，故称为雪石。厅的南面就立起了一座用宣石平叠的花台，台上倚着花园的南界墙，又有用宣石堆起的小型倚壁假山，这就是冬山。为了给人更好的感觉，主人就在背面的墙上造了24个圆圆的墙洞，一阵风刮来，穿过墙上的洞孔便如北风呼啸，冬意大起。可以想象在夏日炎热季节，你坐在厅里品茶，望着这逼真的冬景，暑意俨然全无。走完了个园，有一种意犹未尽的感觉，令人流连忘返。难怪有人赞言："春山淡冶而如笑，夏山苍翠而如滴，秋山明净而如妆，冬山惨淡而如睡。"还有人道："春山宜游，夏山宜看，秋山宜登，冬山宜居。"在这些以假山为主题的风景序列中，如果春山是引子，夏山是序，秋山是高潮，冬山是跋的话，那么展现在我们面前的，就不仅仅是一个小小的园林，而是一个最富有韵味的艺术品了。

▲ 冬景表现得惟妙惟肖

（四）九华山归来话人生

九华山原本是九子山。据说大诗人李白和几位高士相随前往九子山一游。时值冬季，满山白雪覆盖。大家趁着酒兴步出门外，但见一轮红日从九子山的两峰之间冉冉升起，万道霞光洒在峰顶的积雪上，山间雾气弥漫，驻足远眺，白雪皑皑的九子山凸现九座山峰，它们就像九朵白色的莲花，笑傲群山，充满灵气。看到此，李白不禁脱口而出："妙有分二气，灵山开九华。"接着又续上一联："青莹玉树色，缥缈羽人家。"大家一致称好，从此便有了九华山之名。

来九华山一定要观景。因为这里不仅有奇峰怪石，深山秀水，更有峻壑甘泉。当你登上百岁宫，遥望山后的十王峰、天台峰等，便可看见一个巨佛出现。

来九华山一定要拜佛。1200多年前，新罗国王室贵族金乔觉出家为僧，渡海来华，居住在九子峰的岩洞中。其圆寂时，依浮屠之法，生敛缸内，葬于神光岭上。三年以后，其尸身依然栩栩如生，众僧便尊他为地藏菩萨，建肉身塔供奉。九华山遂成为地藏菩萨道场。据记载，在清末时，九华山寺庙多达150多座，僧众有4000余人，香火之胜，甲于天下。

我很小的时候就梦想走遍中国的四大佛山。这些年我先是去了峨眉山、五台山，然后渡海去了普陀山。然而路途比较周折的则是去九华山了。在苏州办事的时候，我便萌发了去九华山的念头，而一有了这个念头，便又非去不可。不巧的是从苏州去九华山的旅游团一周只组织一次。此时正好南京的朋友发出了邀请，我便先到南京，而后从南京到九华山。去佛山的路途是艰辛的。早上5点就要出发，经过4个小时的颠簸，我到达了一个县镇，在那里还要换乘小公共汽车，又颠簸了一个多小时才到了九华山景区。

我是幸运的。由于不是旅游旺季，到了景区才知道我参加的旅游团只有三个人，另外两人一个是东北来的先生，一个是在马鞍山工作的女士，也是东北人。好像他们是约好一起来玩的。我们有一个小导游，那天是她第三次带客人游览。

我们的旅游是自由行性质的。旅行社只负责住宿、交通和导游，而我们要负责导游的饮食。中午吃饭的时候，问题便出现了。是分开吃饭还是合起来一起吃饭？如果是分开吃饭，谁负责导游的餐费？如果是合起来吃饭，饭钱又怎么支付？还是东北人爽快，他们二位看我没有什么反应，便说："我们一起吃饭吧，我们出钱。"我并不是出不起这个饭钱，我只是思考哪种方式更合适，所以才犹豫了一下。一看他们这么说，我想了一下，说道："在西方国家，大多数人愿意采用AA制。你付你的，我付我的，这样谁也不欠谁的。我也很赞同AA制。我们三个人是萍水相逢，如果今天你请我吃饭了，可是我下一顿没有机会请你，或者请你吃的饭菜价格太低，不符合你的口味，那么下次你遇到别人又该说我吝啬了。如果我为了你们不说我吝啬，就要拼命地点菜，直到你们满意为止。但是我们点了一桌子菜又吃不完，岂不要造成浪费？"我看他们

最美中国篇 291
The Most Beautiful China

▲ 九华山历来香火很旺

▲ 九华山特色牌楼

▲ 色调很美

▲ 九华山本身就是一座睡佛

两个互相交换了一下眼色，好像接受我的观点了。

"所以，如果我们三个人自己吃自己的，那么就不会对对方有任何期望，没有期望也就没有失望了。"其实我还担心，大家都不认识，万一谁有肝炎之类的传染病就惨了。还是那位女士理解得快，说："那我们还是个人吃个人的吧！"

"那就好。"我说，然后转身和导游说，"你过来和我一起吃饭吧。"

我点了一份当地的黄精炒肉片和木耳炒野菜。据说黄精很有营养，明万历年间，无瑕从北京来到九华山，立志要修成正果。他独自一人在插霄峰的一个山洞住下，靠吃黄精和野果为生，每天靠刺出自己身上的血和金粉抄写《大方广佛华严经》。历经二十多年，他终于抄完后坐化，享年110岁。他后来被明

皇崇祯封为"应身菩萨",其肉身在"百岁宫"供奉。

这顿饭很合口,吃得也很轻松。吃完饭后,我们便去爬天台峰。在通向山顶的小道上,我看见了那些挥汗如雨往山上挑东西的挑夫。他们就是这样一年四季,不管刮风下雨,把山顶上所需要的一砖一瓦挑上去,才有了成千上万人可以参拜的庙宇。据说每挑一担上百斤的东西上山,工资只有几元钱。我一想到我们不少地方的人为了面子,每顿饭都浪费很多的时候就寒心。

走过四大佛山,我似乎领悟出了一些东西。文殊住五台山,号称大智;普贤住峨眉山,为万行壮严;观音住普陀山而大慈大悲;地藏住九华山宏名大愿。这和我们人的一生的目标息息相关。一个人的一生一定要有大智,那就是要有志向，增加你的知识和智慧。仅有志向是不够的，你还要付诸实施，否则智慧不会自己跑到你的大脑中。当你有了智慧以后，就看你怎么利用你的智慧了。佛告诉你，你要大慈大悲，本人的理解就是要超脱你自己的需要，多考虑社会的需要和别人的需要。你只有到达了这个顶点之后，方能宏名大愿，理想才能实现，才能不枉活一生。

如果你留意一下的话，比较有规模的寺庙一进门就会看见笑哈哈的弥勒菩萨。据说佛陀的姨母送给他一件精美的衣服，他却转送给弥勒。弥勒很胖，衣服自然不合身。在行乞的时候，大家都摸摸扯扯地观看，搞得他哭笑不得，结果饭没有要到，却被扯得赤身裸体，所以就成了今天这个样子。进寺庙的人各自的目的也不一样，有对社会做出很多贡献的人，也许还有恶贯满盈的人，但是弥勒菩萨都一视同仁，用他宽大的胸怀包容了一切。峨眉山上的一副对联说得好："开口便笑，笑古笑今，凡事付之一笑；大肚能容，容天容地，于人无所不容。"因此，如果人们多一些包容，多一些付出，少一些要求，少一些回报，那么你的一生就会是轻松快活的一生。

五、云上的日子

如果有人问我最喜欢中国的哪个地方,我会毫不犹豫地告诉他,这个地方就是云南。这里有丰富的少数民族习俗,有四季如春的气候条件,有复杂多样的地质地貌,还有高原上蓝天映衬下的朵朵白云。在云南的点点时光成就了一天天云上的日子。梦幻,飘逸,令人流连忘返。

(一) 泸沽湖——摩梭人与"女人国"

1. 美丽女儿国的化身——泸沽湖

古往今来,写秋的文人墨客大有人在。然而,由于历史的局限性,颂秋的诗句似乎要远远少于哀秋的。例如,战国楚·宋玉《九辩》中写道:"悲哉秋之为气也!萧瑟兮草木摇落而变衰。憭栗兮若在远行,登山临水兮送将归。"汉武帝刘彻也在《秋风辞》述曰:"秋风起兮白云飞,草木黄落兮雁南归。"这些苍凉的诗句似乎总和那个战火纷飞的年代有关。

当然也有不少纯粹赞美秋天的诗句,宋代程颢的七绝《秋月》就很美:"清溪流过碧山头,空水澄鲜一色秋。隔断红尘三十里,白云红叶两悠悠。"唐代王勃的"落霞与孤鹜齐飞,秋水共长天一色"至今难有人超越。可惜,他英年早逝,否则会留下更多的绝笔。

不过,最有气魄的诗句还是毛泽东写的,他的诗句不仅描述了秋,而且带

远方的诱惑——遇见最美的风景和自己
Passions for Seeing the World

最美中国篇
The Most Beautiful China

▲ 湖中的水草，又名"水性杨花"

◀ 一天便可体验风花雪月

有一种战无不胜的气势，那句"一年一度秋风劲，不似春光。胜似春光，寥廓江天万里霜[①]"，曾经鼓舞过一代代的革命青年。

一年四季中，我也最喜欢秋天。春天万物更新，一派生机，但是未来也是一个变数；夏季总给人燥热和烦闷的感觉，即使终日绿装裹着大地，

---

① 引自毛泽东《采桑子·重阳》。

也不免有些单调；冬日就更不用提了，皑皑白雪令世界有了别样的感觉，可是雪后刺骨的寒风实在让人难以承受。

我喜欢秋天不仅是和其他季节的简单相比，还因为：

秋天是厚重的，它像一瓶尘封多年的老酒，醇厚而甘甜；

秋天是五颜六色的，它用不同的色彩诠释了这个多样的世界；

秋天是果实收获的季节，它告诉人们：只要有耕耘，就会有收获。

在这个秋季，位于川滇交界处的泸沽湖也许就是秋天最好的代表了。那里有昂立的高山，有多情的湖水，有高原特有的气质，还有很多关于纳西人古老的传说。

树叶泛黄了，湖水更蓝了，格桑花更艳了，就连水中的水草也要一日花开三次，难怪人们戏称它们为"水性杨花"。

不断地回首再看这些照片，自己也被秋天感动了……

第一次听到泸沽湖这个名字还是30多年前。那是在哲学课上，当老教授讲到世界上最后一个母系氏族社会的时候，他抑制不住内心的激动，声音竟然颤抖起来。教授说这个母系社会就在美丽的泸沽湖。同桌问："教授，您去过吗？"老教授遗憾地说："我没有去过。泸沽湖在云南和四川的交界处。如果去的话，由于没有公路，只能翻山越岭，至少要走一个月。"自从那个时候，我就下定决心，不要像老教授一样留下遗憾，这一生中一定要去这个美丽的地方。

没想到这个愿望竟然让我等了30年。我要感谢社会经济的发展，从北京到昆明可以飞了，从昆明到丽江有铁路了，而从昆明到泸沽湖也有公路了。尽管如此，去泸沽湖依然不是一件容易的事情。单从丽江到泸沽湖这一段就要7个小时的车程。这并不是因为路有多么长，而是源于复杂的地理条件。一路上要翻五座高山，盘山路算是最好的路了。每次车到拐弯之处，人们便可体验即将冲下万丈谷底的感觉，令人心颤。更可怕的是，山路都非常狭窄，上面还经常遇到拉石料的大货车，两车相错，稍不小心便会坠入金沙江中。沿途还要经过著名的"山路十八弯"，行程甚是惊险。

也许最难得到的才是最珍贵的。当一池清澈的湖水呈现在你眼前的时候，你会忘记路途的艰险和劳累，你会后悔没有早点过来。你会发现你与这个女儿国似乎早已有个约会，而一直等到今日才赴约。

2. 揭开泸沽湖的面纱——摩梭人开放吗?

我们一般对摩梭人的了解就是走婚和母系社会。走婚是指男子征得女子同意后，夜里去女方家里过夜，然后在鸡鸣之前离开。女方有了孩子以后，由女方和哥哥抚养，不需要这个男人负任何责任。一家之长就是家里最有权威的女人，也叫祖母。

因为这种走婚形式，很多人认为摩梭人是很随便的。女孩子在锅庄舞会上看上谁就可以让谁进入她的闺房；男人喜欢哪个女子了，只要女子同意，就可以深夜潜入女子的闺房行事。从形式上看，男孩子可以随便找女子，而且每天都可以换，而女子也可以每天都换男人。这无疑很容易让人认为摩梭人是很开放、很随便的。

这次去了泸沽湖以后，我才终于揭开走婚的面纱。先看看走婚的过程吧。摩梭人总共只有5万多人，他们大多居住在泸沽湖周围的村落里。在日常生活中，男子、女子在学习和劳动中相互了解，也就有了倾慕的对象，而每年的7月25日摩梭人就会举办大型的锅庄舞会和对歌比赛。一个男子如果看到了平日里比较倾心的对象，就会和她对歌，然后在手拉手跳舞的时候给女孩子发出信息，如挠女子的手心，如果得到了同意的信号，就说明女子同意了。

接着双方互换信物，并约好暗号，在夜深人静之时，男子从后墙爬入位于二楼的女子闺房，这是因为摩梭人是不允许男子从正门进来的。闺房外的窗边会有一棵树，这棵树是在女孩子一出生的时候就种下的。待到女子13岁成人以后，树也长成了。这棵树也就成了男子爬入女子窗户的唯一工具。另外，摩梭人每家都养狗，所以男子爬树进来的时候，一定要带根骨头给狗吃，否则狗的叫声会把家人吵醒，走婚也就不能成功了。

男子爬上树以后，就会把刀子扎在窗外，并把毡帽挂在上面，颇有"请勿打扰"的意思。这是因为那天家里也许会有很多女孩子走婚，如果暗号不对，爬错房间就出丑了。

男子走婚结束后，必须在鸡鸣之前离开女方的家。如果有了孩子，女子和家里的兄弟便会抚养这个孩子。时间长了，彼此都熟悉了，为了避免今后近亲结婚，孩子就要认父亲。父亲也会经常来女方家里帮忙，如果条件好的，还会

给予一定的资助。即使这样，孩子的父亲也不能大摇大摆地随意进出女孩子的闺房。

当我和一个摩梭女子谈到这种走婚形式看似很随便而且很不负责任的时候，她立即给予了反驳。她介绍说，摩梭人的走婚和我们想的是不一样的。摩梭人人口很少，方圆几十里大家基本都认识。一个男子如果今天挠这个女子的手，明天挠那个女子的手，在经常在一起聊天的女孩子之间是会穿帮的。和汉族女子一样，摩梭女孩子也喜欢高大英俊的男子，而且还是专一的男子。穿帮以后，这个母权社会就没有女子要这个男人了。女子也是一样的。所以，摩梭人是很传统的，一点儿都不随便和开放。

其次，摩梭人家中母亲或祖母权力最高，而舅舅的地位也很高。一家人都要住在一起，孩子必须养母亲和舅舅，在摩梭人家你是看不到老人没人赡养的。你也不用担心孩子的父亲以后没人养老，因为他在他自己的家中也是舅舅，老了就由他的家庭养他了。汉人孩子大了就要搬出去住，老人没人赡养的情况还是有的。

如今，摩梭人的习俗也在逐渐被汉化。年轻人也追求一夫一妻、自由恋爱的形式。他们也渴望在风花雪月的湖边和心爱的人公开地牵着手一起漫步，也

从左至右：
◀ 摩梭女人其实并不像人们想象的那样开放
◀ 孩子需要舅舅抚养
◀ 英国的 HOBBS 锁

渴望无羁绊的自由。

不过，一个社会越是传统闭塞，就意味着违背人性的东西越多。人性就是要追求个性解放。中国的社会经过了"文化大革命"时期的禁锢之后，也向顺应个性解放的社会结构发展。但是，任何社会发展到一定程度，都会物极必反。我有种预感，再过几百年，说不定我们人类又会回到母系社会，只不过这个社会是一个更高级的母系社会罢了。

（二）极地腾冲

腾冲地处滇西边陲，距离缅甸极近，是古代西南丝绸之路的最后一站，因此被称为"极边第一城"。

到了腾冲，让我意想不到的是它的娴静和美丽。在远离文明之地的山峦之中，仿佛深藏了一个女子，它端庄秀丽，清新脱俗。高黎贡山、和顺古镇、怒江、翡翠、火山公园、热海温泉、北海湿地、热带水果、风情小吃……当有心把这些记忆用键盘敲出来的时候，它们就像池塘里一条条鲜活的鲤鱼，争先恐后地跳了出来。

1. 和顺——"绝胜小苏杭"

和顺是一个乡，拥有600多年的历史。从腾冲市区到和顺古镇大约有20分钟的车程。别看它是个小小的乡镇，它却有着众多的独到之处。

和顺人最值得骄傲的就是90年前由民间自发修建的图书馆了。虽然从藏书量与规模上看，这个小小的和顺图书馆与世界上藏书千万、上亿册的图书馆相比微不足道，就是与一般的省、地、市图书馆相比，也难望其项背，但把它放在祖国西南前哨的"极边第一城"的位置上，放在曾是穷乡僻壤的环境里，放在始于20世纪20年代的起点上，和顺图书馆就是举世无双的绝版。

在这么个边远的农村建立一个图书馆，绝非偶然。这是一个酷爱阅读的地方。这里以农业为主，经常有老人在放牛的时候，把牛放在山上吃草，自己跑去看书。这里家家都有文房四宝，有游客在和顺吃完饭非要把菜单拿走，他们认为这也是书法。

大抵是因为这里是侨乡，海归大抵也都是衣锦还乡，有些见识和金钱，乡里的图书馆建得有些奢侈。胡适先生题了字，图书馆的大铁门是从英国专门定

▲ "冰清玉洁"不知绑缚了多少女子

▲ 艾思奇——中国的哲学大家

做的，用马帮通过山道运过来，连锁都是英国 HOBBS 公司造的。

　　进入和顺乡首先要过一个像山门一样的牌坊，上面有四个大字——"和顺顺和"。沿着石板铺就的小路走进村里，狭窄而幽深。没有几步便又见牌坊。其中，引人注目的就是那些贞节牌坊。和顺男人每年要外出务工，短的一年内能回来一到两次，长的三到四年才能回来一次，留给妻子的是无尽的担心、寂寞和期盼。当地有句老话云："有女莫嫁和顺乡，一世守寡半世孀。"

　　为了赞誉这些忠贞的妻子们，贞节牌坊自然要立了。然而妻子们在家独守空房的寂寞，有多少男人又能体会到呢？在与进入和顺乡桥平行的另一座桥上，就立着一座壮观的贞节牌坊。我看见一位年迈的老太太坐在桥头，目光一直停在贞节牌坊上那"冰清玉洁"四个字上。她是在回首年轻时独守空房的凄冷，还是遗憾逝去的青春呢？

　　我们不少人都读过艾思奇先生的哲学著作，而他的故乡是在和顺乡这一事实却鲜为人知。毛泽东如此评价他：学者、战士，真诚的人。跨进宅门，你便可看见这刚劲有力的题字。厚重的石阶、曲折的回廊、幽深的天井、拙朴的书联，似乎都在向人们讲述着这个马克思主义普及者幼年时的故事。楼上的房间

里陈列着艾思奇的手稿、衣物、照片、书画、文具、地图,见证着他走出云南后,如何走遍中国大地,如何成为一代哲学大家的。

2. 和顺洗衣亭

现在城里的人家很少有用手洗衣的了。在和顺,你仍可以看到在小溪旁、在池塘边的洗衣亭下人们洗衣的景象。这种已经被城里人忘却了的洗衣形式,在和顺乡还鲜活地存在着。

◀ 洗衣亭不仅可以洗衣,还可以相互交流信息

最美中国篇 The Most Beautiful China

▲ 优美的景色

▲ 村口的池塘

男人离家在外谋生，家中的全部担子自然就落在了女人身上。在海外挣了点钱的和顺男人为了答谢自己的妻子持家有功，从清光绪年间开始，就在溪、潭边建起一座座亭子，供村里的妇女们洗衣、洗菜之用。

一潭清水，一座老亭，这里没有雕梁画栋、没有文人骚客的诗赋楹联，但这里却是和顺最独特、最温柔的公益建筑。

难怪民国元老李根源先生在诗中这样描述和顺："远山茫苍苍，近水河悠扬，万家坡坨下，绝胜小苏杭。"

3. 一泓热海

明崇祯十二年，54岁的徐霞客渡过急流滚滚的潞江，翻越巍巍的高黎贡山，来到了西南边陲腾越州（今天的腾冲）。在他的游记中，留下了对热海的精彩描述："遥望峡中蒸腾之气，东西数处，郁然勃发，如浓烟卷雾，东濒大溪，西贯山峡……"这就是热海。

热海不是海，而是一个热气蒸腾的山谷。你想象过没有，当每天都在几百

▲ 著名的"大滚锅"

▲ 丰富的地热资源

公里岩石地下挣扎的炽热岩浆，有一天突然冲破了岩石的枷锁，撕开了地皮，一条火柱冲天而起，那景象将是多么壮丽。

活跃的火山虽然没有冲天而起，但却造就了无数个温泉。热海共有14处温泉群，最有名的要数"大滚锅"。这是一个直径3米、深1米多的温泉口，活像一口沸腾的大锅。"锅"里的泉水接近100度，每天都在"咕嘟、咕嘟"地开着，涌高有20多厘米。据记载历史上它的涌高曾经达到过3米多高。"大滚锅"旁边的砖底下都放有鸡蛋和花生，那呼呼冒出的热气不费多少工夫，就可以让你吃到香喷喷的花生和鸡蛋了。值得一提的是，这里煮鸡蛋很特别，直接把用稻草包成一串的鸡蛋放到从热海"大滚锅"里流出的热水中煮熟，这就是云南十八怪之一——鸡蛋穿着卖。

来这里，当然不只是吃煮鸡蛋这么简单，最重要的还是要好好享受温泉。当你进入温泉池的那一刻，在充满硫黄味的蒸汽中，你就会感到那滑滋滋的泉水一点点地亲吻你的肌肤。躺在池中，望着远方的山，一束阳光正好照在了你眼帘上，你一阵晕眩，难道这是在做梦吗？

热海景区有个观海亭，建在地势最高的"大滚锅"边沿上。当你登上观海亭眺望山谷，但见周围林木苍翠，谷内云蒸霞蔚，难怪这里自古就有"一泓热海"的美誉。

4. 火山公园

距腾冲市区 25 公里的地方便是著名的火山公园。火山公园有三个景区。它是一个火山区，主要有三个火山，即大空山、小空山、黑空山。从公园门口花上 20 分钟走到大空山脚下，然后就要爬 600 级台阶，当你灌了铅似的腿迈上第 600 个台阶的时候，你不是失望地死去，就是兴奋地死去——火山的顶部没有任何东西，就是一个直径 200 米、深 50 米的大坑。

火山景区后面 11 公里处是国家地质公园和墨鱼河景区。下到谷底，再向右走，过了铁索桥，突然你会看到前面的山的颜色有些异样，再走近一点，山体岩石好似排列整齐有序的"粗毛发"。到跟前才看清楚，这是一种特殊的岩石，是在火山爆发后遇冷，原来的柱状结晶物冷却后形成的一条条排列有序的岩石，专业术语叫作"柱状节理"。仔细看看，它们基本上都是五边形的菱形体，相互排列着、互相依存、互相支持，柱子之间没有任何缝隙。忽然，我想到了我们的社会结构。如果我们每个人都相互扶持，那么这个社会也会更加和谐稳定。

▲ 草长平湖白鹭飞

5. 北海湿地——草长平湖白鹭飞

腾冲市区向北 16 公里左右，便是著名的北海湿地。它是由位于海拔 2000 米左右的青海和北海两个部分组成的，面积大约有 1000 多亩。四面环山的湿地长满了一种叫作北海兰的植物，形成了一大片厚厚的绿色草甸。远处有人在划船，我走近了才看清楚，那不是船，而是把草甸割下来一大块，权且把它叫作草排船。划着草去打鱼我还是第一次看到。

不过最令人叫绝的是这犹如油画般的美丽仙境。当你脚踏软软的湿地，享受着上下微颤的美好感觉的时候，忽然红色的晚霞下，长嘴的麻鸟从草排间惊起，一个点射又落入前面的草丛中，接着又顺着水面快速地飞行，掠起一股股浪花；草排的那边，成群的白鹭正在翩然起舞；清澈如镜的湖面上，几只草排船点缀其间……这时你会想到南宋徐元杰的那首诗《湖上》："花开红树乱莺啼，草长平湖白鹭飞。风日晴和人意好，夕阳箫鼓几船归。"

带着依依不舍的心情，我就要告别腾冲了。再望望这个令人神往的地方，仿佛我又看到了古镇、火山、温泉、湿地……同时看到了，腾冲正在为把自己打造成一个全国边陲旅游重镇而大兴土木。数年以后，这里还会这样让我神魂颠倒吗？会不会又成了一个商业城镇呢？当然，时代的烙印是不可避免的，100 年后，我们就是历史。或许我有些杞人忧天了。

（三）终于拍到哈尼梯田了

很久以前，我就在一本航空杂志上看到过一张非常有震撼力的类似版画的照片——一座小山丘似乎被刻出许多纹路，而条条纹路之间还透着暗红色，犹如镜子一般明亮。那条纹是什么呢？为什么是暗红色的？为什么还发亮？揭开这幅图片之谜也就成了我的一个小小的心结。

后来又看到了类似的照片，并附有图片说明，我这才明白那是农民在山丘上开垦出的用于种植水稻的梯田，那明亮的东西则是被阳光照射后水田的反光。这张照片所反映的地方就位于我国云南省的红河自治州。你如果乘车，便可先从昆明到个旧，再从个旧到元阳，最后从元阳到哈尼梯田。

今天我终于来到了这梦寐以求的地方。如果你抱着旅游的心态来到哈尼，多少会有些失落。因为这里说白了就是普通的稻田，但与其他稻田不同的是，它的规模宏大，立体感强，如果再配以炊烟袅袅的小村庄，那就是一幅天然的

▲ 如果光线合适，出现"七巧彩色板"是完全有可能的

美图。故这里就成了摄影爱好者演练摄影技术的天堂。

　　我们在太阳即将下山前赶到了老虎嘴梯田，即使不是周末，这里也已经挤满了拍照的人。由于光线并不理想，看到平淡的梯田我们多少有些失望。梯田很单调，并不像原先看到的那幅照片一样美丽。

　　这些年人们生活水平提高了，许多人也开始注重培养自己的业余爱好了。以前稍微好一些的照相机都属于摄影师和职业记者的专利。如今每个人似乎都成了摄影家和记者，也成了美图的创造者。老虎嘴梯田的周围已经挤满了摄影的人们，特别是一个个三脚架都神气活现地立在那里。如果说在高速路上，人们更爱攀比名牌汽车的话，那么在这里，人们不自觉地就会相互比较自己手中的家伙。

　　看到上百人围着梯田狂拍，我感慨的却不是梯田本身的惊艳，而是如今人们手中的照相机。最重要的是人们已经明白了清晨和黄昏的光线是最柔和、最适合拍照的。看到一个景点居然有那么多摄影爱好者拍摄，我想到了"世界

▲ 傍晚，天空中居然出现了一条巨大的"鲨鱼"

观"的定义，所谓"世界观"就是一个人对世界的看法。虽然大家拍的对象都一样，然而每个人对这个景色的理解却是不同的。因此，每一张照片都被赋予了自己的个性和特点。

（四）疯神捏造的地方——云南土林

不要以为去了撒哈拉大沙漠，就认为那就是整个世界；不要以为去了美国的大峡谷，就认为那就是地球上最完美的沟壑；不要以为去了云南，石林就是它唯一的象征——云南还有西双版纳的雨林、陆良的彩色沙林。然而留给我印象最深的还是元谋的土林。

提起"元谋"这个词，我们都不生疏，因为它是人类祖先"元谋人"在170万年前生养栖居的地方。就是这个地方却拥有着13座壮观的土林，总面积达43平方公里。"土林"顾名思义就是由土构造而成的一个个圆柱形或锥形柱体。由于它面积大、范围广，自然成林，便有了"土林"之称。在元谋，土林又主要集中在物茂、浪巴铺、班果三个景区。这些或圆柱体，或圆锥体，或梯形方体的土林，构成了一组组美轮美奂、鬼斧神工的天然艺术群雕。有的酷似英国的国会大厦，有的和万里长城的烽火台简直异曲同工，有的犹如天女下凡，有的看似情人拥吻。难怪有人称这里为"疯神捏造的地方"。

元谋确切的地理位置应该是在昆明的西北方向，距离昆明市有201公里。其实，元谋距离四川的攀枝花更近些，从地图上看，两者的距离也就是100多公里。所以你既可以选择从四川的攀枝花去元谋，也可以选择从昆明去元谋。从昆明去元谋你可以选乘火车，4个小时以后可达元谋，之后转乘当地的出租车前往土林。如果你乘长途汽车，时间就长了，大约7个小时才能到达元谋。

我们一行人是从全国不同的地方先来到昆明集合的，然后租车前往元谋。最近的线路是从昆明经武定县到达元谋。这条线路很短，但是道路条件非常差，一定要带"晕车灵"，否则吐死你。

我们在武定县终于得到了喘息的机会。在那里，我们找到了一个彝族风情园，当我吃着地道的彝族美味佳肴，品着当地酿造的米酒时，那种旅途疲劳全然不在了。所以，如果你想吃地道的彝族菜，就选择这条线路吧。经过6

个小时的颠簸，我们终于到达了元谋，从元谋驱车不足 20 分钟，就到达了梦寐以求的物茂土林。不过，被颠得发晕的朋友们发誓再也不走这条线路了。其实，从昆明到元谋还有一条路，那就是从昆明到楚雄走近两个小时的高速公路，之后走两个小时的山路到元谋。老乡们介绍说这条道路状况比较好，就是远了点。

物茂土林是几个景区中开发得最完善的。景区有三个层次的宾馆，窑洞宾馆住宿条件最好，土林宾馆次之，然后就是青年旅馆了。不管哪个层次的，卫生都是很有保证的。从宾馆步行 3 分钟你就可以到景区大门。

走进景区，就如同走进了一个天然的童话世界。由于土林是经过至少一万五千年的雨水冲刷及风化而成的，土林的布局也是河道冲击而成的。每当走进一个小冲积扇，便进入了一个不同的世界。进入景区向右走，便是佛塔冲积扇，在这里你会看见栩栩如生的北天门、小西天及类似蛤蟆的土林，当地人称它为"蛤蟆鸣雨"；当进入摩天大陆冲积扇的时候，你会看见欧亚歌剧院、罗马帝国等景观。这些名称无非是前人想象而成，并非一成不变的。实际上，我们所在的世界也是一个变化的世界，土林也在变化，只不过别说我们这一代，哪怕十几代人都不一定察觉出来罢了。另外，每个人的欣赏角度也不一样，你觉得土林像什么，它就是什么。

走过中天门，可以看见个休息厅，在那里千万不要错过那片足足两米多高的竹林。那一簇簇绿色的竹林，与红黄色的土林及瓦蓝的天衬托的朵朵白云，构成了一幅罕见的梦幻图画。在那里留个影吧，你不会后悔的。

然而让我最感动的不是置身于这壮丽的景色之中，而是俯瞰整个景区的感受。当地人告诉我们：你们在太阳升起或将要落下的时候去景区的顶上看看吧！朋友不解，但是我已经想象出了那种宏大的场面。早上一阵敲门声："起来了，太阳已经升起来了！"我一骨碌爬了起来。徒步爬到山顶至少要 30 分钟，为了不错过这个美丽时刻，我把一个当地老乡叫了过来："请用你的摩托车把我驮到山顶吧！"看我满脸的真诚，老乡真的把我带到了山顶。

我陶醉了！我感动了！在晨光沐浴下，展现在我面前的是一眼望不到尽头的土林。那是一片红黄色的土林，是艺术殿堂，是活生生的地质博物馆，是历史断面的再现。"天雕大地，神造土林"，我当时就是这么想的。

314 | **远方的诱惑**——遇见最美的风景和自己
Passions for Seeing the World

▲ 形状各异的土林

下午 3 点多钟，我们又来到了班果土林。这里很久以前似乎是一个足足有 10 平方公里的高平原，突然有一天，这个高平原一部分塌陷了下来，土质坚硬的地方没有随之塌陷，而其他松软土质就成了一个个沟壑。那些没有塌陷的，随着数万年的风化、打磨，逐渐就成了一个个从 3 米到 40 米高度不等的柱子，而塌陷的地方就成了一个大坑，这个大坑又经过多年积水，形成了一个湖泊。湖泊中还有一个小岛，上面居然还有几棵小树点缀其中。我站在上面，望着这个硕大的坑中气势磅礴的土林，还有犹如熟睡中美丽少女一般平静的湖泊。这是我生来见过的最大的天然盆景——一个如果不亲眼看见会遗憾终生的地方。

　　傍晚时分，太阳要落山了，但它却大方地把血色的余光留给了大地。班果土林也毫不客气地把这份厚礼当作美丽的袈裟披在了身上。霎时间，土林红了，盆中央的湖水红了。有的土林骄傲地昂起了头；有的在变幻角度观赏下，居然像初恋情人浪漫地热吻；有的犹如力大无比的勇士；有的如守卫边关战士的妻子，翘首等待夫君的归来。

六、寻梦之旅——亚丁稻城旅行日记

金色的秋叶，红色的草海，蓝蓝的天，还有那圣洁的雪山，这就是我印象中的亚丁和稻城。它定是中国最美的地方，吸引着无数个"好色之徒"前来朝拜，也令成千上万个摄影师把它的美色永远定格在各种各样的空间里。

我也加入了这个行列，要亲眼见到这最后的香格里拉。然而，来亚丁稻城并非易事。它位于四川的最西侧，几乎与云南和西藏接壤；它位于海拔4000米的高原之中，白云虽然触手可及，但是氧气却严重不足。正是由于这种特殊的地理位置，去亚丁稻城几乎没有什么可选择的道路。据说还在几年前，从康定到新都桥短短25公里的一段路人们就要行驶8个小时。

我和北京的老彭十几年前就计划光临此地，无奈不是时间不巧就是被别的事情耽搁了，不过最主要的原因还是出于对造访此地的心理畏惧。十年前，我们终于决定不能再等了，一定要去亚丁、去稻城。由于两个人拼团很难，于是我们便选择了跟团旅行，而这次组团也是冬季到来的最后一次。

第一日：成都—雅安—康定—新都桥之旅

前一天晚上，导游小陈就通知大家次日7点务必在武侯祠右侧大门集合。我和老彭提前半小时到达集合地点，可是有不少团员一个多小时以前就到了。此时，车子还没有来。大家都明白这是一次艰难之旅，所以都想占到前排最好的座位。我和老彭都是团里的老家伙了，怎么着也要坐在前面，否则经过几天的长途旅行，我们这把老骨头可能就要交代给那片土地了。

于是我们商量，由我来照看行李，他去占领座位。车门开了，一阵骚动。我很踏实地把行李放到了旅行车下面的行李舱，心中得意我们两个高明的分工计划，第一排肯定是我们的了。我哼着小曲慢悠悠地上了大旅行车，结果发现老彭居然只占到了第五排的座位。看样子，比我们更精明的人大有人在！

人都齐了，旅行也真正开始了。小陈导游开始介绍情况，他说这次旅行是很艰苦的，我们要坐两个整天的车才能到达稻城，之后乘半天的车到达亚丁。不过最痛苦的是还要原路返回。整个行程需要 6 天。

大家也开始和"邻居"交流了。全车 32 个人几乎来自全国各地。听口音第一排四个人全是北京的，而第二排有三个是北京的，第四排是北京和大连的，再后面就是四川、广东、吉林、上海等地的了。我突然发觉所有北京人都在前几排，这是什么原因？唯一让我这个北京人心里稍感平衡的就是如果按字母的顺序的话，北京是 B 开头的，成都是 C 开头的，而大连是 D 开头的，广东是 G 开头的……那么座位这么排也说得过去了。

从成都到雅安是高速公路，很好走。从雅安到泸定再到康定，路就难走了。我们出发的时候，成都一直阴雨蒙蒙，而通过二郎山隧道以后天就晴了。二郎山就是气候的分水岭，它两侧的天气几乎永远是一阴一晴。由于修路，从泸定到康定短短不足 100 公里，我们的车就走了三四个小时。

导游小陈曾经是一个军人，大家对他的初步印象是，人还算憨厚，不过导游的知识不足。当他介绍康熙年间是公元三世纪的时候，我差点晕倒。一上车，大家还不熟悉，他就想用一些有颜色的笑话活跃活跃气氛，结果适得其反。另外，大家发现同一公

▲ 途中没有休息站，只有临时厕所

▲ 偶尔会遇上这种平流云

司去亚丁的还有另外一辆车，那辆车的导游是一个女孩子，叫小刘。中间休息的时候，小陈和小刘很亲密，他们倒像一起来旅行的。

开车的司机个子不高，脾气似乎很大。中间由于加油堵车还差点和另外车的司机动手。可是这么一个性急的人，开车速度却极慢，很多路段都是30公里以下的速度。看见一辆辆车超过了我们，车上的人恨不得自己上去，把车开快。

前排的几个旅客都是北京人，不过他们老家都是天津的。从他们说话的

口气和方式，我感觉他们可不是什么省油的灯，千万别惹他们，否则你就会被骂死。

后排的老渠是北京人，现在在虎门经商。他的相机似乎不错，索尼的机子，还配有 70～200 的长焦头，特别是他还拿着 120 的胶片机，怎么看他都像一个很专业的摄影师。

还有来自广东的两个女孩子，都姓陈，名字只相差一个字，似乎二人关系不错。我们后面来自大连的一对夫妇人不错，他们很安静，几乎可以忽略他们的存在。

和我同去的老彭就更不用说了，他每日练瑜伽，很健康，曾经登上过珠峰大本营，今年还要去瑞士滑雪。看他走路和奔跑的样子，人们都说他才30多岁。

车子就这么慢慢地开着，到了康定的时候天色已晚，而距离当日的目的地——新都桥还有3个多小时的车程。坐了一天的车，每个人都显得很疲倦，随着海拔的不断升高，空气逐渐稀薄，我们的头也开始痛了起来。这时，有人喊："快看雪山！"果真前面出现了白色的雪山，那就是著名的贡嘎山。大家暂时忘记了疲惫和头痛，拿起相机噼里啪啦地拍了起来。再翻过一座海拔4000多米的高山后，我们终于到达了旅途的第一站——新都桥。此时已经是晚上9点了。

我和老彭与其他团员开始吃团餐，八菜一汤，基本上都是蔬菜。这时老彭拿出来半瓶酒，说："老金，我们把这半瓶给分了吧！"新都桥也在高原之上，海拔差不多3300米。我说："行吗？""没问题。"老彭回答。就这样，我们把半瓶干红葡萄酒平分了。

我和老彭报的是豪华旅行团，所以房间虽小，但是还有卫生间。导游一直叮嘱大家最好别洗澡，别感冒。所以，我们都没敢洗澡。老彭洗漱完毕，就睡了。等我洗漱完毕，要关灯的时候，老彭突然说："老金，我很难受。"我一看他，脸色又黑又紫，怪吓人的。这就是高原反应。可能我们都喝酒了，心脏加速跳的缘故——老彭的有100多次，我的也80多次了。他问："有速效救心丸吗？"我摇摇头。他出去找氧气，不一会儿就回来了。原来这里的卫生所没有氧气，只让他吃了速效救心丸。我说："你坚持一下，明天早上一觉醒来就会好了。"此时我想起了上次去四姑娘山，当晚我全身发冷，头剧痛，好像活不到第二天了。最后我冲了一个热水澡，然后盖得厚厚的睡了过去，半夜发了一身的汗，第二天早上起来，高原反应居然完全没有了，那天早上也见到了久违的太阳。所以，我建议他睡个好觉，第二天就没事了。

他照着我说的接着睡了。一会儿他又起来了："老金，我真的不行了。我得回去了。"老彭也是一个很有毅力的男人，他说不行了，那可能真的扛不住了。他把两个藏民喊了进来，让他们送他去康定的医院。藏族人要400元，我说："那给你500元，你一定要照顾好他。"藏族人回答道："你放心，保准没事的。"

就这样老彭回康定去了，就剩下我一个人了。房屋虽不大，但是很空。我有点后悔为什么没有亲自陪他去康定的医院，万一有点闪失可怎么办？

躺在床上，我的头也剧痛起来，快速的心跳让自己也慌了起来。不过我还能忍得住。想到今天在车上坐了14个小时，一路看到的荒凉，再想想明天还要有15个小时的车程，真不知道这次旅行是否值得。真是：

　　天苍苍，野茫茫，
　　心中有志，拎起行囊。

　　路漫漫，山凄凉，
　　高原反应，直逼肝肠。

　　此行方始，即思家乡，
　　难道亚丁稻城不属于我的梦想？

第二日：新都桥—雅江—理塘—稻城

晚饭的时候，导游小陈就告诫大家：明天将是最艰苦的一天，全体团员要早上5点起床，早饭后6点准时出发。整个行程要15个小时，所以一定要早睡早起。

老彭被藏族人送到距离这里100多公里的康定去了。我独自一人把灯关上，钻进了被窝，一看表，已经11点了。

头依然痛，就在这种头痛和冻得全身发抖相互交织的状态下，我进入了睡眠。睡得好香呀，睡到了自然醒。精神饱满的我一想到早上5点就要起床，立即跳了起来，准备穿衣。我下意识地看了一下闹钟，真不敢相信我的眼睛，怎么才12点30分！我再仔细看了看，的的确确是真的，无奈之下，又钻了回去。在后面的时间里，我都是大脑十分清醒地睡着，而且每隔两小时就要去厕所一次。后来我才知道，这都是高原反应惹的祸。

早餐非常一般：一盘咸菜、一盆稀汤寡水的米粥。馒头上来了，却黏得可以把牙粘掉。终于上了一盘鸡蛋，结果服务员还没有走到桌前，鸡蛋就已经被抢光了。这个时候还谈什么文明？生存绝对是第一位的。我直接走进厨房，抢出了一盘鸡蛋。在厨房门口我正好遇见了广东的小陈，我说："多拿两个吧，一会儿又没了。"于是，小陈多拿了两个，给我也留了一个。

早饭后，我们又出发了。这真是一条不是人走的路。车子一出新都桥就上了土石路，晃得不行，司机把速度降到了每小时不到 20 公里，可以说我这辈子都没有走过那么烂的路，而且没有尽头。也有不少不怕颠的汽车，高速地超过去，然后把烟尘留给了我们。

天亮了，我们终于到了一个小的藏族村落。司机说："你们大家下去'唱歌'吧。""唱歌"就是去方便，而方便当然就是去上厕所，而上厕所就是去大小便了。为什么把大小便叫"唱歌"，说法很多，版本不一。据我走南闯北的经验看，估计许多人原来是不用厕所的，特别是女人穿那种大袍子，当要大小便的时候，找一个没人的地方，转上一圈，接着蹲在地上就完成了。如果她看到有人走过来了，就赶紧唱两句山歌，别人听到了，就明白了，也就不过来了。那么为啥不能说去上厕所呢？因为这里根本就没有厕所，你到哪里去找！这里有一个小的插曲，在回来的路上，我后面大连的哥们儿还是有一定修养的，他突然感到尿急，就喊了一声："司机，在有厕所的地方停一下。"我们这个司机也够轴的，愣是两个小时没给他停车。大连人实在忍不住了，怒吼道："司机，你为啥不停车？！"司机说："你不是让我到有厕所的地方停车吗！"闹得这位老哥哭笑不得。后来司机在路边停下了车，路的右侧有一个小土坡，左侧有些树木。司机就说："女的在右边，男的在左边。"所以人到了这个渺无人烟的地方，直接说大小便或者说唱山歌就可以了。

其实"方便"两个字也是不能说的。记得一个老外学习中文，老师告诉他"方便"就是上厕所的意思。后来，一个女生有一次对他说："在你方便的时候，欢迎来找我。"这令他很是费解。

这个藏族小村还是很文明的，特意搭起了两个茅坑，供路过这里的游客使用。由于很多旅游车都在这里加水洗车，使用茅坑的男士、女士们居然排起了长队。不过，你可别小看这个茅坑，那也是赚钱的机器，一个身穿"黑猫警长"衣服的藏族女子在那里收费，每次一元，一会儿就看她手里攥了一大把钱。我不是付不起这一元钱，却受不了那不可目睹的茅坑。每当这个时候，我就跑得远远的，在一个没人的地方解决问题，如果有人过来，大不了就唱几句呗。

车子继续在崎岖不平的路上行驶。这时大约上午10点了，我给老彭发了短信，问候一下。他居然没有回复，我估计他正在医院躺着恢复着呢，就没有再理会他。

导游小陈告诉大家，一会儿下午饭是自费的，那就是要品尝这里的高原鳕鱼。每人要交80元，鱼大约半斤的样子。这明显就是导游的赚钱项目，好在大家还比较配合，把钱如数交给了他。

又经过了4个小时的颠簸，在下午3点多的时候，我们终于到达了吃鱼的地方。有人说，这种鳕鱼当地人是绝对不吃的，它是靠吃水中的腐物生存的。这听起来真的很恶心，令人作呕。可是如果把你放在当时的环境，你也许就不会想这么多了。天气寒冷，人已经饿得不行了，管他靠吃什么长大的呢，老子现在快饿死了，就想吃你！这就是当时大家的想法。不过这鱼真没什么可吃的。我们6个人围坐在一个炉子周围吃鱼锅，一条鱼不大，一斤怎么也要五六条，六个人就是三斤，那么就要有十几条。可是我们的锅里连十条鱼都没有。这年头，大家都不在意是什么鱼了，可是却在乎分量。我当时没有把这鱼拍下来。

一个多小时以后，我们又上路了。路的前面除了山还是山，我们的车翻了一座山又一座山，路似乎没有尽头，给人一种苍凉的感觉。过了一会儿，前面的山上出现了藏语的"六字箴言"，这给旅途增加了些欢乐。我觉得，藏族人把"六字箴言"深深地刻在山上，也说明了在这个地方人是很渺小的，一切都是由上苍来决定的。

由于都在修路，再加上天气干燥，只要有一辆车超过我们，它屁股后面的灰尘就会跑到我们的车里。我的肉眼已经清清楚楚地看见了车中飘浮的灰尘，它们在空中得意扬扬地肆虐地飘飞着，随时准备侵入你的口中，进入你的肺

远方的诱惑——遇见最美的风景和自己
Passions for Seeing the World

▲ 道路不好，行车不安全，"六字箴言"就成了护身符

部。我下意识地用毛巾捂住了鼻子，可是我们一路都在海拔 3000～4000 米的高原中前进，极度缺氧，根本喘不过气来。我开始烦躁起来，如果再这么走下去，我非要疯了不可。

显然其他游客也和我有同感，前面的几个老北京人直接就冲司机喊："开快点！跟上前面的车，快点！"后面的人也开始埋怨司机为什么要开得这么慢。其实司机也有他的难处：首先，我发现这个车减震不太好，在凹凸不平的路上稍微快一点就上下颠得非常厉害；其次，这里是高原，路况非常复杂，特别是在道路狭窄的地方错车时，稍微不注意车就可能会坠入深渊而酿成悲剧。

司机手机铃声也很有意思，那是一首民歌《走西口》。我猜想这是他老婆给他设定的铃声。歌曲委婉而苍悲，同时充满着留恋和爱意。我想，司机本人也不愿冒险开快车的。他也是最辛苦的，十五六个小时他就一个人傻傻地把着方向盘，除了偶尔转一下，身体其他部位动都不能动，这和植物人又有什么区别呢？！车上还不断有人指责他，说他开得比蜗牛还慢。司机完全不理会这些，继续匀速行驶。我真有为司机师傅打抱不平的想法了。

为了转移自己的注意力，我又给老彭发了短信："老彭，身体可好？请回复。"这次他回复了："已经没事了。我准备回北京了,现在已经快到成都了。"不管怎么说,我首先是放心了,同时为他没能来这里感到高兴。其实,我多少也有些回去的念头了,可是既然来了,就一定要走到底。我当时就这么想的。

晚上10点左右,我们终于到达了稻城宿营地。此时老彭也发来了短信:"我已登机了,飞回北京。"我相信此时他的内心也是很复杂的,来亚丁和稻城也是他一直的梦想。可是有的时候,人的身体不由自己控制。

下了车,我看见了司机,他一个人在一个角落闷闷地抽着烟。我走了过去,拍了一下他说:"师傅,你最辛苦了。别理他们,安全第一。"司机恨恨地吸了一口烟,什么也没有说。我走了,当我再回过身看他的时候,他正用袖子擦拭着眼睛,这泪水不知道是为他的委屈终于有人理解了而流出来的,还是让外面的冷风吹出来的。反正,每天都要"走西口"的司机师傅太不容易了。

在黑洞洞的夜里,我们草草地吃了饭,接着住进了一家小客栈。这个小客栈的主人很细心,房间有热水,可以洗澡。被子底下还有电热毯。一个朋友知道我来亚丁了,就在短信中开玩笑地问:"长途旅行中是否有艳遇呀?"我回复说:"在这里,知道我最想要什么吗?那就是氧气,氧气!其余什么都不想。"

尽管稻城的海拔在3700米左右,不过我今晚的感觉较昨天却好了许多。我用热水把脚好好地冲了冲,然后就钻进了电热毯焐热的被子里。头也不怎么痛了,心情也好了。我突然有预感,明天将是晴天,将是此次旅途中最灿烂的一天。

第三日:金山,终于看见你了

今晚真的睡了一个好觉。说真的,是外面的狗叫声把我吵醒了。透过窗帘的缝隙,一束晨光射入屋中,我顺势把窗帘拉开,外面竟是一片金色的杨树。真是"西风昨夜过园林,吹落黄花遍地金"呀。

我们并没有在稻城停留多久,早饭后就直奔亚丁了。从稻城到亚丁的距离很短,也就100多公里的样子,而且全是柏油马路。一般情况下,不到3个小时就可以到达了。沿途还有许多景色可以欣赏,如万亩杨树林、赤土河谷等。

亚丁景区是一个"Y"字形的河谷。首先游客需要从亚丁入口处步行或骑马到达分岔口的冲古寺,然后选择去哪个方向。去左边是洛绒牧场,而去右边的岔口是珍珠海。入口处的海拔已经是3000多米了,而冲古寺估计有3800多米。再向上走,海拔至少有4000多米。

我们来这里是干什么的?不是过车瘾的,就是为了一睹亚丁的风采。大家下了车,一点也不敢耽搁地就往里冲。很多藏民也过来搭讪,目的是给你背包,背包到冲古寺要100元,如果再向上爬,他还要加收钱。

北京的老渠是装备最完善的,两个相机,一个三脚架,三个专业头。估计加起来要10多公斤。好机器照出来的照片就是不一样,特别是他那可拍摄宽幅画面的胶片机,照出来的照片一点都不亚于张艺谋电影里的画面。但是成本也是很高的。记得在途中我看到了一个雪山景色,就说:"老渠,帮我照一张。"我的意思是用我的机器给我拍一张,而当时他手里正端着胶片机。他一脸的为难,便喃喃自语:"这,这……"我看出来了,立即说:"不是用你的机器,是用我的。"此时他才明白过来,立即用我的机器给我拍了一张。不过,我很想要一张他用胶片机拍的景色,特别是亚丁最美的景色。

我也带了两个镜头,整个包也得有5公斤重了。听说上高原雪山,重量要翻倍的,要是这样的话,我就等于背了10公斤。还没有走几步路,我已经喘得不行了,严重缺氧。我决定骑马走上一段。在我排队等马匹的时候,又看见老渠了。他真的找了一个藏民帮他背包。他们打算步行到冲古寺。不过,我看他步履蹒跚,面色发白,感觉不太好。

由于人多,马匹不够,等了将近一个小时才轮到我。也许电影看多了,我总觉得骑马的样子很帅,特别是骑那种高大的枣红马,如果再拉紧缰绳让马蹄扬起来,人就帅呆了。我真希望轮到我的时候是一匹这样的宝马。终于轮到我了,我走过去一看原来是一匹灰色的小马,它也就比毛驴稍微高一点吧。我个子大,体重也大,骑这种马很不协调。要知道我花了40元买的马票,凭什么给我这样一匹小马?小也就算了,这匹马走得还很慢。牵马的藏族女人说:"你把包给我,我给你背着。"我执意自己背,因为我知道给他们背,还要给他们加上10元钱。可是她一直坚持由她背,没有办法,我就给她了。马票等于50元了。又走了一会儿,她又说:"你个子太大,马太小,它走不动了,你要多加20元。"天哪,这些人怎么了?你以为我们个个都是富豪呀,我上有老,下有小,我手里的每一分钱都是从孩子的奶粉中节省下来的。就这么不到20

分钟的路程，你居然要我 70 元！最后，讨了半天价，我又多给了她 10 元。

我们终于到了冲古寺，看到了黄色松树叶映衬下的雪山，左侧是仙乃日雪山，而右侧是央迈勇雪山，两座山的海拔都接近 6000 米。根据导游的建议，我选择了去右侧的珍珠海。从冲古寺到珍珠海是要爬山的，来回需要 1.5 小时。虽然整个路程都铺着木板路，可是由于海拔落差很大，每向上爬一个台阶，都要付出极大的艰辛。腿好像被灌了铅似的，还没有走几个台阶，我的汗水已经哗哗地流了下来。有不少年轻人则身轻如燕，从我身边嗖嗖地超了过去。我再次印证了我的旅游理论：人这一辈子要是想出去走走的话，就要趁年轻的时候，趁你还有激情的时候去。等你有了金钱和时间，你也没有了体力，更没有了激情，那么你还旅游什么？还不如在家照看孙子。

咬着牙，我终于坚持爬到了珍珠海。其实这就是一个方圆不足 100 平方米的天然水池，如果时机合适，在这里拍雪山和松树的倒影会是非常美丽的。很可惜，我上来的时候已经下午 5 点多钟了，太阳已经开始下山，斜阳只把阴影留给了这里。不过，我来过了就不后悔。

导游要求大家在下午 6:30 集合，我算了一下时间，从珍珠海回到冲古寺要将近一个小时，再从冲古寺回到亚丁入口又要将近一个小时，而此时已经 5 点多了。我几乎是小跑着回到了冲古寺，这时已经快 6 点了。景区里的人越来越少了，天色也暗了下来。我沿着小溪匆匆忙忙地往回赶，偶尔我会看看天空，猛然，我发现前面出现了红色的霞光。我又情不自禁地回头看了看，上帝呀，我终于看到你了——那座雪山已经披上了金色的晚霞，正在看着我，为我送行。

此时，我忘记了集合的时间，端起了照相机，把这美丽的瞬间记录了下来。当我再次深情地看着雪山的时候，我的眼睛湿润了。有多少人曾经如此近距离地亲眼看见过神山的风采，又有多少人能看到她身披金色晚霞的优美姿态。她宛如蒙娜丽莎，仪态万方；她犹如女神，圣洁而美丽。看到她，我忘记了几天来的所有艰辛，似乎我来亚丁的唯一目的和梦想就是完成和女神的这个约会。

我依依不舍地回到了集合地，此时已经超过了集合时间。当我上车的时候，遭到了那几个老北京人的一顿数落。然而，我并不后悔，因为看到了金色

远方的诱惑——遇见最美的风景和自己
Passions for Seeing the World

▲ 山坡的植被越来越漂亮了

▲ 似乎不久前，这里出现过山体滑坡

▲ 一位藏民导游，看到这张脸，就知道他是一个有故事的人

▲ 老金，你这趟没有白来

▲ 拍到金色雪山是我的梦想

▲ 十多年前，亚丁湾酒店应该是最豪华的了

雪山就等于完成了这次使命。我回头又看到了老渠，他脸色依然不好。我问老渠："你今天拍到什么好照片了？"老渠摇摇头说："别提了，还拍好片子呢？！我今天高原反应很厉害，所以走得很慢，当我们到了冲古寺的时候已经5点多了。我一看表已经来不及了，就直接下山了。"OMG！真可惜他那套高端设备了。看样子，摄影师也是需要和景色有缘分的，我一直这么认为的。

我告诉他，我拍到金山了。他看了看我的照片，竖起大拇指说："老金，你这趟没有白来！"

晚上，我们就在亚丁村的藏民房子里住下了。晚餐的时候，老渠难受得要死了，茶饭不思。我们住的地方也是条件最差的，两个团60多个人合用两个厕所。没有洗澡设施，只有两个洗漱面盆，大家还需要合着用。我和老渠都住在楼上的阁楼，楼梯狭窄，我看见老渠拿着两个大包往上爬，嘴中不断发出难受的声音，我赶紧说："老渠，把那个大包放下，我帮你拿上去。"他真的就把大包放下了，痛苦得连说声"谢谢"都忘了。我也反应得很厉害，不过比他要强多了。我心想，老渠也够背的，如果明天再不好点的话，那么他这次真的白来了。

最可笑的是广东的那两个女孩子了。她们吃完晚饭后就睡了，一觉醒来以为到了集合的时间，就急忙穿好衣服，到楼下又是刷牙，又是洗脸，又是化妆的，折腾了半天，回房间一看时间，才半夜 12 点钟。

我也和衣而睡，由于是在高原，估计中间醒了有一百多次。即便如此，我一想到今天看到了那金色的雪山，还是在梦中笑了……

第四日：亚丁至稻城，风景最如画

今天我们要去的是"Y"字形景区的左侧，也就是洛绒牧场。刚开始听到这个名字的时候，是不屑一顾的，不就是一个牧场吗，有什么可看的？到了才知道，这是一个不来会后悔，来了也不会后悔的地方。

首先，牧场就在央迈勇雪山脚下，高大的雪山就在你面前，触手可及。其次，从冲古寺到央迈勇雪山一路都是潺潺流水，鸟语花香，森林叠嶂。能把自己融于这样美妙的大自然中的机会一生中也不会有几次。

我们选择了去的时候乘电瓶车，大约有 7 公里，票价来回 80 元，而回来的时候，沿着小溪步行而归。这完全是人与自然的对话，任何语言都是苍白无力的。

▲ 央迈勇雪山，你不觉得它像一只正待起飞的雄鹰吗？

第五日、第六日：曲折的回程之路

我们游玩之后，又要踏上无尽的长路。从稻城回成都，中间行程还要经过理塘、雅江、新都桥、康定、泸定、雅安几个地方，最终回到成都。虽然距离只有 1000 公里左右，但是至少要开两天。

回程基本上是一路下山，海拔也从 4000 米向 2000 米不断递减，坐车的感觉也舒服了许多。和来的时候一样，我们早上 5 点多就出发了，争取赶在天黑前到达新都桥，在新都桥好好休息一晚，次日从从容容地回到成都。

大家的心情是愉悦的，有说有笑的。有人又开始拿导游小陈开玩笑了。后面来自东北的一个小伙子大声地问："你什么时候能搞定小刘？什么时候入洞房呀？"全车一阵欢笑，有个乘客还起哄让小陈给大家唱首歌。

和谐的车里暖洋洋的，终于要回家了，大家都很开心。

突然，我们的车"嚓"的一声，来了一个急刹车。最前面的车出事故了。原来这是在盘山路上，我们旅行团的另一个大车和迎面开来的房车在错车的时候发生了刮碰，特别是这个大车为了躲避房车，就使劲往内侧山的方向打方向盘，结果山上凸出来的石头就把大车的两个玻璃窗子碰碎了。那个车的导游小刘，也就是小陈的女朋友，一筹莫展，因为没有了窗户，整个车子就会很冷。她真不知道怎么办了，急得眼泪都掉了下来。

这时候该是小陈大显身手的时候了，他去了那个大车，首先安排靠窗子坐的那几个人到我们车上来，然后和司机一起找了很多木板和纸盒子之类的，先把窗户封起来，这样车子就可以坚持开到新都桥修车厂了。一边站着的小刘激动得痛哭流涕。

这么一忙活，我们又耽误了两个小时，起了一个大早，却赶了一个晚集。不过，这也不能怪罪小陈。在这种荒无人烟的高原，互助精神是最可贵的。只不过这是他女朋友的事，所以他更上心。

车子又开了六七个小时，猛然前面来了一个车队，所有的车都要让路。原来这是往西藏送油的军车队。开始我还以为只有十几辆运输车，后来居然过了 120 多辆。这又让我们多等了一个多小时。

车队刚过完，我们的司机发现汽车有点不正常。原来，我们的车轮胎爆

远方的诱惑——遇见最美的风景和自己
Passions for Seeing the World

▲ 沿着雪山小溪走的感觉简直太爽了

了，需要换备用轮胎。车上有几个小伙子也下来帮助换轮胎，尤其是广东的那个女孩一直拿着手电筒，把灯光带给干活儿的司机和乘客。可是几人努力了半天，还是没有换成功。司机告诉大家，车子还能坚持一段时间，到了前面的休息站再让专业的人员换轮胎吧。此时，我看看表都已经是晚上7点多了。而距离新都桥还有4个多小时的车程。

正当我们要走的时候，前方走过来一个穿制服的工作人员，他告诉司机要在这里再等2个小时，因为前方正在炸山修路。真是"福无双至，祸不单行"啊。如果等到晚上9点再走的话，估计到了新都桥也要夜里1点了。

两个小时以后，汽车终于"瘸着"开动了。一个小时以后到了一个非常简易的修车站，我们都下了车，此时大家已经一天没有吃热的东西了。我突然看到了前面有一个小卖部，里面有卖方便面的。我是从来不吃这玩意的，可是今天我却要大吃一顿。同车的游客看到我这样狼吞虎咽地吃方便面，口水也要流出来了。不一会儿，小卖部的方便面销售一空。

然而车上还有十几口子也饥肠辘辘地走了过来，一看方便面没有了，就直奔藏族老乡家的厨房去了。正好老乡炖了一锅土鸡汤，旁边还有一锅米饭。这些人就和疯了一样，把鸡汤和米饭吃得一干二净。

这么一搞，等车轮换好了已经晚上10点多了，到新都桥就要夜里2点了。如果再吃点东西，大家就要夜里3点才能睡觉，而睡了不到两个小时，就又要起床了。这时，车上的人有了两种不同的意见：一种是不休息了，只要司机没有问题，就连夜开往成都；另一种就是按原计划进行，即在新都桥休息几个小时后，再去成都。最后，大多数人归心似箭，还是连夜赶回成都的人数占了上风。

就这样，司机及整车的游客就马不停蹄地开往成都，先是康定、泸定、二郎山、雅安，最后终于到了成都，整个行程终于结束了。从早上5点出发，到第二天中午12点到达成都，我们在车上整整停留了31个小时，而辛苦的司机眼睛都没敢眨一下。

回到成都，有一个游客告诉我，由于小陈本次旅行的出色表现，另一个车的导游小刘已经等不及要嫁给他了。

老渠的航班是傍晚的，距离起飞还有几个小时，他就到我酒店的房间里侃了一个多小时。

老彭知道我们即将胜利回京，也用手机给我发了个"贺电"。

广东的二陈晚上在成都没别的事情，就和我一起见了我成都的一个好哥们儿。他请我们在蜀九香吃了火锅，终于改善了一下伙食，吃了顿饱饭。

到此，亚丁稻城寻梦之旅终于圆满完成。有诗为证：

　　颠簸千里坐难骑，
　　风雨兼程缘何去？
　　不为钱来不为利，
　　只缘亚丁是梦怡。

七、圣洁的青藏高原

（一）永远封存于记忆里的西藏

1. 黄金搭档

我第一次进藏要感谢老君哥。十多年前的一天，我和老君哥商量去哪里走走，他建议去西藏。正好我也没有去过，两人一拍即合。

那时候的西藏还没有很多的游客，公共交通也不像现在这么便捷。幸好进藏的航线刚开不久，否则进藏更是难上加难。即使这样，西藏的公共服务和旅游业也并不是很发达。我的一个朋友正好在西藏服役，有了他的帮助，一切都显得很容易了。

他给我们的安排可以说是全方位的。他派人把我们从机场接回他的招待所，并把我和老君哥安排在同一个房间。我一般是很少和别人"同居"的，但是在西藏不一样，因为高原反应问题，两个人住在一个房间，彼此能有个照应。

西藏的这位朋友非常周到、细心。他请我们吃过饭，并亲自送我们回酒店，一路上叮嘱我们步子要放慢，不要做剧烈运动。他还特意安排人送来了红景天，据说用它来泡水喝，可以减缓高原反应。我们就照他的吩咐做，步子走得轻轻的、慢慢的，好像在太空行走一样。睡之前，我给老君哥和自己泡了红景天，喝完我们就各自睡了。也许都很累的缘故，躺下秒睡。不知什么时候，灯亮了，把我吵醒了。一看表，才夜里12点多。

"老金，我有点不行了，喘不过气来。"老君哥高原反应很厉害，不得已才把我弄醒。

我赶紧起来，看看怎么能帮上忙。我先把水烧上，泡了一包红景天，端过去让老君哥喝了，希望红景天能把他的高原反应驱走。

由于我忙碌了半天，刚坐下就觉得自己的头开始痛，要爆炸一样——我的高原反应也来了。我也赶紧喝了一杯红景天，但无济于事。此时的老君哥更惨，已经脸色蜡黄，说不出话了。

我们突然想起了西藏朋友的嘱咐：每个房间都配有氧气，但不到万不得已最好不要用，否则就会形成依赖性。如果你能坚持不用，你身体自然就会激发造氧功能，就会逐渐适应了。

可是，此时我们都觉得快不行了，就搬出了氧气瓶，准备吸氧。然而吸氧管只有一个，到底给谁用呢？我没有太多的犹豫，就把输氧管塞给了老君哥。他身体不好，又长我几岁，理所应当。其实，我也不太想吸氧气，想看看自己是否可以扛过去。

吸了氧气的老君哥脸色恢复了正常，慢慢地他又进入了梦乡。但是我的头还在痛。不知过了多长时间，也许红景天起作用了，我也逐渐进入了梦境。

第二天，我醒得很早，发现自己和充了电一样，神清气爽。吸了一夜氧气的老君哥也像换了一个人一样，看他精神抖擞的样子，像是要参加百米比赛。

西藏朋友赶过来陪我们吃早餐，并告诉我们已经安排好去纳木错的越野车了，吃完就立即出发。他还安排了一名干事全程陪同，司机也是藏族人中出类拔萃的。

从西藏驾车去纳木错大约需要5个小时。出了拉萨市不久我们就看见了远处白雪皑皑的山，陪同的干事介绍说这就是念青唐古拉山。我们一路都会或多或少地看见这个山脉。我还在上中学时候就知道这个山脉，但是它遥不可及，而现在这么神圣的山脉居然就在眼前。

司机是一名非常有经验的年轻老司机，这些年，整个西藏都让他跑了几遍。我们很顺利就抵达了纳木错。在车上，我们基本上都是半睡眠状态。车子停下来后，我们被眼前的景色惊呆了——一眼望不到头的蓝色天湖，被白色的雪山环抱着，犹如身穿白衣的如来紧紧地抱着纳木错湖。圣象天门石、迎宾石，像忠诚的勇士坚定并默默地守卫着这片净土，同时欢迎远方来的客人。附近插满了五颜六色的经幡，它们随风飘舞，风每次把它们吹动一次，就等于咏颂了一遍佛经。

刚才还处于迷糊状态的老君哥一下子醒了。他的眼里突然放出了两道光，像豹子发现了猎物一样。原来摄影高手的他终于发现了他所要的美景。只见他一个箭步冲下车，到后备厢取出相机、三脚架，在湖边忙了起来，一会儿把三脚架架在高处，凝神聚气，贪婪地"咔嚓，咔嚓"地按着快门儿；一会儿又跑到湖边趴到地上，调试着各种拍摄角度。

那时候的我还只限于玩玩"卡片相机"，拍了几张，就觉得所有景色都一样，没有什么可拍的了。所以摄影师和普通人最大的区别就是他有一双发现美的眼睛，而这双眼睛的背后就是他阅读美的沉淀和对美好事物解读的素养。和老君哥相比，我总是显得那么浅薄。

20年前，去西藏旅游的人还不多。我们到纳木错的时候，除了有两个当地藏族人在那里似乎在守湖，就看不见其他游客了。我这时有了小便的感觉，走到湖边比较偏僻的地方准备小便，就见那两个藏族人冲我大喊着跑了过来。他们很生气，告诉我这里绝对不能小便。后来，同去的干事告诉我，纳木错是西藏的圣湖，绝对不能玷污它。听了后，我为我无意的冒犯和无知感到羞愧。

在湖边逗留了一个多小时，我们必须趁天亮赶紧往回走了，否则夜间开车会非常危险。

老天也似乎看出了我们的心思，刚才还阳光明媚，此时却阴云密布，原本蓝似一块明镜的纳木错此时和低压的乌云连在一起，分不清楚是天还是水。风也起来了，刮在脸上像刀子一样。干事和司机赶紧招呼我们上车，往回开拔。

这几天正好是9月底，祖国的大部分地区还处于盛夏时节。可是在西藏，特别是在海拔4000米以上的高原，天变得比川剧"变脸"还快。不一会儿，天空就下起了鹅毛大雪，风雪交加之下，3米之内看不到前面的车。开了一会儿到了前面的一个景点，也就是沿路最高山——那根拉山口。旁边还立着一块牌子，上面用汉藏两种文字写着："那根拉山，5190米。"我们在风雪之中下车拍了几张照片，就赶紧上车了。早上出门的时候，拉萨温度不低，我和老君哥就没穿厚一点的衣服，只穿了单层的冲锋衣。此时的温度有零下几摄氏度，再

最美中国篇
The Most Beautiful China

▲ 高原的天气时刻都在变化着，现在晴空万丈，不一会儿就可能飘起鹅毛大雪

加上风雪的缘故，体感温度更低。

　　司机看见我们在后面瑟瑟发抖，就把热风打开了。整个车内温暖起来，我有点昏昏欲睡的感觉。此时雪又下大了，所有车都停下了，根本走不了，可能最前面的车走不动了。

　　我转过头想和老君哥聊几句，突然发现他有点不对劲儿，只见他的脸色蜡黄，嘴唇铁青，眼睛半睁半眯，全身发抖。我问他怎么了，他也不回答。那位陪我们来的干事回过头，说："他可能缺氧了，严重高原反应。"是呀，现在可是在海拔5000米的高原上，天又那么冷，不高反才怪呢。

　　只见干事立即跑到后备厢，拿出了小的氧气瓶，递给老君哥，让他吸氧。老君哥吸了几口也没有任何反应。这时我们才发现，氧气瓶是空的。雪越下越大，堵在前面的车一点动的迹象都没有，而老君哥的脸越来越白，看到此情形，大家的脸色都阴沉了下来，都知道在这5000米的地方多待一分钟就多一分危险。我们的心都悬了起来，真不知道还有什么更好的办法。干事告诉我们，其实再开一个多小时就能到他们在当雄的驻地，那里有氧气，老君哥就没事儿了。可问题是怎么挪动车，怎么离开这个地方？

就在我们一筹莫展、心急火燎的时候，只见藏族司机跳下了车。他走到堵在前面那些车的旁边来回走了几次，还在悬崖边上用脚使劲儿踩了踩。开始我们不明白他要干什么，后来发现他是想从那些车和悬崖之间只有两米多宽的路边闯过去！这未免也太危险了吧，雪天路滑，稍有不慎，车就会落入下边的万丈深渊，不摔个粉身碎骨才怪。

可是这位胆大心细的司机沉着冷静，愣是从这个生死边缘一路开了过去，超过一百多辆车，到了最前面。所有人都目送我们消失在风雪之中。走出那根拉山口之后，老天也大发慈悲，雪也不下了。但是老君哥还是没有一点好转，我的头也开始撕裂般地痛。司机见状，开足马力，车终于到了当雄住所。我们走进房间，迫不及待地把氧气管插在鼻孔里。

我们真要感谢司机，是他救了我们。如果我们在那根拉山口再多停留半个小时，老君哥就会有生命危险。说来也怪，老君哥每次遇到此类情况都有我在身边。记得有一次，我正在英国办事，老君哥突然打来电话。原来英语不通、人生地不熟的他居然一个人跑到苏格兰摄影去了。可是他身体突然不适，就想提前回伦敦，但怎么沟通别人都听不懂。无奈之下，他拨通了我的电话，我才帮他把事处理了。后来有朋友就说，你姓金，他姓黄，你们两个就是"黄金搭档"。

2. 我也不知道怎么就躺下了

多年后，我又陪同几个澳大利亚的朋友再次入藏。几个人组成了一个小团体，其中包括本次活动的发起人和组织者，我们称他为"邓总"，其实他有多重身份。可以说他是艺术家，因为他本人就是绘画艺术出身，空闲时间也会创作；也可以说他是艺术鉴赏家和收藏家，因为他收藏了很多名画和艺术品，有一次去他的地盘，看到了陈逸飞的著名作品，其价值绝对不低于《占领总统府》。但我觉得他更是一个个性古怪的商人。他话不多，但商业嗅觉极其敏锐。他一旦发现商机，便能立即付诸行动，在最短的时间内把机会变成现实。他开过果汁厂、罐头厂、大型酒店，还干过房地产。由于他做事专注，什么事都要做到极致，据说他的一个楼盘一开盘，售楼处外就排了几百人。这次一起去的实际上都是他在澳洲的朋友，有华侨也有蓝眼睛、高鼻子的老外。

我们的行程是第一天抵达拉萨，第二天去大昭寺和罗布林卡，第三天从拉萨去林芝，然后返回拉萨。除了邓总，这几个人都在澳洲土生土长，不仅对汉族情况不了解，对藏族文化更是一问三不知。其中一个做律师的华侨到了拉萨绝对不喝热水，只喝凉水，他的理论是喝凉水可以减肥，而且他在澳大利亚从小就是喝凉水长大的。吃饭的时候，他总是要一杯凉水放在旁边，很多人都接受不了。老话说无知才无畏，他刚到拉萨，一直感觉不错，一点高原反应都没有。我们这些人都在当天就有反应了。一位女士说："这是我第一次进藏，也是最后一次，再也不来了。"唯独这位喝凉水的律师没有事。第二天一大早，他就起来了，感觉非常好。我们也都起来了。他穿好衣服，又蹦又跳，并用手指挨个儿指了我们一遍说："瞧瞧你们一个个的尿样儿，就我没事儿。我现在出去跑两圈去。"我们想劝他别跑，高原反应每个人反应的时间和程度都不一样。刚去的时候，一定不能剧烈运动，否则会有生命危险。但我们还没有说完，他就跑出去了。

半个小时左右，他回来了。头不痛，气不喘，确实一点事儿都没有。和他相比，我们都为自己不争气的身体而惭愧。按照行程，我们今天去大昭寺。路上他们遇到了很多在澳洲根本遇不到的事情。

澳洲朋友发现旁边时不时有藏族人走过，他们都穿着长袖子的藏袍，有的袖子还不穿进去，耷拉在外面。我对他们说，这种藏袍有很多用处，西藏是高原，早晚温差很大。早晚的时候，天气寒冷，就要穿上袖子。中午天热了，就把一只袖子脱下来散热。

大家都聊得很欢，唯独没有那位凉水先生。原来他坐在最后一排，一声不吭，脸色异常难看。邓总赶紧问他怎么啦，他说头痛，不想说话——他的高原反应终于来了。突然，他大声喊："司机，停车！"司机以为出了什么事，立即刹车，只见他捂着嘴，还没等车停稳，就哇哇地吐了起来。吐了一会儿，好受一些，上了车，继续前行。没过一会儿，他又喊停车，下车又吐了。一路上折腾了好几次，胆汁都快吐出来了。到了大昭寺，他连车都没有下。我们状态回升，把大昭寺和八角街好好地游览了一遍。凉水先生再也不吹牛了，一直回到住地，他才慢慢缓过来。

按照计划，我们第三天要去林芝，路长400多公里，开车要8小时。公路基本上是沿河谷修建的。真乃：哪里有山谷，哪儿就有河；哪里有河，哪儿就可以建路。从拉萨到林芝只能走拉林公路，公路旁边就是拉萨河，之后就是尼洋河。沿路开出拉萨大约不到200公里，就会经过海拔5013米的米拉山口。米拉山脉是拉萨河的源头，它一部分水向西流入拉萨河，然后汇入雅鲁藏布江；向东形成尼洋河，最后从另外一个方向汇入雅鲁藏布江，这也是一个很有意思的地理现象。

路途虽然遥远，但是有拉萨河和尼洋河相伴，一路美不胜收的景色使大家忘却了高原反应和疲劳。刚经过米拉山口，海拔已经从5000多米降到了4000多米。司机对大家说：我们到前面找个地方休息一下吧。车子在路边停下了。我一直都在座位上躺着，车停了以后，我"噌"的一下就站起来了，到车外去方便。我有个毛病，不管在哪儿如厕，必须旁无一人。下车后一看，都是光秃秃的山和低矮的植被，根本没有藏身方便之地。忽然，看见山上那边有一个草坑，可以遮挡一下，我就三步并两步地跑了过去。也许是我从车上起来太猛了，也许是我跑得太急了，我刚刚站稳，准备解衣，不知怎么回事，一下子失去了知觉，摔倒在地上。邓总方便完了，看到我怎么躺在地上呢，也不明白为什么。他意识到我可能晕倒了，就大喊："金博士，金博士。"恍惚中，听到有人叫我，我一下子醒了，不知道自己在哪儿呢，也不知道在干什么呢，人就和死而复生一样。几分钟后，我明白自己可能是由于缺氧，大脑供血不足而出现了暂时休克。现在想想都后怕。

从西藏回来，每次大家聚餐回忆起这段经历的时候，邓总都会说："我这辈子见过站着撒尿的，也见过蹲着撒尿的，人生第一次见到了躺着撒尿的。"

这次西藏之行，我也发现了邓总的软肋，那就是他有恐高症。去林芝的路上，看见了一座桥，名字我记不清楚了，只记得它架在水流湍急的尼洋河上。站在桥上，四处瞭望，可以看到美丽壮观的蓝绿色的河水从脚下流过，更可以领略周围的风光。但是桥的上面都是一块块的木板，人们过桥的时候，一般不能往下看，因为木板缝隙不小，看到脚下的木板缝隙，再加上晃动的桥，就增

▲ 恐高的邓总直接趴在了桥上

加了不少恐惧。邓总也和大家一起上去了，刚上去走了几步，桥一晃动，他吓得一下子蹲了下来，再也不敢走了。不知道谁又刻意摇晃了一下这个桥，只见邓总"啪"的一下，直接趴在了桥上，吓得魂都飞了。以前别人说恐高症我还不太理解，今天邓总做了最好的诠释。

（二）青藏高原的白色帐篷

你会在祖国的东部看见碧蓝的大海；你还会在英国看见一望无际、大片的金黄色的油菜花地；你也会在拉萨看见蔚蓝的天空和大朵的白云。然而你能看见大海、金色、蓝天、白云、高山共生为一体吗？

能，但是十分罕见！你只有来到青藏高原的青海湖，才能偶尔享受到这油画般的美景。

　　青海湖距离青海省省会西宁市并不遥远，约有 100 公里。那天早上 9 点我们驱车从西宁市驶向青海湖，天色灰暗，走到半路时居然还下起了雨。随着雨滴"噼啪"撞击在车前挡风玻璃上，我们一行人的脸上也露出了郁闷的菜色。这种天气下去游青海湖，简直是浪费时间。

　　过了半个小时，我们驶入了沙漠。绵延百里的沙漠温顺地躺在地上，就像一个刚吃饱的雄狮在打盹。我猜想如果是在冬季狂风大作的季节，这个貌似平静的沙漠会在几分钟内把我们吞噬。

　　天依然是暗的，我们似乎马上要开出这个沙漠了，这时有人喊："快看，那边就是青海湖！"当我们脑袋齐刷刷地甩过去的时候，陪同告诉我们那不是青海湖，那只是一块面积比较大的水泊而已。我心想，如果这就是我们心中所思的青海湖，一辈子不来也不可惜。

　　雨似乎停了，天渐渐地亮了。厚厚的云层仿佛突然被撕开了一个大口子，而这个口子越来越大，居然把湛蓝的天露了出来。雨停了，天晴了，云退了，蓝天终于回来了！还是那个人又大喊了一声："青海湖到了！"这次终于说对了，先是一条蓝色的线，一会儿成了碧蓝的面。就是这么一个青海湖，它的面积居然相当于 180 多个澳门，难怪称为"青海"。

　　大家开始陶醉了，而只有蓝色是不够的。聪明的藏民居然在湖边种满了油

▲ 青海湖附近的牧民　　　　　　　　▲ 藏民的白色帐篷

菜花。我们去时的 9 月虽然已经过了内陆开花的季节，可是在海拔 3000 多米高的青海湖种植的花居然一直等到我们来了才肯盛开。

油菜花是金色的，青海是碧蓝的，云是白色的，天是蔚蓝的。这就是开始提到的罕见美景。不仅如此，还有绿色和乳白色。那绿色便是绵延数里的青山，那乳白色便是点缀于绿色之上的羊群和白色的牧民帐篷。

我们下车了，走到了青海湖旁，双手捧起了青涩的青海湖水。

后 记
POSTSCRIPT

《远方的诱惑——遇见最美的风景和自己》是我花心血最多的一本书。

和其他类型的作品不一样，一本有灵魂的游记必须具备以下条件才能完成。

第一，真实性。作者只有亲临现场才能进行准确的描述，才能有触动灵魂的感受。

第二，亲临目的地的背后需要大量的时间和经济能力做支持，这就是所谓的"有闲和烧钱"，因为每次行走一般都要花掉十天半月的时间，还要把工作和生活的"杂念"暂时清零；每次出发都要做精心的准备，提前预订机票、酒店，策划线路。《远方的诱惑——遇见最美的风景和自己》一书的创作花了十多年时间，所花费的时间和费用不言而喻。然而，为了圆这个最初的梦，即使到了几乎倾家荡产的地步我也从未退缩过。

第三，要保持高昂的激情，这是能够支撑不断行走的信念，同时要善于在平淡中发现美，即使到了最枯燥乏味之地，也能找到与众不同的地方而陶醉。记得有一次和朋友在法国瑞士交界处的一个酒店吃晚餐，我问朋友第二天凌晨是否一起去登对面的山。他有些犹豫，说："看情况吧，明早你给我发个短信，我能起来就和你一起去。"其实他内心已经放弃了。第二天凌晨，我就起来给他发了一个短信。等了几分钟，也没有回音，我便背起行囊，踏着月光走了出去。其实，这就是激情的力量。一个30岁和60岁的人身体能力会有区别，而

后记
POSTSCRIPT

富有激情会使 60 岁的人比 30 岁的人更有感染力，激情就是行走的原动力。

第四，要有饱满的情感，不要简单地看手按动相机的快门。其实每次按动快门都是摄影者情感、审美和品位的综合体现。在过去的十几年里，我拍摄了数万张照片，而每张照片都有背后的故事。在筛选照片的时候，我经常会在某一张照片上面停留许久，因为它带来了很多回忆，有艰难，有困苦，也有享受和甜蜜。由于版面的限制，不可能入选每张照片，这多少有些遗憾。

我偶尔会问自己：费那么大的力气出这样一本书有意义吗？

人的一生很短暂，每个人实现自己价值的方式也不一样。有人从政，官运亨通；有人经商，腰缠万贯，留给子孙；有人学富五车，教书育人，桃李满天下。我以为，根据个人的情况，努力经营也许能给子孙留下财富，而财富是每个人都能获得的，不同的只是多寡程度而已。但能把自己的思想和经历与人分享，并不是每个人所能及的。财富有数而思想无岸。《远方的诱惑——遇见最美的风景和自己》一书就是把个人的经历、所见所闻，还有对世界的看法记录下来。

本书不求大红大紫，只求能与有缘人分享。如果它不能触及读者的灵魂，希望读者能触景生情，有所同感；如果它不能引起共鸣，希望它能带给读者快乐；如果它不能带给读者精神上的享受，也希望它能为读者提供信息，成为一本让读者了解世界的有用的参考之书。

金玉献

2022 年 5 月于北京